陈河

著

误入孤城

北 京 出 版 集 团
北京十月文艺出版社

01

不知不觉，马本德在路上走了两个月时间。

出发时预计是一个月左右到达目的地，他所用的是当时地面上最快的交通工具：一部德国造的军用越野小汽车。他在川滇之间的奔子栏开这车和藏人部落头人一匹快马做过比赛，让了那快马一袋烟工夫还赢了它。地图上显示出发地迪庆到目的地——那个东海边小城W州距离有三千多公里。出发前潘师长的参谋帮他算出如果每天开一百公里（已经算入因战乱时期各种情况的耽误），三十天可以到达。但是这张德国人泰斯留给他的旧地图很不准确，有些地方的路是断头的，根本过不去，有些地方是湍急的江河，得渡过去。尽管这部1911年出产的梅赛德斯越野车很灵巧，过河的时候还是非常困难，要架设很厚的跳板才能上渡船，费很多船工钱，有一次还掉入水中。他的车开过了几百座桥，有上千年的唐宋时代石拱桥，也有木船连接起来的浮桥，还有美丽如画的廊桥，过湖南时还开过了一座洋人建的大铁桥。他所经道路大部分是秦始皇年代开出路基的官道，如今比当年更加泥泞崎崎不平，路上经常遇到土匪以及和土匪差不多的军队，好几次差点丢了性命。

不过越是往南方开，路面慢慢变得好了，偶尔还能看到一些汽车。他认得几种：雪佛兰、道奇、奥斯马飞、斯蒂庞克。有时边上还有冒烟的火车。江南的风景让马本德这个祁连山荒漠里长大的胡人后代看得入迷，像在做梦一样。大地怎么会那样葱郁？怎么有那么多清澈宁静的河流？他不敢走城镇，总是避开热闹的地方，选人少的路线走。但越往南走，城镇越多，他经常会夹杂在旅人队伍之中。在路上走了六十九天的时候，马本德进了杭州附近富春江边一个叫留下的地方。他知道杭州是浙江省省会，师长潘纲宗的家乡W州就在浙江，心里顿时宽慰，觉得快要到达目的地了。马本德在一个车马店客栈住下，里面都是骑马或者赶马车的旅人。他把车停下来，里面的伙计都过来向他兜售草料。他说汽车不吃草料、豆饼，那些人都不相信。这一路上他已经知道了哪里可以买到汽油，每回找到了卖油的地方，他就会把油箱和备用油桶都加满油。他打听了一下，得知这一带没有打仗，没有土匪，一切太平。他坐上了一乘马车，让车夫带他到杭州城里看看。杭州城里有好些伊斯兰牛羊饭馆，当年宋朝皇帝被北方的蛮族赶出汴京，在这里建都偏安，把北方吃牛羊肉的习惯带到了这里。马本德坐在了西湖边，切了一大盘茴香羊肉吃起来。狼吞虎咽一阵子后，他开始发现饭馆里很多人的目光都盯着自己。他一抬头，他们的目光都收了回去，像没事一样，但嘴角还带着一丝来不及收起来的讥笑。现在轮到马本德打量他们了，这些人都穿着绫罗绸缎，吃饭的饭碗只有酒盅那么大，而他们的酒盅才核桃那么大，他还看到他们没怎么吃喝，总是在说话。马本德想着已经成为刀下鬼的潘师长。怪不得他长得那么细皮嫩肉，喝茶喝那么小的茶壶，原来是在这样一个柳绿花红的地方成长的。

马本德跟着潘师长有十年了。马本德生在祁连山里一个部落，那里的男人除了养马盗马，就是在路上打劫过往的商队。马本德的父亲是当地有名的盗马贼。战乱期间商队没有了，来了汉人的军队，需要很多好马。马本德父亲去武威那边山里偷一匹名贵的马，马本德那时十五岁，给父亲当下手。马匹偷到后，父亲让马本德牵着这匹罕见的好马去见长官潘旅长，让他骑这马表演给潘旅长看。潘旅长买下了这匹好马，也看上了马本德，让他穿上军装当他的马弁。那些年河西走廊军队常有调动，不久后潘旅长升为师长，调往川滇地区。马本德跟随着潘师长，离开祁连山，到了川滇高原。这一带已经有了简易公路，潘师长不再骑马，买了一部车，德国人泰斯给他开车，马本德给他当下手。泰斯被军队里的人称为"德国铜匠"，他在后来几年里把汽车工作原理和驾驶维修技术都教给了马本德。马本德对于马匹有天生的悟性，现在这感觉转移到了汽车上，很快学到了技术。到了1915年，德国和欧洲几个国家打仗了。泰斯收到德国发来的征兵通知，就把车交给马本德，自己回德国不来梅老家去和法国人打仗。马本德正式当起了潘师长的司机。

潘师长的军队在当地驻扎了几年，局势发生变化，川滇的军阀和段祺瑞闹翻了，而潘师长的军队正是段祺瑞派驻在那里的。当地军阀鼓动金沙江边部落一起进攻北洋军队，潘师长腹背受敌，被困在奔子栏。眼看要全军覆没。潘师长让马本德开着车子快速逃出去。他交给马本德一个小皮箱，里面有一套他穿过的少将军服，有一封他亲笔书信，要他务必把汽车开到他在浙江W州任溪的老家，把皮箱交给他女儿潘青禾。另外还有一羊皮袋子银圆，供他路上费用。马本德趁着夜色开车出了围城，车子开得飞快，围军的骑兵追赶了一程，最快的马也赶不上他，只得见他绝尘而去。就从那天开始，马本德开始往未知的南方前行。他在路上看到了报纸上写的川滇战事，看到了奔子栏被攻占，潘师长被凌迟处死，只觉得心如刀绞。他虽是盗马贼的后代，却是个有忠心的人，誓要完成主人的托付。他以为到了浙江省会杭州就和师长的老家W州接近了，没想到他完全错了，接下来地图上标出的四百多公里路他花了一个多月时间才走完。

　　此时他坐在西湖边发呆，看着湖边的桃花倒映在水中，肚子里羊肉慢慢消化让他懒洋洋松弛着。他蒙蒙眬眬好像睡着了，竟然在西湖碧波倒影中看见了自己的汽车，他使劲晃晃脑袋，那水中的汽车倒影还在。他回过头来看岸上，看见了有一辆和自己的车子一模一样的汽车，只是颜色有点不同。他好生奇怪，起初觉得这是自己的车子，被人家换了颜色。后来仔细看看，发现车子的钢圈、轮胎、方向盘和自己车子都不一样。虽然这车子不是自己的，但他觉得它也许是自己车子失散的兄弟，心里有好感，便过去和司机搭讪。那个司机戴着高顶黑礼帽，穿着洋装，戴着白手套，一副看不起马本德的样子，叫他离车子远一点。马本德说自己也有一辆这样的车，那人不信。这一下惹恼了马本德，叫了马车回到城外自己住的大车店，开着自己的德国车子按原路回到了西湖断桥旁边。那个司机还在那里，看到他真开了车过来，而且来的车比他的车高级很多，动力大，有六个汽缸，底盘更结实。他忙说自己有眼不识泰山，和马本德交谈起来。这个司机是上海过来的，他开的车子是这边一个商号的，用来租给有钱人到西湖游玩，按天或者按小时计算钱。他说马本德的车更好，要是他愿意在西湖边做这个生意，每天起码可以挣五十块银圆。马本德一听这是一笔大钱，但他不能也无心在这里挣钱，只说自己有重要事情前往 W 州。那司机说去 W 州没有通汽车的路，只有一段私营商号开辟出来的车路通到金华，过路的车要付钱，而金华到 W 州就没有通汽车的路了，有好几座大山挡着，去那边的人要步行翻过崇山峻岭，还要在溪涧里坐蚂蚱船才能到达。他劝马本德早点死了心，不可能把车开到 W 州的。马本德说不管怎么样，他得前往 W 州去。这司机喜欢马本德的车，也喜欢他的为人，留了自己联系地点给他，还送给他一张浙江省地图，比泰斯那张详细了很多。

　　那时候，浙江在军阀卢永祥主持下，开始了路政建设，省城和周边城镇部分通了汽车。马本德在杭州休整几天后，完全恢复了体力。他开始沿着私营的路前往金华那边，中途付了几个银圆过路钱，他装银圆的羊皮袋子越来越轻了。车子开到了金华县后，他再次研究地图。地图上显示从金华到W州是有路的，但画的是虚线，表示是可以走人的路。马本德按照地图上标出的虚线路向前，这是一条狭窄的小路，马本德的车子不大，越野性能好，还能在小路上慢慢地开，这让他产生了一点希望。开了大半天，才走了七八公里，看见前面是一座大山，山下有一个村庄，路在这里就到了尽头。村庄外的山下倒是有条溪流河滩，流向W州的同一方向。但溪流河滩的水浅见底，不像中原地带河流水深可行大木船。马本德看了地图，上面标着这条水流还不通向W州，到了前方的山麓就转奔江西了。马本德相信"车到山前必有路"这句话，一直在山前转来转去不死心。马本德在山里寻路几天，出来时整张脸被浓密的胡子封住。日子一久，这一带的人都认识了他和他的车子了。村里的老人告诉他只要翻过这座大山，那边就会有路。马本德知道这话没错，他自己翻过大山不困难，问题是这辆车怎么办？潘师长交代他要把车开回到任溪老家的。

有个晚上他做了梦，梦到了"德国铜匠"泰斯和他说话。泰斯说话间被几个敌军士兵抓住，用力拉扯着，他的身体分开了，头和两只手臂还有两只大腿都分开了，但他的嘴巴还在说话。马本德惊醒过来，觉得这个梦好生奇怪。他小时候就听老人说做梦是有原因的，他仔细想着梦里泰斯对他大声说话，但他听不懂什么意思。他苦苦思索，想起来泰斯有一本手册，过去车子遇到什么问题，泰斯就会打开这本册子查看。马本德从汽车工具箱里找出这本手册，看着里面的一张张部件结构图。突然有一个想法跳出来：泰斯莫非叫他把车子分解开来，用人力运送过大山，然后再装搭回去？于是他去找村长，说要把车子拆开来，村里人能否帮他背过山去？村长说这里什么都缺，不缺的就是人力，可以让村民把拆开的车子背过大山，山那边就有路去往W州。

马本德在村里找了一个木匠当帮手，开始拆卸车子。之前他帮过德国人修车，经常做的就是使用千斤顶换轮胎。德国梅赛德斯车子做得非常精致又非常简单，对照那些零件图拆解很容易，车里备用的工具扳手每样都能对上号。马本德和木匠干了一阵子，就琢磨出一个办法，每拆下一个部件，就在上面写上编号和连接部位，然后包上毛竹叶子放到毛竹做的箩筐里，大的部件就装进木箱里。整整拆了七天七夜，小的部件都拆下了，只有引擎和车身无法再拆了。村长说这个不难，叫村里抬棺材的人抬着走就是。村后面的高山是金华城外有名的风水宝地，上面有很多富贵人的大墓。有钱人的棺材是楠木的，特别重，要抬到山上就要找村里一群专门抬大棺材的人，他们有特别的经验，套上连环杠子再重的棺材也抬得动。

抬着汽车过山岗那天，村里有一百多个男人抬着大小不一的部件（其中八个人抬着引擎，十六个人抬着车身），五十来个妇女拿着食品和饮水随从，几十个儿童跟着看热闹。太阳还没升起的时候队伍就出发了，翻过了大山，到了山下有官路的客栈时已是明月当空。村里的人兴高采烈拿到了马本德支付的五十块银圆，趁着月色翻山回到自己的村子去。

睡了一觉，第二天天亮马本德兴冲冲起来，一看这条官道傻了眼，这路虽然平缓没有台阶，但窄得根本行不了汽车。他正在发呆时，这条路上可开始热闹了，挑夫们开始出现在路上。西北的驿道上多马帮，江南这边马成了稀罕物，道上见不到马匹，以挑夫居多。不时还出现了轰轰隆隆的独轮车队，轮辐上是一道铁箍，在石头上快速滚动发出火星。很快又见到人力拉的两轮黄包车，上面坐着一些衣着讲究的男男女女，女的手里拿着白丝绸手绢，男的穿着黄绸马褂，他们都是出门的人。偶尔也有坐轿子坐滑竿的走过来，轿夫们会大声吆喝着叫人让道。这条路虽然落后于时代，但热闹繁忙的气氛让山间充满生机。

马本德想在这里把车装搭起来开到W州的想法落空了。他只好不拆包装，让独轮车运输队来继续往前运送。对于这些独轮车来说，没有不可以运的东西，整座宫殿都可以在独轮车上运走。除了车身用了四架独轮车，发动机用了两架独轮车，其他零件一架独轮车都能运一两件，总共用了二十四架独轮车，所以车队排得挺长。路上的行人对于这个运送汽车的车队给予很高敬意，主动让道，好像这车队运送的是宋朝皇家专用生辰纲一样。马本德坐上了一辆人力黄包车跟着独轮车队，拉车的人爱说话，说这条官道已有几千年历史，上面铺的石头大部分还是汉朝的，石头上留下各个朝代的车辙印。今天刚好是七月十五日，南方的七月半是鬼节，路上会出现很多鬼魂。马本德跷着二郎腿坐在车上，迎面而来的过路客对他拱手作揖，花轿上的女子则向他投来穿越千年岁月的深情凝视，让他伤感不已。他看到的一部分很可能是鬼魂，千百年来这路上走着赶往京城考科举的贡生、朝廷派往南方视察的官宦、发配北方的罪犯、寻找奇物的采宝客，因为这天是鬼节，鬼魂都出来了。

这样在路上走了三天，每夜投宿客栈。三天之后到了一个叫缙云的地方，那里的河面开阔起来。独轮车队把头说去Ｗ州的人都在这里坐船，水路会一直通到那里，不过还得换几次船，因为不同河道水深浅不同，行不同的船。马本德雇了三条蚂蚱船才放下所有包着竹条的部件，他告别独轮车队，独自前往Ｗ州。两岸青翠，山峰倒影水中。马本德不知道，在一千年之前，一个叫李清照的女子就是在这里坐上了蚂蚱舟顺水而下，留下了一首词：

> 风住尘香花已尽，日晚倦梳头。物是人非事事休，欲语泪先流。
>
> 闻说双溪春尚好，也拟泛轻舟。只恐双溪舴艋舟，载不动，许多愁。

接下来的水路之行完全超出了他的经验。他坐在船头，船在一排排青翠的竹林中无声滑动，他觉得人死了进入冥界可能就是这样安静的，当然是平静死去，被砍头后死去肯定不是这个样子。而最让他心神不宁的是这里人说的话语越来越难懂。他反复说自己要去的地方是W州，还给他们看地图，看W州的名字。但是这些人明显是不认识字的文盲，语言又听不懂。他们只是神秘地笑笑，发出像是牦牛一样的哼哼声。船在江上行走，江面越来越宽，出现了一个很大的城镇。马本德觉得这个城市一定是他要去的W州，就拼命要船工停船。好不容易靠了岸，码头上有个会说官话的人说这里是处州，W州还在前头，还有两百里的水路。船再行了两天，终于开始进入了大江，江水由原来的碧清变得混浊发黄。这个时候船工把船靠了码头，大声说到了。码头上人不少，熙熙攘攘，他们说的话完全听不懂。搬运工倒是不少，很快就把他的货物搬运下来。这里有大板车，有手拉葫芦起重机。有人会说官话，问他去哪里？马本德说要找一个仓房把他的汽车部件放进来。那人对搬运工说了些话，搬运工们叽叽喳喳讨论了一通，听起来像阿拉伯人讲话。他们有了方案，就搬起东西带马本德前往一个地方。马本德对局面完全失去控制，只得跟着他们走。他本能感觉到这边的人不会骗人，不像西北那边到处都是盗马劫道的贼人。但是当走到一条街时，看到了那条街路牌是"江西栈"。他大声惊叫起来：天哪！我怎么到江西啦！搬运帮里会说官话的头子听到马本德惊叫，过来安慰他，说这里不是江西，是客居这里的江西人聚集做生意的地方。他说江西栈有很多大货仓，可以放得下他的汽车，而且这条街上做各种生意的人都会说几句官话，方便他行事。马本德还是不相信，直到看见路边有一张官府杀罪犯的告示，上面朱砂红笔落款是W州道台的名字。马本德这才松了一口气，确信是到了W州。

马本德在客栈睡了一觉醒来，他小心翼翼把压在枕头下的牛角刀带在身边，起身出了房间。在这个陌生的地方，他随时会觉得有危险。他下了楼，楼梯吱吱呀呀地作响。茶房很客气地问他想去哪儿？他说外出走走，吃点东西。茶房说出了门向右，江边一带吃饭的地方多得很。马本德到了街上，两侧店铺开的全是陶瓷店，产品都来自景德镇。有巨大的花瓶、各种鱼缸、细腻的茶具、酒席用的整套盘碗等等。这里人说的都是江西话，和官话有相似，潘师长军队里有很多江西士兵，所以马本德基本能听懂。他在一个饭铺坐下来。这店里只有猪肉没有牛羊肉，不过江西的辣味他还是觉得挺喜欢。马本德不明白，为什么在W州这个地方会有一条全是江西人的陶瓷街。他要弄清楚这个问题还需要一些时间。

江西的瓷器主要产自景德镇。景德镇河流水系发达，经过鄱阳湖入长江，通往全国各地。但景德镇没有出海口，运往东南沿海的瓷器包括一大部分出口到南洋西洋的瓷器则经过另一条水系昌江从上饶一带经衢州进入浙江南部的河流，在瓯江上游靠纤夫拉过浅滩，之后就顺水顺流到了W州的江西栈码头。江西人在这边做了上千年的生意了，依然保持着江西人的饮食习俗。尤其是语言，坚决不和本地怪异的土语混淆。因此，马本德最初抵达W州时是在江西人群体里生活，这就像从高处跌下来有一个草堆缓冲了一下，之后才开始接触语言古怪的W州人。

在江西栈内度过了第一天。第二天他开始到江边码头走动。他看到瓯江在涨潮，江水黄浊。这里和东海近在咫尺，是出海口。在宽阔的江中央，有一个长条的岛屿，说是叫江心屿，马本德觉得这岛屿好看，岛屿东西两头都有一个塔，一个尖顶的，一个平顶的，和他老家那边佛塔样子很不一样。他朝东边一直走，看到了有铁壳的轮船，还看到一个渔码头，人们从船上往下抬一筐筐的大黄鱼、乌贼鱼。他没见过这些鱼，也一点都不喜欢，鱼腥味让他恶心，就像当地人对他爱吃的羊肉觉得恶心一样。他看到好几个人抬着一条长长的鲨鱼走下船。他觉得这条鱼一定是龙，龙要是凶起来一定很厉害，所以他远远就避开，赶紧往回走。

马本德现在准备去找潘师长的家人了。在去他家之前，他得把汽车装搭回去。他在街头找了两个有力气的江西年轻人当帮手，把包在竹子箩筐中的汽车部件拆开来，在马路边开始了装搭。很快消息传了开来，江西栈有人在装搭汽车。W州城里那时还没有汽车存在，也没有汽车经过。城里一部分人是知道汽车的，图画书上报纸上西洋镜里经常有汽车，但是汽车真正到了他们身边还是第一次。装搭的过程很慢，围观的人越来越多，一层层围得水泄不通。这事就招来了《瓯海日报》报馆的注意，派了一个记者和马本德说话。记者名叫来者佛，会说官话。

"你这个是汽车吗？"记者问。

"废话，这不是汽车难道是牛车？"马本德正在车底下装螺丝，不耐烦地回答。

"你这车是哪里来的？"

"是我们潘师长的。"马本德说。

"潘师长是谁？"记者问。

"啥？潘师长你都不知道？"

记者来者佛明白潘师长就是本地名望极高的潘纲宗之后，激动得要命。自从报纸说潘师长在西北战死之后，就没了消息。这回他身边的人开了他的汽车回来，还不是最大的新闻？因此记者每天守在马本德身边看他装搭汽车，架起了一部莱卡铜版照相机一张张给他拍照，报纸的头版每天会登出马本德装搭汽车的照片，不同的照片显示出他装搭的进度。装搭花了半个月有余，由于装错了齿轮箱，试车时车子倒着开了，撞倒了几个围观的老太婆。记者告诉他不着急，潘师长家乡的人知道他的到来，正在扩大通往他家的道路，车子装搭好了可以直接开车到三十里外任溪镇潘家大宅去。

W州公署专员蒋保森接见了马本德，详细询问了潘师长蒙难前的情况，唏嘘不已。潘师长虽然行伍在外，但他在军政界威望甚高。近年军阀一直在江浙沪这一带争夺地盘，潘师长是W州一道屏障，现在屏障倒了，可能会产生一连串的事变。

02

　　马本德在江西栈装搭汽车的过程和每个细节，都通过《瓯海日报》记者来者佛的文章传达到了三十里外潘师长家乡任溪那座百年老宅里，进入到每天仔细读报的潘师长女儿潘青禾眼睛里。在这个大宅第二进最南边的楼上闺房，叠着厚厚的一大堆报纸，有《申报》、《中央日报》、《信报》和当地报纸《瓯海日报》。潘青禾读报的习惯是从父亲军队开拔到西北开始的，那个时候父亲就少有书信来，那里交通非常不便，加上父亲军务繁忙，无暇写信。西北战事一起，那里邮路断了，父亲的书信就更难得。就是从那时开始，潘青禾开始从上海出版的《申报》上了解西北局势。报纸从上海经"海晏号"轮船运到 W 州会晚几天，但上面经常会有西北方面的军事政治新闻，能看到父亲军队的动向。这个江南木质建构的大宅闺房里，似乎整日马嘶人喊，枪炮轰鸣。潘青禾看到父亲被敌军包围在奔子栏不得突围，恨不能立即飞身前往川滇高原。及至看到了迪庆城池陷落，父亲被抓获凌迟处死，她如五雷轰顶，悲伤得卧床不起。父亲的噩耗只有报纸上的消息，却不见军队方面有正式报信。潘青禾以泪洗脸，哭了几天就不哭了，她觉得一阵阵肃杀的冷气正在逼近过来。父亲死讯一传开，笼罩在大宅上面的保护层消失了，威胁和敌意开始出现。她清醒过来，猛兽正在扑来，现在不能再悲伤下去。为了自己身家性命，也为父亲的家业不落入分崩离析境地。

占据任溪土地最多的潘家名声却不是最好的。任溪盛产稻米和柑橘，自古是出读书人的地方，有过两个状元，镇里立着牌坊，都是姓任的，所以叫任溪。潘家读书渊源不很深，祖上最多只中过进士。潘纲宗少年发奋读书，科举考试却屡屡落第。但他脑子比普通书呆子好使，会变通，改了路线去福建考武备学堂，武昌起义后返浙江任督府参谋部科员，后为革命军司令部一等参谋。民国元年他复入保定陆军军官学校深造，同窗有李济深、蒋介石、白崇禧、张治中等，这几个人毕业后均成为民国风云人物。之后便有一船船银圆运进了任溪，盖起了潘家大宅，购置了一大片良田，佃户无数。潘纲宗一直在外行伍，回家乡住的日子不多。任溪地方上读书出名的望族心里是看不起读不成书改走军阀道路的潘纲宗，私下里会讲他小时候一些糗事。他在世时没人敢公开说，现在他死了，路边茶亭里到处都在讲这些话题。

这还只是外边的事，大宅里面更是暗潮汹涌。潘青禾是父亲第一个妻子所生，最受父亲钟爱。母亲生下弟弟后不久生病死了，父亲陆陆续续讨了好几个老婆，潘青禾和弟弟跟着他和一群女眷在北平、太原、郑州和杭州等很多地方生活过。没有母亲的孩子在这样的生活环境下十分危险，到处有敌意和陷阱。父亲交代第二房老婆养育潘青禾年幼的弟弟，弟弟后来不知怎的越来越瘦，十一岁那年在北平就死掉了，说是肾脏有毛病。后来潘青禾发现了一个秘密，代养弟弟的二妈妈在佛堂后面的木箱里，放有一具黑黑的婴儿干尸。潘青禾从板壁缝里看见二妈妈拿一种东西装着喂养这个干尸的样子，吓得不敢出声。她有了一个用人叫阿春，是她信得过的人。阿春是乡下民间长大的，知道二妈妈这个行为是在养小鬼。小鬼被她养成后，就会听她的使唤，想要害死什么人就可以做到。

小时候噩梦笼罩的日子里，是读书拯救了她。父亲早早给她请了私塾老师，有一个是教新文化的老师，因此她接触了当时最新的报刊和图书。父亲戎马生涯一再变化居住地方，十三岁的时候她在杭州上寄宿女子学校，两年后回到了父亲的家乡 W 州，在艺文高中读完高等中学。她本来想到大地方继续读书，但后来几年时局不定，父亲远在西北驻扎，恐她孤身在外不够安全，就让她留在老家看管田产。

和父亲在一起的日子很少，尤其在长大之后。三年前父亲军队开拔到川滇之前，回到任溪老家休养了两个月。父亲从读科举改为从军行伍，内心总还眷念着读书的事，在 W 州结交的多是文人墨客。那时常来任溪老宅饮酒赋诗的有在北京任过外交知事的吴景晨，有后来成为词学大师的夏承焘。父亲常让潘青禾在一边侍坐。有一天他们都来了，仿古人曲水流觞作诗喝酒，水池里的杯子流到谁跟前谁就要喝酒作诗。潘青禾在一边记下来一首：

久阔喜重逢，况于大乱中。谁逃争战祸，各慰起居同。
杯酒传清话，围炉叙曲衷。独嫌离别速，一饭太匆匆。

后来的一天，有个相对父亲而言比较年轻一点儿的人来了。他明显不是文人，酒杯顺水流到他跟前时，他支支吾吾诌不出诗来。潘青禾为他着急，怕他诌出《红楼梦》里薛蟠一样的歪诗，就替他应付了几句。他就是柳雨农，W州的商界新人，拥有城里最美丽的花柳塘花园，南门头半条街铺面。那时候，柳雨农正在做一件新鲜的事情，要开办W州的电灯公司。报纸上说电灯公司厂房将设在双莲桥的琵琶洲上，发电机器会从上海英国远东洋行购买，预期两年后W州就可以用上电灯。潘青禾难以相信柳雨农能做成这一件神奇的事情。她读过的新文化书中，里面有盗火的普罗米修斯希腊神话。她觉得能把电灯带到W州的人将是和普罗米修斯一样的英雄，无法想象会和柳雨农这样一个穿着长衫留着小胡子的人有关系。

父亲出发回西北之前，和潘青禾说了一件事情，柳雨农托吴景晨向他提亲，想娶潘青禾做太太。潘青禾吃了一惊，脸色绯红，她一点都不喜欢这个人。父亲是个旧军人，虽妻妾成群，第一个妻子也是应父母之命而娶，因此觉得给女儿指定一门亲事没有不妥。他觉得柳雨农这个人还算谦和可靠，年纪不大就几乎已经成了城内首富，潘青禾交托给他比较放心。父亲虽然是和潘青禾商量，但口气显示他心证已成。为了说服女儿，他说柳雨农是个有新思想的人，将给W州带来天工开物一样的变化——电灯。潘青禾心里并不愿意，但知道抗拗父亲意志是不可能的。她把自己命运放在父亲说的最后一句话上，决定赌一赌。

"要是他真的能够让W州都点上了电灯，我就同意这门亲事。"潘青禾说。在说出这句话后，她就希望W州今后一百年都点蜡烛和油灯。

"这个主意好。让他在全城点上电灯那一天，过来迎亲。"父亲说。在他出发去西北之前，父亲最后一次和吴景晨、夏承焘、柳雨农曲水流觞饮酒，宣布了这一件婚事，约定柳雨农若办不成电灯公司，这件事就算没提。

潘青禾在父亲重返西北之后，一度满心怨恨他的专横，都这样的年代了还做包办婚姻的事。她还痛恨柳雨农癞蛤蟆想吃天鹅肉，她只是看他对不出诗句场面尴尬替他解围，没想到他居然动了娶她为老婆的坏主意。她曾经多次想离家出走到大城市去独自谋生，却发现自己像是一只雏燕，翅膀上根本还没有可以飞翔的羽毛。柳雨农显示出是个守信的人，在电灯公司发出电力之前，都没有打扰潘青禾，只是每个时节都会按风俗送来节礼，显示他和潘家有婚约存在。及至西北战事风云变幻，父亲命丧高原兵变，潘青禾身边的世界一片黑暗，潜伏的猛兽露出了头来。在这段最困难的时间里，柳雨农给了她保护和安慰。由于柳雨农的身份，她周围的猛兽才不敢对她撕食。潘青禾此时明白了父亲出发前给她订下柳雨农婚约是借了一片浓荫覆盖，父亲可能明白自己会回不来，她需要有一个依靠，现在这成了可怕的真实。

自接到噩耗之后，潘家一直为潘师长的安葬发愁。没有尸体怎么安葬？柳雨农通过关系想办法寻找命丧川滇高原的潘师长尸体，却没有下落。潘青禾一度想自己去那里，被柳雨农拦阻。一个小女子独身入川滇等于羊入虎口。潘家大宅的后面花园里搭起了一个棺材屋，放置了潘纲宗生前备好的楠木棺材，空棺等候着主人。就在这个时候，潘青禾从报上看到父亲的司机马本德开着父亲的汽车来到了W州，车上带了父亲穿过的一套军服回来，这样就可以让父亲的衣冠入棺材，举行父亲的大丧了。

自古以来，凡是大人物的丧葬举殡之际，常会危机四伏充满杀气。现在这个时候正是秩序大乱，出现权力真空。潘青禾知道自己必须在纷乱中抓住机会确立自己在家族中的地位，否则很可能会被别人置于死地。她决定要办一次隆重盛大的丧葬仪式，为此，她主动请柳雨农提早来到任溪潘宅，共筹丧礼。柳雨农坐一条小篷船从河路来到任溪。W州城里城外各条街巷都有小河相连，坐小船可以到达任何地方，所以这里不流行骑马或坐马车，富人家都有自己专门的小船。柳雨农一来，丧葬的主动权全到了他手里。他虽然不工于诗词，办丧事却很有经验。他请来城里最好的吹班乐队，妙果寺里上百个和尚过来轮班不分昼夜念经，整个潘宅前后内外都披上了黑纱麻片，有一队专业哭丧的妇女恰到好处地呜咽着，需要时会爆发出一场大哭。他还通过专员蒋保森请来的军队士兵，扛着汉阳造大枪为棺材屋守灵。

马本德的汽车成了灵车，定好在初七正午时分到达潘宅。潘宅家眷一早就在大门外设下祭坛等候，接近中午时分有信报来，说潘师长的汽车快要来了。潘青禾穿着麻衣戴着三连麻冠，跪下之前看见了小路尽头的玻璃反光，知道那就是汽车。她非常想看着汽车到来，但是被祭祀的班头按下了头，说不能目光直视父亲的"灵车"，因此她只能耳朵听着汽车轰轰隆隆的声音接近，灰尘卷起时，她低着的头看见了地面有汽车轮子滚过去，一刹那间，父亲的形象变成了汽车轮子，进入她心里。等车子进了老宅的大门院内，潘青禾才可以抬起头来。祭祀长说她现在可以过去看潘师长的车。她不明白为什么刚才车子开进来时不可以抬头看，现在又可以去看了。潘青禾看见停在院子里的汽车像一只黑色的牛角甲虫，头部的玻璃在阳光下闪着光。她看到开车的人下来了，这个人比这部车给她的视觉冲击厉害得多。他比站旁边的柳雨农高出大半个身子，头发卷曲，脸上长满了浓密的连鬓胡子。他的鼻子尖尖的，眼睛却深陷，嘴巴巨大，和天上飞的刀鹰很像。她突然想起要是给他穿上戏服，让他扮演《岳飞传》里的金兀术真像是天生的。就在这时，潘青禾看到马本德也发现了她，眼睛看着她不放。潘师长临行前要马本德将皮箱交给他女儿潘青禾，他从潘师长家庭照片里看过他女儿，一路上都在牢记她的形象，所以一看见她就马上认了出来。他走到她的跟前，单腿下跪行了一个大礼。这种礼节有点奇怪，是祁连山部落盗马帮的礼节。这可让潘青禾不知如何回礼，情急中按古戏里女子一样回了个屈膝扭腰万福礼。

马本德从车里取出那一只小皮箱，柳雨农立即示意下人抬一张供桌过来伺候。围在一边的人表现出不同的紧张。看热闹的村民先前听说潘师长带来了一大车金银财宝，现在见到的就一个小箱子，以为一打开就会光芒四射，里面全是夜明珠一样比金银值钱的宝物。而潘家眷属中除了个别人以为里面是财宝，更多人相信会有分配财产的遗嘱。马本德打开了皮箱，铺在箱子里的是一套装饰着金线绶带的将军礼服。潘青禾一见这熟悉的军服立即双目垂泪，她想起以前在北平官邸居住的日子，父亲每天早上都要穿上这套金光闪闪的服装，腰间还佩着长剑，黑皮靴擦得铮亮，前往军队司令部去点卯理政。皮箱小小的，取出衣服之后，箱子底下就只有一封信了。围成一圈的潘宅家眷眼睛一亮，果然有遗嘱，这里面的内容可关系到他们今后的命运。潘家宗族族长和三个有威望的长辈出面拆开了这封信。书信成于危急之中，只有几行字："于吾身后，由吾女潘青禾主持家政。家中财产分配方法已有方案，置于中堂匾额后方。"这一句话迅速传开来，围观的村民兴奋了起来，他们在古戏里或者鼓词里听说过这种事，通常发生在皇帝驾崩之后宫廷内，现在却真实发生在身边。

于是迎接亡灵仪式暂时中断。现场开始转向去寻找潘师长放在匾额后面的遗嘱。正堂匾额上面写有"龙虎穴藏"四个字，是潘纲宗军校同窗李济深书写的。正堂屋梁非常高，一般楼梯都够不上，只好找盖房子的人来搭起脚手架。村里看不惯潘家的人开始议论。潘纲宗这种行为是犯上的，只有皇帝可以把遗嘱放在匾额后面，你一个丘八武夫怎能这样？这是欺君之罪。你看，这下不是报应了吗？陈尸在万里之外，比孟姜女的长城还要远，比苏武牧羊还要远。这些人正议论着，毛竹竿子搭的脚手架已够到屋梁。两个手脚灵活的泥瓦工爬上了架子，拿着火把去照匾额后面，只见呼啦啦一阵黑风盘旋出来，是一群蝙蝠。看热闹的人又是一场评论，说蝙蝠聚集之处必有妖气。两个泥瓦工在匾额后真的找到一个锦匣子，外面虽然都是蝙蝠粪，可没渗透到里面。盒子到了族三公手里，打开一看，又重新封上。说里面的文字详尽，得用很多时间细细研判，不能匆促公布，以冲了丧事的庄严。族公的决定很有智慧，有这么一个锦匣存在，潘家的眷属一个个都心怀畏惧，在公布之前都服服帖帖的，尽力表现出对于潘师长的忠诚和哀思。而一旦公布出来，大部分人会觉得吃亏闹将起来，丧事就办不下去。

潘师长的衣服在楠木棺材里铺开来，象征他已经马革裹尸回到了家乡。在大宅前面巨大的晒谷场，站立着方圆几十里过来的送丧乡邻，还有 W 州里各界代表和潘师长生前亲朋好友。柳雨农会办丧事主要是他会喊丧。这么多来祭奠的客人一层层围住，顺着时针方向移动，都由他的喊丧声来指引：上河乡柯家大姓宗族急上三步奠，孝子贤孙就位叩拜！他的声音刚落就有一阵号哭响起来。围丧的队伍转动了一格，他又喊：藤桥箬笠夯张家大姓客右行三步！围丧的队伍像个旋涡，柳雨农就是搅动这旋涡的木桨。潘师长的棺材停放到了大宅后花园露天棺材屋里。风水先生算出他的棺材现在不能入土为安，要放置在地上七年后才可入葬。这一带本来就有露葬的习惯，后山的悬崖还有古代人架在悬崖上的悬棺。潘师长的棺材是楠木的，不会腐烂。潘家将要在后山找一块风水宝地建陵墓，七年后让潘师长入土为安。一队队的奔丧队伍陆续赶了过来，从 W 州各个县城甚至省内外各地赶来。柳雨农一直在那里喊丧，奔丧客在他指挥下祭拜之后，便到临时搭建的草屋里吃油煎豆腐，本地话叫吃"豆腐羹"。潘宅叫了几十个人支起铁锅煎豆腐，让奔丧客吃饱了还可以带上一包回去。

马本德今天是重要的客人，被安排在大宅一间客房过夜。他在白天丧事里插不上手，一直在做看客。他一直在被人观看，人们故意走到离他几丈远的地方，偷偷打量他的巨大身材和番邦长相。哭哭啼啼的白天终于过去了，天黑了下来，换了另一种气氛。大宅内外无数的蜡烛还在燃烧，把守灵人的影子投射到墙壁上，一队夜班和尚继续念经。夜渐渐深了，大宅里大部分人都悄悄找地方睡了。平时马本德一碰到枕头就会呼呼大睡，可今天他的脑袋瓜清醒得很，怎么都睡不着。他觉得夜间屋里有各种奇怪的声音，之前在客房过道间看到供奉着一张张先人的画像，好像是画像里的人在窃窃私语。过道上方好几具棺材架在屋梁上。他一开始以为里面是有死人的，带他的仆人说这是空的，这里的活人早早会备下棺材。他觉得真奇怪，活人为什么要准备棺材？他还不明白为什么他们不把潘师长的棺材埋在土里，而是摆在地面晒太阳。他终于把潘师长的皮箱送到了他女儿的手里，这个南方大宅里的人把皮箱当作师长躯体来对待，好像是潘师长鬼魂真的回来了。他眼前浮现出潘青禾身影，明白自己睡不着就是因为心里的潘青禾活跃着。潘师长让他开车这么远到了这里，就是为了让他见一见潘青禾。他见了她一面，看了她一眼，心里就把她当作自己的主人，取代了潘师长的地位。

他迷迷糊糊睡了一下，做了个怪梦。梦见在一个城里怪异街巷找不到要去的地方，他梦见自己在开车，车子变得很高，像是踩高跷一样高，他把着方向盘平衡着，边上有一辆大卡车开过来，把他逼到了路边。他快要倒下来，突然看到一根很高的旗杆，他坐到了旗杆上面，眼看又要掉下来。他惊醒了过来，张大眼睛看着房顶，屋梁上有老鼠爬来爬去。他总感觉到有活的东西在接近他。他坐了起来，看看窗外，能看到大院墙根燃烧的蜡烛。他把窗关了，发现客房一侧还有个隐门，门缝里闪过一点点的微光。马本德身上有祁连山盗马人的敏锐本能，他一把将门拉开来。门外站着个从头到脚蒙着黑布的人，只露出眼睛。普通人会以为是鬼魂，马本德可不管，迎面扯下蒙面人头上的黑布，是潘青禾，她猝不及防地面对着他了。

"我想和你说话，说我父亲的事情。"潘青禾说。她脸上没有畏惧，语气镇定地说。

自从马本德从车里下来和潘青禾行过礼节，潘青禾一直没有和他说上话。他是从父亲身边过来的，父亲危急时刻派他回来，她觉得父亲有一部分生命会附着在他身上。她很想和他慢慢说话，想知道父亲最后时刻发生的事。白天丧事议程繁复，让她没有一刻空闲和他说话。就算有机会也不能单独和他说话。除了男女授受不亲，大丧期间她尤其要悲哀沉默。别人若看见她单独和他说话，必定会引起疑心。到了夜里，她实在是很想见见父亲的司机，一种无法控制的欲望在促使她行动。夜深人静时，她穿上了丧服，潜入了客房边上一个杂物间，这里有门通到客房。她想探听一下客房内马本德动静时，没想到他真如《七侠五义》故事里的侠客，早有提防，把她逮住了。

　　马本德恭顺地把潘青禾引进客房，点上蜡烛。客房内有两张座椅，中间隔着茶几。潘青禾坐了下来，马本德站在一边，潘青禾让他坐下来说话。潘青禾问了他一些事情，让他说说父亲最后一段时间的生活。马本德一开始很拘束，问一句答一句。慢慢他的话匣子顺溜了起来，说了很多话。他说的话很多是虚构的，是情不自禁地编造吹牛夸张。盗马贼民族就是这样说话的，伟大的英雄史诗也都是这样夸张虚构出来的。他说了自己为了救师长，身上被机关枪扫射留下很多弹孔。他身上确实有很多伤疤，那是他多年来跟着父亲盗马还有和人打斗留下的印记。但是他的话却让潘青禾泪如雨下，信以为真地心痛，坚持要看看他的伤口。

　　马本德把衣服解了开来。他汗腺散发出浓重的羊膻味道像麻醉药一样让潘青禾反胃而战栗。马本德身上有浓密的体毛，像野兽一样。借着烛光，潘青禾要仔细观看这块躯体为了挡住打向父亲的子弹留下的痕迹。她贴着一块块坚实的肌肉，还得拨开浓密的体毛，循着一寸寸肌肤去寻找那机关枪的弹孔。在她最初接到父亲死讯时，全身像是被重重一击，并没有感到强烈的痛苦。但是失去亲人的痛苦有一个发展过程，就像一个硬疖子形成后会一天天地长大，痛楚在快速加剧，最后内心的薄膜像是被撕开剥离，痛苦像是一滴墨水融入一碗清水，墨汁成线状散射开来。在最为黑暗的悲伤时刻，她觉得自己内心大面积死去，那细胞裂变的生理痛楚能清晰地体验到。这种痛苦在今天早上触摸到父亲穿过的将军服时达到了顶点。那一刻她最想要做的是马上死去，去追随父亲的亡灵。但此时她心里有一丝丝闪着亮光的物质出现，不是光线，是一种光质的藤蔓状的意识，是一种生理欲望，一种强烈的性欲，像火一样在心里暗燃着，对抗着死亡物质。要知道，她不是第一次接近男性的身体。她在读寄宿的艺文高中时，暗恋上了一个脖子上总是挂着长长围巾的男教师。有一个晚上，他教她读徐志摩最新的诗歌，在寝室里脱了她的衣服，欣赏她身体的美，抚摸她，然后整夜和她性交。那段时间持续了三个月，直到这个男老师被学校辞退，离开了本地。潘青禾的身体像是被开垦过的处女地，情欲一直还在滋长，被强制地压抑住。而此时，禁忌再次被打开，潘青禾处于强烈的性欲之中，这才是她夜半到杂物间里窥探的原因。

此时，她贴着马本德裸露的腰部那坚硬的一棱棱肌肉，仿佛这就是死亡或者生命本身，这具躯体此刻有了古希腊大理石雕像一样的永恒意义，不同的是爱琴海米洛斯岛上那些雕像都是洁白如玉的大理石而潘青禾所贴近的却是长满黑色胸毛的肉身。这一段肉身躯体的主人马本德则是能感觉到伏在他身上的潘青禾的欲望。他属于半开化的人，有一种动物般的直觉。当他到达目的地和潘青禾的第一个目光接触，就从对方的眼睛看到了情欲。今晚接下来的肉体交合他觉得是理所当然的，是一个仆人为主人应做的事情。潘青禾的手伸进了他脸上浓密的胡子里，这样的细节让人想起《圣经》里力士参孙和大利拉的故事，巨人超常力量的秘密就存在他的毛发中。

在这个魔幻夜晚之后，潘青禾好像喝了神奇的药汤，接下来的一个星期变得很大胆。她坐上了父亲的汽车，觉得这是父亲给她的玩具，让马本德开着到处转悠。任溪镇上的街道很宽，乡下到处有走牛车的乡间阡陌。他们开车到了山脚下，爬到山上当年潘师长闭门读书的石头小屋，在小屋不很远的地方有一个隐蔽的小山洞叫果公洞，据说张果老在洞里读过书。再上去有一个瀑布峡谷，号称流米岩。到了峡谷上方往下看，扔一块石头就有巨响，号称雷响潭。他们还去看了一场戏台搭在河上的社戏，有一曲戏是《四郎探母》，里面有金兵番邦。潘青禾对马本德说你就是戏里的番邦。马本德问番邦是好人还是坏人？潘青禾说是坏人。

一周后，柳雨农坐着他的专用船从城里来到任溪。他丧事第二天回到了城里，他可是个忙人，有很多事情要办。他一定是听到什么风言风语，所以又回到任溪。他一来就找马本德，对马本德的称呼是"马车夫"，这称呼一方面应了马本德的姓，也和他开车的身份切合。柳雨农为自己能想出这个称呼有点得意。

　　柳雨农和马本德说话时还是紧张，主要是他的语言能力不行，官话说得很烂。W州语言很古怪，和中原的话相差很大，柳雨农只是把一口W州土话某些发音变一变，就算是官话了。这种蹩脚的官话在江南一带的人之间还勉强能懂个四五分意思，但在马本德这个西北人耳朵里则是和突厥话无异。所以马本德来到潘宅之后，柳雨农都没有和他说过话。

　　"马车夫，我以后要用这个汽车。你把汽车开到城里去，以后就给我开车吧，我给你发薪水。"

　　"我不给你开车，这车是潘师长的，你不是潘师长。"马本德说，一点没把他放在眼里。

　　柳雨农按住火气，对他解释潘师长已经死了，他把车送给女儿了。潘青禾是车子主人，而他和潘青禾有过婚约，就是它的主人，所以对汽车拥有权利。但是这么复杂的道理用他的蹩脚官话根本无法表达清楚，他和马本德只能气呼呼地不欢而散。到了夜里，他使了一个阴招，用一条粗铁链套在汽车轮辐中间，锁在前院打谷场大柏树上。

　　第二天一早，刚刚醒来前往大院查看车子的马本德发现了汽车被铁链锁住。接下来，潘家老宅里的人看到可怕的一幕发生了。人们看到本来就比他们高大一倍的马本德又变大了一倍，像佛教寺庙里的金刚一样巨大凶恶。他发出了低沉的吼声，桌子上摆的茶碗里的水都震出了水珠。他在院子里打转，每走一步潘宅的地基都会抖动。他跌跌撞撞前往农具房里，一把就推开上锁的门，在里面找到一把打粗石的重磅铁榔头，一手还顺便提了个几百斤重的铁砧。他到了汽车的边上，把铁链放在铁砧上，抡起铁榔头，几下就把铁链给砸断了。然后，他不紧不慢把铁砧搬回了原处，把铁榔头也放回原处。他转到了伙房里，搬了一坛白酒，坐在车里面喝起来。他自从离开迪庆高原开车奔向南方至今滴酒不沾。今天他气坏了，放开大喝。

潘青禾在屋内，和柳雨农一起看到了大院里发生的事情。她现在也害怕了，起初那段不知畏惧的情欲已经平息下来。她明白她的确不能收留马本德在老宅里，就像不能收养一头猛虎在家里一样。于是，她做了决定，把车送给马本德。她整理了一个包裹，里面有几件换洗衣服，两百银圆，还有一些干粮。她走到了停在打谷场的汽车边，马本德正在那里烂醉如泥。她把包裹放在马本德手里，对他说，你开着车子走吧，你从哪里来，就回到哪里去。为了不让他看到她满眼伤心泪，她说完了话就扭头背对他回到屋里。

马本德听到这话如五雷轰顶。他历尽艰辛穿过大半个中国来到这里，现在听到的是让他回去的话。但是他认定了潘青禾是他的女主人，他会绝对听她的吩咐，就像他绝对忠诚于她的父亲一样。他低垂下头，不紧不慢把酒喝完。然后就发动了汽车，离开了潘宅。

03

　　马本德开着车到了江西栈，一头钻进了客栈，三天不吃不喝倒在床上，完全不知道自己接下来该怎么办。在这之前他心里有股劲头支撑着，要完成潘师长的使命，要继续为新的主人潘师长女儿效忠。现在他被潘青禾一脚踢开，整个人就像充气的羊皮筏子被扎了刀子，全松垮了。在迪庆的金沙江边，每年秋天有一大群一大群的花彩蝶从南边飞来停留在雪山下的树林里。德国人泰斯什么事情都知道，告诉他这种蝴蝶是从地球的另一边南美洲巴西飞来的，它们停在雪山脚下的杜鹃丛里，已经完成交配的任务，然后就大片大片地死去了。莫非他也如这种蝴蝶，飞到了目的地之后，就注定要死去？

　　到了第三天，马本德饿得受不了了，下楼到饭馆里大吃起来，一顿饭把平时三天吃的量都吃回来了。痛苦、烦恼之类的心情在他身上通常最多只能逗留三天，过了这个时间，他破碎的心会自动缝合起来，基本没有留下疤痕。他不喜欢W州潮湿闷热的气候环境，语言古怪的本地人也让他不自在。只有到了江西栈这个外省人的居住区，他才觉得舒服一些，好像这地方是炎热的沙漠中一片小小绿洲。

他现在无路可走，想离开这个伤心地，回到老家去。他第一个难题是他的汽车。他无法开走它，除非把车再拆了扛到金华那边，去杭州找西湖边遇到的租车司机做合伙生意。这个主意似乎还不错，但是他实在不想再去干拆车装车这样麻烦的事。他想出个办法，把车子先寄放在江西栈，自己去杭州和那司机谈好了再来取车。决定做出来后，他又有点磨磨蹭蹭不愿起程。他对Ｗ州很愤怒，不喜欢。可他一想到潘青禾，就伤感得不行。那一夜潘青禾委身于他之后，就在精神上牢牢控制住了他。他知道柳雨农要做潘青禾的主人，这让他对柳雨农充满反感和警惕。虽然潘青禾给他包袱，赶他走，不要他了，他还是对主人忠心不改，像一条忠实的狗。

江西栈的人热情欢迎他回来，把他视为同乡老表，邀请他吃饭喝酒的人不断，排满了日程。他每天都是辣得两头受苦，吃的时候嘴巴辣得火烧一样，拉屎时屁眼又得再辣一次。江西会馆的馆主顾修双在他被白酒和辣椒包围之中的某天，请他去喝茶。请他喝茶不喝酒是为了让他清醒说话。顾修双问他接下来想怎么办？马本德说要离开这里，到杭州去找人合伙做租车包车生意。

顾修双来请马本德喝茶不是因为他的好奇心和好客心。别看他这个人个子很矮，却眼光如炬，能看到一个生意很远的前景。他住在江西栈里，却已经不做陶瓷生意，有半条街的铺面是他的。他现在做了别的两个生意：钱庄和洋油分销。他一年有一半时间在江西或外地，接触到全国各地甚至外国商人。他清楚知道W州是个好地方，但这里的工业化比外地慢了一大步。他看到马本德把汽车开到了W州，觉察到一个新时代即将来临。新时代即将从他手中这一把茶壶里开始。这套茶具是五百年前烧出来的，茶壶很小，茶杯更小。他泡的茶是福建的老岩茶，倒在了和荔枝壳差不多大的茶杯里，他用这种方法来训练马本德的耐心。马本德两指头夹着茶杯倒在嘴里，觉得像是滴了一滴眼药水。他喝惯了大碗茶，这个蚂蚁用的茶杯让他气得嗓子冒烟。但个子矮小的顾修双，却有一种能力让他安静下来。

"马老弟，我听说你是从云南迪庆过来的，路上走了一万里，最后是把汽车抬到W州这个地方。你这样走路真是像一出古戏。关公千里走单骑？四郎探母回中原？薛平贵身骑白马过三关？你这样走进W州真不简单。其实很多人都是因为意外来到这座孤城。你看到没有，江中那一座孤岛江心屿，两面有两个宝塔。'靖康之难'后，南宋皇帝赵构被金兵追赶，坐船逃到了海上，漂流了很多日来到了W州，起先就住在江心屿那个破楼里。后来到了城里，说不定我们坐的这个地方皇帝老儿也来过呢。我们江西人怎么到这儿来的？大概是几百年前我们祖先里有人背着瓷器在大山里迷失了路，或者是船只遇到了风暴被吹到了这里，不知不觉就在这里住下了。我们家那边的鄱阳湖里有一种水鸟，本来是会飞的。后来那个湖里鱼变得很多，冬天也不会冻，这种鸟就不需要飞了，结果翅膀就变小，成了不会飞的鸟，永久留在鄱阳湖。你别看Ｗ州偏僻，城里各种人都有。高鼻子蓝眼睛的外国人不少，在瓯江口外面，有一片岛屿叫洞头岛，上面住的全是福建人。这城里还有一条药材街，都是宁波人。人这东西吧，就像一颗种子被风吹着跑，你看看窗外瓦背上的那种野草，本地人叫瓦神，被风吹着到处长，没有土地，瓦背上也能长。"

顾修双讲了很多话，但马本德有点心不在焉，他被顾修双的小茶壶搞得很恼火，眼睛一直偷偷看着旁边桌上一把大茶壶。顾修双还在继续说话，他说Ｗ州看起来没有路通外面，其实和外面世界联系很多，因为它有海港通往上海、厦门、台湾和外国。顾修双说你的车子不是一个累赘，而是一棵摇钱树，既然已经进入了Ｗ州，哪有再拆了背出去的道理？你一定要把车子在路上开出来才对。你的师长叫你一定要把车开到这里，不是要你送皮箱，而是要你在这里把路开出来。马本德听了愣住了，想想这话也对。如果只是送皮箱，他完全可以把车留在金华山那边，自己提着皮箱过来。他花了那么大的力气把车子拆了运到这里，就是为了让潘师长女儿看到他父亲的车子。潘师长的确要他一定把车子开到老家的。

"可是这个鬼地方没有路啊，我怎么把车子开出去？"马本德说。

"这就是我今天要和你商议的事情。"顾修双说。

眼下Ｗ州还没有电灯，洋油灯取代菜油灯进入千家万户，这让顾修双有机会把分销壳牌洋油生意做得很大。他的对手柳雨农是美孚洋油的代理商，两家基本垄断了本地市场，一直是在明争暗斗。柳雨农正在做一件事情：开办电灯公司。如果城里人都用上电灯，洋油的生意就会大大减少。而柳雨农自己的发电厂机器用到洋油，美孚用油量会更加庞大。这件事正是顾修双近来的心腹之患。他看到马本德汽车后，心里慢慢形成了一个想法，他现在和马本德说的就是这想法的开端部分。他计划要开通 W 州和金华的公路，发展汽车交通。柳雨农的发电厂要消耗洋油，他的汽车交通也要用到洋油，这样就势均力敌了。顾修双在讲述情况时，马本德都心不在焉，当他从顾修双嘴里听到柳雨农的名字，眼睛突然亮了，露出了凶光，他说自己最恨柳雨农，最想整死的人就是柳雨农。顾修双说他的主要对手就是柳雨农，也最想整死他。

两个人的谈话开始变得投机。顾修双说还没有车路通到外地之前，可先让这部车在城里开起来，让这里的人知道什么是汽车。第一步在 W 州城里开汽车游览路线，单数日从城东的涨桥头开到西郭外的上横街，双数日从南门头开到朔门港，每坐一次收一个银角子，保证会挣到很多钱。江西会馆和他合伙，提供汽油和后勤，四六分成，马本德分六成。马本德接受了他的计划。

汽车第一天开行地点在城中五马街。五马街两边的建筑，已经开始模仿上海外滩欧美楼宇的样子，只是尺寸要小很多，最高也不过四层楼。有一些建筑有洋房式门面，里面还是明清时期木建构房屋。W州有海路直通上海，上海的风气对这里影响很大，民众爱洋气，新的东西容易受到欢迎。那年头新旧两种商业方式相互生息相互平衡，百货公司的名字已经出现了，云博百货商场卖的货里有英国货、美国货、东洋货，丝袜、口红、玻璃镜很受欢迎。"五味和"听名字是老字号，是西山酱园的林家开的，经销本地土产和南北货，但他们主要的利润是代理经销洋人香烟。卖布料的"金三益"布店，不只是卖丝绸香云纱，还卖华达呢、凉爽呢、白府绸等外来货。就算对面那家"博林"文具，里面除了卖文房四宝，还卖钢笔、西洋的喇叭、网球拍等时髦东西。在最近的十多年，五马街几乎每天都有新奇的东西出现，一天天把人们的想法变得洋气起来。而今天马本德的汽车开到了这里，对于全城来说是一件重大的事情，成百上千人过来看汽车在城里收钱载客。

汽车开行线路是从五马街出发，到西郭大桥头，再经过九山湖到妙果寺、积谷山，经北大街回到五马街。坐一次收钱一银毫。车上本来就几个位置，故不设收钱的人，放了一个盒子让乘客自己投钱。这里的人很诚实，都会自动投钱，几圈下来盒子里的银毫就满了。马本德每天都有几十个银圆进口袋，他一辈子从来没有挣过什么正经钱，看着白花花的银圆到了羊皮钱袋里都不知怎么花了。

汽车在城里开了一个月，坐车的人慢慢少了，W州城里的人兴趣来得快，去得也快。但开汽车的马本德已经成了家喻户晓的人物，为日后通汽车做了宣传。顾修双说时候到了，我们来搞大的吧，把通往江西的路打开。我们世世代代回江西要翻山越岭，慢得像乌龟爬行，在古代也就算了，现在外地都通火车了，再这样实在说不过去。马本德对顾修双这话很有体会，他自己就是抬着汽车进入 W 州的，他做梦时还常会梦见那条拥挤着独轮车、滑竿和挑夫的山间小径。顾修双说我们第一步就是要把这一条山间的驿路变成可以开汽车的公路，具体方法是向官府买下这条路的开发使用权，杭嘉湖一带早就用这种方法通上了汽车。顾修双说江西会馆可以出头做这件事，他已经做过筹划，许多钱庄都看中了这项工程，愿意出钱入股，不仅是本地，江西那边也有很多大户准备认股。马本德听顾修双说了很多，心乱如麻，这些事情太复杂，超出他想象能力。马本德想起自己的师傅德国人泰斯。他把泰斯给他的照片拿出来给顾修双看，照片后面有泰斯写的字，泰斯说这是他的联系地址。马本德说要是能找到泰斯，让他来修建这条路就一定会做成，他在云南奔子栏就为潘师长修了一条路。顾修双是有见识的人，知道德国人技术很厉害，觉得这个可以试试。他们这个时候就坐在瓯江边的一个茶楼里，正好对着看起来像一个盆景的江心屿。顾修双指着东边那个塔说，这塔下面就是英国领事馆，他在里面有熟人，可以找他们商量去寻找泰斯。

于是坐渡船到了江心屿。渡船上大部分是游客，他们到江心屿看文天祥庙，看南宋皇帝赵构在岛上住过的楼和题写在墙上的诗句，还看岛上的庙宇江心寺，寺院门外有一副很出名的对联：云朝朝朝朝朝朝朝散，潮长长长长长长长消。马本德对这些事情不感兴趣，跟着顾修双直接去了东边的佛塔小山，看到了飘着英国米字旗、带红色屋顶的领事馆。

马本德来到这里的时候，这座英国领事馆已经建了三十多年了。英国于1843年和清朝签订五口通商章程之后，又于1876年与清帝国签订《烟台条约》，特地将W州添加为通商口岸。本来说吧，英国人只在重要的城市和港口设立领事馆，为何在这么一个偏僻的孤城有这么一个据点呢？原因是从明末清初开始，就有西方传教士来到中国东南沿海，沿着海岸线城镇逐个试探着传播福音。他们利用W州交叉纵横的河道水系，坐小船抵达每个村庄角落，被这里的水乡风景和丰饶物产所迷恋。他们向欧洲报告这里是东方威尼斯，港口通向一大片未开化的腹地。鸦片战争之后，英国军舰可以自由在中国海港航行，英军专门派遣海图测绘专家在W州沿海绘制了七张港口地图（NAVAL MILITARY MAP OF WENZHOU），报给英国议会。英国决策者认为W州地理位置独特，有特别重要的商业和军事作用。英国等到和清廷签订处理马嘉理事件的《烟台条约》时，获得了在W州开设海关和通商的权力。

英国人依据条约开着炮舰来到了这里。因之前在广州、虎门、三元里等地吃过亏，所以特别注意安全，选择了和城区隔水的江心岛作为领事馆地址。他们在东塔下兴建了一座带着红色屋顶的洋楼，和风景很配。副楼是巡捕房，里面住着可以抓人的印度巡捕。不久后英国人发现一个问题，东佛塔上每一层都有一圈飞檐，江中的水鸟在上面筑窝，吵吵闹闹，鸟粪拉满了领事馆的屋顶和院子。英国人就把古佛塔的飞檐全拆了，也没有遭到本地官府和民众的反对。事实证明英国人把领事馆建在江中是很有预见的，后来 W 州里有过两次排外的暴动，教会和洋人都受到致命攻击，但设在岛屿上的领事馆容易防守，没有被攻占过。那以后英国人在岛的四周加修了炮台，江中央永远有一条炮舰锅炉生着火，随时可以带侨民撤离。然而在大多数的时间里，英国领事馆和当地人民关系和睦，和社会名流商界精英都有往来。顾修双作为江西会馆的会长和领事馆的商务参赞熟悉，参加过几次圣诞节晚会。

英国领事热情接待了顾修双和马本德。他一眼认出马本德，好几次在报纸上看过马本德照片，对他的故事很感兴趣，正想邀请他过来做客。寒暄一番后，顾修双说明了来意，说了想开通 W 州到金华汽车路的想法。英国参赞说这是个非常重大的好事情，领事馆愿意出力帮助。马本德说想找到泰斯，把泰斯的照片拿出来给参赞看。参赞说照片背后写的是德文，是泰斯的通信地址，他可以帮助去找到这个人。之后参赞和他们交谈许久，留他们吃了午餐。这里的牛排带着血丝，很合马本德口味，他的老家部落爱吃生牛肉。英国人的奶酪也好吃，他家乡也有味道差不多的奶渣子，他很久没吃这些东西了。

英国人用了最快的找人办法。第二天泰斯照片后面所留的地址就由越洋电报送到了德国。

泰斯这天正在不来梅一个破啤酒馆里醉成烂泥。自从他离开了川滇高原回到德国已有两年多了。他回到德国后加入军队在法国边境作战，一年后协约国战败，战争结束，他的公民义务完成了。他很想回到中国去，睡梦里面还都是川滇高原的山河，闪着金光的佛塔金顶，在那里他是受到尊敬的人。但是德国战败了，他一贫如洗，还得知潘师长被打死了，他已经无法回到中国去。当地市政官员在酒馆里找到了他，把W州英国领事馆的找人电报给他看，说有个叫马本德的人在找他，那边出资请他去中国。泰斯一听这话酒醒了一半，马上回家整理行装。他从不来梅港到朴茨茅斯，搭蒸汽帆船"卡蒂萨克号"前往天津，坐火车到上海。然后就等待到W州每周一班的"海晏号"轮船。这个时候他遇上一件好事情，英国领事馆正准备一班水上飞机去W州，这是第一次飞航。泰斯可以搭乘这个飞机到W州去。

几天之后，瓯江边上站满了围观的市民，开天辟地第一回W州天上飞来飞机。马本德和顾修双被请到了江心岛，英国参赞说泰斯就坐这个飞机飞过来。只见天上传来隐雷般的声音，慢慢出现了一只铁鸟，老百姓在大声齐喊：铁老鸦！铁老鸦！铁鸟在天上打着盘旋，让老百姓看了个够。最后一次出现时已经贴着江水，像鹈鹕鸟一样冲到水里，滑行一段后慢慢停了下来。

04

在 W 州南门外一个叫双莲桥的地方，连接着一个三角洲，处于南塘河中央，有几十亩地，盛产瓯柑。关于瓯柑《三国演义》里有提到过，刘伯温的《卖柑者言》里说的"金玉其外"就是瓯柑。在1918年的时候，双莲桥三角洲上盖好了三间房子，瓯柑已经不是这块园地的主要角色，这里即将竖起一个大烟囱，厂房里将有几台大机器蹲在那里。最近以来每个晚上，五六个城里商界要人围坐在一张桌子边，商量一件对于 W 州来说很重要的事情。他们在筹划成立耀华电灯公司，购买发电机，开办发电厂，在城里每个地方竖起电灯柱，拉上电线。此时挂在他们头顶的是一盏油灯，发出刺鼻的气味。虽然是油灯，但已经是洋油。之前这里用的灯油是老鼠爱偷吃的茶油、菜油，蜡烛是蜜蜂窝里的黄蜡做的，山区的百姓用不起灯油，只用火篾，甚至萤火虫。洋油灯的出现预示电灯时代快要到来，洋油灯下的人眼睛发着亮光，他们的人形投影在墙上。坐在上位头的是柳雨农。

最初提出建立电灯公司计划的是宁波人王香谷。宁波人中喜欢做大生意的都去了上海香港等地，W州属于偏僻的小地方，聚集在这里的宁波人主要是做药材生意和小钱庄。王香谷买下了电厂的地基，但宁波人对于电灯公司这个新兴事物心中没数，出资的兴趣不高。王香谷做不下去，只得出手转让。W州本地商家认定宁波人经商头脑一流，宁波人做不起来的事最好大家都不要做。本地有资金的人更愿意去做实实在在的生意，"电"是什么东西谁都说不清楚，这是看不见摸不到的，还听说一摸就要被电死，这事太难理解了。柳雨农的理解比较形象一点，他觉得"电"是神兽，在铁的机器里发威，神兽吃油，和猪吃泔水一样。这样的想法总比没有概念好。

　　柳雨农从儿时起脑子里总是转着一个个神奇的想法。他的父亲柳筱山开柳正记南北货行于城南，柳雨农在行中为学徒。其父指望他长大后继承家业，柳雨农梦想的却是科举进身。柳正记货行面前的南大街是城中通衢大道，柳雨农坐在店里面，看着街上人来人往，最喜欢看的是清朝州官坐着大轿鸣锣开道走过大街。他虽然年纪小小，却打听到了每个大轿里坐的官员名字和官职。那顶轿盖上雕刻着一只仙鹤的八人大轿里面坐的是州知府徐班侯大人，他祖籍永嘉枫林，光绪九年中进士，官四品，喜好研读宋代刻印本。绿呢大轿里坐的是吕文起，清朝时本地已有大量海运生意，衙门设有专门的海运税政司，吕文起管的就是这些商贸的事。余朝绅那顶不上油漆的古松木轿子看起来不起眼，却是被城里人谈论最多的。余朝绅居住在信河街丁字桥巷，是清光绪元年举人，八年后中进士，在清朝廷任过国史馆纂修、会典馆纂修等职。甲申年法国军舰侵袭马尾，余朝绅愤强敌之侵凌，悲福建水师之被歼，曾赋诗一首"输赢一局尚迷离，国手犹弹劫后棋。南海红潮应溅血，东风赤壁竞争奇"。后来八国联军攻占北京，余朝绅逃回W州。他挟着京官的余威，在W州闻民间不平之事，总能仗义执言。他的古松木轿子能无拦阻地直入衙门，抬轿的杠子可顶到麒麟门，也就是旧时官府大厅最后一道门，不论道台或知府，都会忙着出来迎接。听说有一次还为一件冤案掀翻了知府的桌子。柳雨农欲科举进身，就是企图有朝一日也能坐这样的大轿招摇过市。丙午年（1906）后废除了科举，断了他梦想中的做官路，他只得接过父亲的摊子，用心做起了生意。他看到了之前坐轿子的徐班侯、吕文起、余朝绅改成了坐黄包车，照样还是人上人。他们任过清朝官吏，到了民国年代人们仍尊之为乡里耆老，上至省垣下至地方，各级官员均与他们有千丝万缕关系。柳雨农相信商人永远是商人，当官的总是高人一等。城内南北大街上有无数的商铺，一眼望不到头，他就是里面一个不大不小的生意人，要想出人头地，光闷着头做生意是无望的。柳雨农知道自己是当不了官的，但开始有了和官场的人交往的想法。

他想从结交这三个偶像人物开始。他知道徐班侯很清廉，但有一嗜好，喜欢宋代刻印本。柳雨农店里常来一些河南贩卖红枣的客商，柳雨农虽没中科举，也知道河南开封是宋朝古都，那里一定会有很多古书，就托一位河南人去搜集一批刻印本。河南人果然给他购得十来册善本书。他把这些书用黄绸包了，自己穿上新长袍，保证上面没有商行里的咸鱼气味，上徐班侯家拜访。他敲开了门，递上名刺，管家的没让他进门，只让他留下东西。这样的结果很合柳雨农本意，他是个有点腼腆的人，怕见人。他留下包袱，里面有一封谦卑得体的信，说这些书是祖上传下的，自己才疏学浅，不知道这些刻本的真伪，久仰徐大人的学问高深，请求做个鉴定。果然第二天，徐宅就派了人来请柳雨农。徐班侯亲自接待，称非常喜欢这一批刻本，他在小地方做官吏，本地的藏书有限，他基本都过目了，而这些刻本是从中原来的，让他耳目一新，即召来柳雨农细述。柳雨农说自己不知道这些书的好处，留在家里恐怕会弄坏，如果徐大人能替他保管那是最好。徐大人是清官，不受礼物。但替人保管古书是一件雅事，就答应了下来。此后，柳雨农便成了他的座上客。徐班侯发现了柳雨农是有才干之士。如今做官不一定要进衙门，有一种新的方式，就是做议会代表。徐班侯是浙江省议会代表推荐人，他把柳雨农列入了推荐名单。

吕文起做过盐政漕运官，和清廷的官商关系密切。辛亥后本地出现了很多行业，推选吕文起为行会总会长。柳雨农打听到他喜欢喝一种叫"大红袍"的茶，就去"五味和"看看有没有这种茶卖。"五味和"有这种茶，价格也不是很贵。柳雨农寻思孝敬吕文起的人一定不少，都会来这里买茶送他。他想若在"五味和"买普通的茶送吕文起，不是被扔到垃圾堆里就是会转送给下人喝了，得想办法找到上等的"大红袍"。他决定亲自前往武夷山一趟，去找上好的茶叶。去武夷山先得坐三天的海船，然后又改乘河船，五天后才到了这里。一个茶店制茶人告诉他真正的大红袍茶叶只出产在九龙窠崖壁上的那三棵古茶树，每年只能摘几斤，都要进贡给朝廷的。这回柳雨农带足了银子，让这制茶人想办法高价给他弄来半斤，便扭头回到W州。吕文起一看这茶叶的包装，便差点跪下来，他在京城做官时见过这是皇上的用品。及至冲泡了一壶，香气绕屋梁不散，确信这是真品的武夷山九龙窠大红袍。吕文起召见了柳雨农，他阅人无数，知道柳雨农用心巴结他是想往上层走。他觉得这种人虽不是栋梁之材，但是有上进之心，比那些自命清高老死也无所作为的清朝遗老要好。因此他接纳了柳雨农为门下客，介绍他加入行会，开始在W州的高级商圈里行走。

柳雨农结交余朝绅获得的第一个最大回报是拿到承包"糖捐"的专权。所谓"糖捐"就是糖属于官府专管的用品，经营者要额外纳捐。但是民间小贩实在太多，官府管不过来，大都漏掉了。后来兴起一种方法，承包给某一个大商人，交一个总额。然后承包人向各分销商收集捐税，盈亏自负，实际上总是会有很多的盈余。柳雨农为了拿到这个糖捐，花了相当的代价。这是他极力巴结余朝绅的结果。余朝绅虽说上了年纪身体精瘦，可还是喜欢女色，家里多使婢女。柳雨农觐见他的时候，会带上东北鹿茸、高丽人参等壮阳滋补的东西，还会给他送上好看的女仆。有一天，余朝绅脸上布满难色，喝退了用人后和柳雨农说秘密的话，有一个婢女的肚子大了，怀上了孩子，还死活不肯打胎。他现在都子孙满堂了，再生下一个孩子实在难以说话，所以犯愁。柳雨农看出是个大时机，他有个开米行的堂哥，结婚三年了老婆还没有生下孩子，愿意把这个怀上肚子的婢女纳来做妾。婢女能做上米行东家的妾心里满意，余朝绅更如释重负。满城人知道这件事情，余朝绅给这个婢女的陪嫁是让柳雨农承包"糖捐"美差肥缺。他在东门上岸街南北货业公会办公时，人们都称他为"糖捐局长"。

从这时起，他成了亦官亦商的人，青云直上，活动场面也日益广阔。后几年，经徐班侯鼎力推荐，他连续两届被选为浙江省议会议员，成为本地显赫的士绅之一。柳雨农在花柳塘东首紧靠飞霞洞处，购置一座庞大而破旧的老宅，请来苏州师傅花巨资改建成一座幽径曲折花木扶疏的庭院，额曰"巽园"。东侧后来又盖了新式楼房一幢，名曰"绮园"，用来待客。凡本地或外地头面人物莅临或过境，他无不在家热情接待。当时地方官场迎来送往，多假座他的"绮园"，因而门庭若市，座无虚席。一年之中，各方面应酬所费当在银圆万数以上。他喜与文人交往，龙游余绍宋，系两浙名宿，战乱时曾避难他家；本地知名人士刘景晨、梅冷生、叶适庵、吴洗凡等，常为他家座上客。

柳雨农名刺上的头衔越来越多，眼界也越来越大。这个时候他脑子里那些古怪的想法都慢慢跳了出来。之前他是迷恋清朝科举和坐大轿的官人，而现在他则开始看中洋人的名堂，他的将来要和"洋"字打交道。他开始了做洋油生意，挣了大钱。再后来，他看到宁波人王香谷要做的电灯公司，心里面好像有一盏灯通了电一样亮亮的。当王香谷做不下去要把项目出让，柳雨农出头接下了这一个摊子，成立了耀华电灯公司。他的股东有开绣花局的迟玉莲，大光明火柴厂的李文澜，"海晏号"轮船船主陈阿昌，瓯海钱庄的汪惺时，西山酱园的林镇祥等人。他曾经有意想拉任溪潘纲宗师长入股电灯公司，有他做股东的话电灯公司等于有了一个金字招牌。潘师长对于入股电灯公司兴趣不大，但柳雨农发现了另一条结交他的途径，那就是做他女婿。他预料新潮的潘青禾会不答应，只是抱着试一试的想法，没有想到潘纲宗答应了这门亲事。只是有一个条件，要他让城里点上电灯婚约才算数。这样的话，搞成电灯公司对于柳雨农来说显得更加重要了。

耀华电灯公司筹备了两年，从上海洋行买来一台美国奇异牌两百千瓦汽轮发电机及一台魏廷敦式锅炉，请来美国工程师密奇尔安装调试。不久前竖起了锅炉的大烟囱，全城的人都来围观，因为这烟囱很高，说是城里最高的建筑。城里的闲人很多，有热闹的事情都爱看。本来这天很多人要去西山脚下的刑场看杀罪犯的头，临时改了主意来看竖立大烟囱。竖起烟囱给电灯公司打了广告，可也埋下了隐患。烟囱竖起后，从上海运来了一船的电线杆。其实这些电线杆本地也可以做，洋行说这是特殊处理过的，浸泡过电油（其实就涂过一层沥青），价格比普通木杆贵了几十倍。美国蓝眼睛高鼻子工程师密奇尔拿着白色的油漆桶沿街画下圆圈，标志出插电线杆的位置。待电线杆插好后，布上电线就可以开始试机通电了。

但第二天有附近的居民联合起来不让插杆的人干活，把密奇尔的机器推翻了，把已经竖起来的电线杆用斧头砍树一样砍断了。城里开始传说这些电线杆的危害极大，是妖孽的东西。雷电本是天公的事情，是《封神榜》上雷震子的事情。老百姓看到雷公来了，都要躲避，做了亏心事的人尤其怕雷公，因为雷公最爱打做亏心事的人。话说回来，谁没做过亏心事呢？所以见了雷公人人都想躲。可现在雷公就住到你屋子墙边的电线柱子顶上，想打谁就打谁，想让哪家房子着火就烧哪家。还有这些电线杆竖在墙边，正好是窃贼爬墙的工具，窃贼爬树如履平地，这样民居屋顶不是成了窃贼的庭院？电线杆的害处在 W 州民众口头上传递，内容越来越多，有人振臂一呼，就有大批民众聚集起来动手把电线杆砍了，把机器推翻了。提着油漆桶画圆圈的密奇尔急得哇哇叫，说要叫英国领事馆巡捕房的红头阿三来镇压。民众越聚越多，和插电线杆的工程队对峙着。柳雨农到了现场去查看，他没忘记城里有过排外暴动，外国人被暴民追击逃到了衙门里面躲避。与其这样对峙着，不如先停下工来，免得闹起来不可收拾。他觉得本来插电线杆都很顺利，突然出现这样的变故有点蹊跷。这背后一定是哪个关节出了问题，得找线人把原因查清楚。

柳雨农一早就坐黄包车出门。他的头衔有几十个，一部分是空头的，一部分是真有事，得去点卯露面。他每天都在黄包车上度过大半时间，一个地方接一个地方参加开会、饭局、典礼等等。许多事情都是早先预定好，但是今天一大早他要去应付的是一件突然发生的事情。电灯公司股东之一大光明火柴厂主人李文澜前天在一场事故中惨死了。工厂刚从上海新买了几部机器，一台溶解牛胶的密封容器突然爆炸，机器里的牛胶热液喷涌出来裹住他全身，把他活活烫死了。这天李家举行殡葬，死者躺在棺材内，牛胶喷涌出来时把他全身封住，冷却后成了硬壳，李文澜的脸看起来像琥珀里的昆虫，眼睛睁得大大。殡葬师傅说死者脸上的牛胶无法拿下来，要是硬拿下来，恐怕脸上会变成骷髅，只好保留了牛胶和他被烫死时恐怖的表情。柳雨农跟着围丧的人到了死者跟前时，看到死者黄色牛胶下的脸，觉得死者眼睛在动。他心里好像还听到死者对他说话："可怕啊，洋人带来的事情都有灾难呀。"这话的确是李文澜说的，是在前天开股东会时说的，李文澜当时还好好的，说出这样的话让柳雨农有点奇怪，现在看来一切都有征兆。

前天火柴厂锅炉爆炸时声音很大，半个城里人都听到了。不少市民知道是李文澜被牛胶烫死，今天出殡都过来送他一下。毫无疑问，火柴是市民生活中一个重要的组成部分。除了做饭点灯，吸烟的人也离不开它。十来年前这里的人大部分以艾绒、草纸为引火，靠打火镰石取火种，和祖先用了几千年的取火法没什么区别。后来从上海那边传来了"荣昌牌"红头火柴，人们称之为"自来火"或"自来烛"。这种红头火柴磷质多，燃点很低，在鞋底上或在灶台、桌椅上一擦即燃，造成很多次火灾。后来，李文澜到上海厂家学到了技术买来了设备，在药料的配制、外壳的砂皮做了改进，造出了安全的火柴。产品为"十文牌"火柴，售价一个铜板（一个铜板可兑十文钱，故名）。初期全属手工操作，盒内火柴靠女工手排，后发展为半机械半手工生产，从上海的法国洋行买了一些新的设备，梗片、牛胶等亦都自制，有男女工百余人，产品名字也改成"光明牌"。没想到才不到一年，锅炉就爆炸了，活活烫死了李文澜。

柳雨农在李文澜的棺材前停了一下，鞠了个躬，心里说：老兄，你可死得真不是时候！李文澜是他搞电灯公司的主要伙计，这下他一走，资金就会有一个大的缺口。柳雨农担心的还不只是这个事情，而是火柴厂以后的日子。李文澜倒是有两个儿子的，一个就在本地厂里，一个在上海，两兄弟向来不和。这下李文澜走了，恐怕厂里会有一场大乱，这才是他最担心的。围丧之后，棺材落钉，送丧的队伍开始出发。柳雨农和来送丧的电灯公司几个股东走在一起，趁着机会讨论着城内插电线杆的事情。丧葬吹班锣鼓声音很响，他们的讨论不会被人听到。

"你们有没有消息，谁在背后指使把电线杆拔掉的?"柳雨农说。

"会不会是公署专员蒋保森那里出了问题?"

"这个不会，已经答应给他免费安装使用十盏灯头，干股份也给他小姨子名下了。县党部也照这样的方法搞妥了。"

"那会是谁？看样子背后一定是有脑筋的人在指使煽动，这里的居民哪里知道电的厉害？一定是见过电的人编造出来的谣言。"

"听说江西人顾修双要在江北岸扩大储油池，还要和新来的那个开汽车的外地人搞通往金华的车路。他在背后搞鬼可能性大。"有人这么说。这话像一根刺扎进柳雨农心里。马本德的不快形象浮上来。江西人一直是他的洋油生意对手，现在又加上开车的番邦马本德，那就麻烦大了。他是得罪过这个番邦的。

"听说麻行江边卖膏药的黄伯仁卖药时说电线杆会引来火灾雷电，莫非是他受人指使散布谣言？"

他们讨论着，一边行走一边说话。不久送丧队伍到了清明桥，这城里的习俗是棺材抬到清明桥，送丧的客人止步，只有近亲属送死者上坟山。李文澜两个儿子跪在路边谢步，路中央用稻草烧起了一堆大火，送丧的人把纸花麻片之类吊唁物品丢进火堆，就散了队伍。其他人散了就可以回家吃早餐喝茶，或者一大早起床现在可以再睡一觉。柳雨农则还有密密麻麻的事情要做，他繁忙的一天才开始呢。

刚才听到江边卖膏药的黄伯仁散布电线杆危害的谣言，柳雨农决定去找到黄伯仁亲自问一问。柳雨农让黄包车掉转车头，前往麻行江边码道那边去。黄包车经过了信河街，到了八字桥头，转个弯就进入了麻行街一带。一到这里，柳雨农心里就清楚记起了黄伯仁的形象。二十多年前他还是个小孩子的时候，他父亲就是在这一带开米行起家的。那时他经常会跑到江边码道这边玩，看到了头上盘着大辫子的黄伯仁往自己身上砸砖块，砖块一碰到他身上就碎了。后来父亲生意做得大了一些，搬到了南大街做起了南北货生意，柳雨农就没再见过黄伯仁，但知道他还在江边混饭吃的。他到了麻行街就像是回到了年少时，玩心起来了。他下了黄包车，在街上慢慢行走，他熟悉的很多店铺都还在。车葫芦做花鼓桶的圆木店，打镰刀、剪子的铁匠铺，还有挂着一个大龙虾壳子的绳索店。他找到了当年父亲的米行，边上的水果摊也还在，不远处是米面摊儿，当年他很想吃米面，向父亲要钱父亲却给了他一巴掌。在江边一块灰尘飞扬的空地中他找到被人群围着的黄伯仁。他挤进去看，黄伯仁盘在头上的长辫子不见了，头发灰白，剪成了平头。他的脸膛因为长期暴晒成紫酱色，皮肤粗糙得看不出皱纹了。他光着上身，肌肉还是一棱一棱的，布满了伤痕。他在讲一个笑话，围观的人群觉得不好笑，要他练。他只得用砖头来拍自己的身体。柳雨农记得过去他一拍砖头就会断，可现在他老了，拍的全身皮肤出血砖头还不断。不过最后砖头还是拍断了，他拿起帽子收赏钱，围观的人却扭头走开。柳雨农一直站着不动，黄伯仁有点迟疑地把帽子伸到他跟前，柳雨农往里投了一块袁大头银圆，银圆很重，把黄伯仁的破帽子都压得弯了下来。

"老爷，你这是?"黄伯仁有点不解，从来没有人给他这么多赏钱。

"想听听你说电线杆的事，今天你怎么没讲了。"

"这是前些日子的话题，现在没人听了。"黄伯仁说。

"你一个江湖卖艺人，讲这些电灯柱子的事情干什么？是不是有人要你说的?"柳雨农说。

"老爷你饶了我吧，要不你把这袁大头收回去?"黄伯仁说，知道这钱不是随便给的。

"钱你留着。我小时候常在江边看你练场子，那时口袋里没钱，看了无数次都没给一个铜板，今天算是把小时候的钱给你了。"柳雨农说。

"那敢情好，我收下了。老爷吉祥。"黄伯仁说。

"都中午了，你把摊子收了，我请你吃顿饭，有事情请教。"柳雨农说。

这黄伯仁不吃硬的，却是服软的，人家对他一尊敬他就不会提防了。柳雨农请他喝了几碗黄酒，吃了半只烧鹅，他自己就说开了电线杆的事情。说这是江边做搬运的"十三班"班头阿茂交代他说的，阿茂给了他一袋大米。柳雨农问能不能把阿茂也叫来喝酒？黄伯仁说去找找看。他把饭店老板叫过来说了一句，店里就有一个伙计跑出去找阿茂。过了一阵子，阿茂就过来了。柳雨农添了酒，又加了半只烧鹅。等到烧鹅只剩下骨头时，他已经明白了在背后指使的是谁了。果然是顾修双的"油遍地"公司在背后搞的鬼。

柳雨农的"亚细亚"洋油公司和"油遍地"公司斗了很久了。W州出现第一盏煤油灯约在1850年，系航行于上海的机帆船只带来的。煤油灯火光小，亮度却比菜油灯强。然而虽然洋油灯好处很多，本地人一直不接受这种新东西，嫌洋油有臭气。最初美孚洋油公司来推销石油，大量散发广告，并雇用当地人为他们宣传，高鼻子蓝眼睛洋人亲自上阵在四处做推销活动。儿童看到他们，直呼"番人狗"，听起来是骂狗，其实是骂外国人，弄得他们垂头丧气。后来，他们想出一个点子：随带大批糖果到处分发，想封住儿童的嘴巴。可是儿童们吃了糖，仍是"番人狗，番人狗"地叫个不休。如此好几年，均引不起W州人购买洋油的兴趣。

本地的洋油生意大兴盛还是柳雨农成立"亚细亚"公司开始的。他知道W州地方人口主要还在农村，只有农民都用了洋油，生意才会大起来。农民是最想占小便宜的，柳雨农让洋人油商改变推销方法，在江北岸码头开设销售点，山里的农民进城都经过这里的。他们定制了一批火油灯、台照灯，只要农民购买洋油，一律免费奉送洋油灯，有时还送毛巾、肥皂，甚至大米、白糖。亚细亚还做过一件有名的事情。他们拿出数百银圆，连同木屑装进火油箱内，谁运气好就能得到这些银圆，以此来诱使农民购买。江北罗浮有名叫林崇清的农民，买来一听洋油，打开包装木箱一看，内装数百枚白花花的银圆。从此，他买田地、放高利贷，成为江北首富，此事成了洋油最大的广告。经大力宣传和利诱，加上洋油自身优点，购用者日渐增多。柳雨农认定了江北岸为基地，在梅园购置了江岸边一大块地，建起一个油池码头。那里的水道深，上海过来的轮船可以直接停泊。

"亚细亚"打开本地市场后，这边出现了"油遍地"商号。为首的就是江西人顾修双。他们先是卖罗宋（罗宋即俄罗斯）油，后来因罗宋的油质量不好，改投靠英国人换成壳牌火油。柳雨农的"亚细亚"好不容易打开了美孚洋油的销路，而"油遍地"后来居上轻而易举就进入了市场。他们卖英国人壳牌油，设在江心岛的英国领事馆在背后撑腰。之前柳雨农的"亚细亚"因早早在江北岸梅园建了油池，储运方面还有些优势。但"油遍地"紧跟着布下了局，选址楠溪江口清水埠地方，买下大片地基，动工兴建油池，并计划在油池东首紧靠楠溪江建筑码头，以供英国油轮停靠。"油遍地"这一招如果能成功，那么江北储运优势全给他们占了。柳雨农祖籍在永嘉山底，在永嘉地方上有人脉，和永嘉党部委员陈卓生是祖上世交。陈卓生在江北南溪西溪上鼓动：顾修双是外地人，勾结英国洋鬼子在清水埠占地，后患无穷。楠溪江口是大小船只航行的要道，江面不宽，水流湍急，若建筑码头，船只得靠边航行，易发生危险。三江本是打鱼好地方，盛产珍馐子脐鱼，建了油码头就不能打鱼了。南溪西溪的山地农民集合了数百人，手持扁担、大棒、短棍，蜂拥而来捣毁了"油遍地"的码头工程。这事发生在不久之前，顾修双吃了哑巴亏。现在，轮到他们报复了。

和黄伯仁说了话之后，柳雨农没有坐黄包车回城里，而是前往江边码头，乘渡船渡江前往江北清水埠的永嘉党部见陈卓生。

"雨农兄久违，什么风把你吹过了江来？听说你正为竖电线杆的事犯愁？"陈卓生说。

"我查到了拔电线杆的事是顾修双他们在背后指使的。去年你找来南溪的农民拿着锄头、扁担把他们的油池工地捣毁了，今天他们用同一套办法来对待我的电灯公司。"

"那可如何是好？"陈卓生说。

"这事看来我不能吃眼前亏。电灯公司已经投入二十万大洋，还欠了上海洋行一部分机器的款，要准时开工资金才能转得过来，往后拖一天就亏损一天，时间一久还怕夜长梦多股东要散伙，洋人拆走机器还惹官司。看来我得给顾修双建油池工程做点让步，让他不要在背后捣乱。"柳雨农说。

"这事包我身上，我去找人和他商谈。柳兄放心就是，只是恐怕得有点花费。"陈卓生说。

"事情办成了，自然会有重谢的。"柳雨农说，知道陈卓生是两边吃好处，没有一件事他是不捞点银子的。

奔波一天后，柳雨农在傍晚时分回到了住家花柳塘的巽园。一进院门，一只灰鹤就拍着翅膀过来亲近，这是他的宠物。这里养着好几只灰鹤，有几只到了冬天会飞走，只有这一只总是留在这里，接受柳雨农的喂养。从院门到中堂起居室得走上几百步，有一座九曲桥。两边的梅花刚刚开了，清香扑鼻。巽园坐落在积谷山下面，伴着护城河，这样的地方容易招来有钱人盖花园。附近有一座临水的楼台，匾额曰"池上楼"，据说谢灵运在此写下"池塘生春草，园柳变鸣禽"名句。这地方很是高雅，可这条巷子却有个淫荡的名字"花柳塘"，可想而知当年这里是寻花问柳的地方。就算现在，巷子后面还有很多暗娼馆，明里是被新生活运动禁止了，暗中却一直有香影浮动。

巽园边上还有一座更幽深的花园房子，叫作"绮园"，有一条小通道连接两园。绮园还有边门出入，通到了另一条巷子九柏园头。柳雨农住在巽园，却更细心经营绮园，这是他专门用来接待官方和民间要人宾客的秘密花园。W州官府的行馆很局促，接待经费有限，过往的达官要人却是很不少。柳雨农从乾隆皇帝下江南住到地方富豪庄园的掌故里得到启发，在巽园辟出一块最好的地建成专门接待宾客的行馆，还建了一座西式洋楼，以应不同贵客的喜好。柳雨农不仅接待政要，还接待全国各地大商家，接待军阀、文化名人、教授科学家。达官贵人通常不会同时到来，大部分时间园子就住着一位要人，非常安静。就算同时来几个，也能各自不闻其声，有足够空间分开。

这几天正好有一个从美国留学回来的庚子学生陆荣宏住在绮园，他此时正是当红的人物，从美国回来时上海、香港都有大报纸记者拍照写文章，报道他是美国大发明家爱迪生的得意门生，无声电影发明有他的贡献。陆荣宏前往美国时是梳着长辫子的少年，回来时头发油亮两边分开，穿着西装，留着小胡子。他已经被清华大学聘为教授，回家省亲后即将赴京就任。前天他从上海坐"海晏轮"一到 W 州，下了轮船，就被柳雨农接来入住在绮园。陆荣宏老家在瑞安县，和孙诒让同乡，离这里尚有六十里远，在城里没有居所。柳雨农两天没打搅陆荣宏，让他休整舟车之劳。第三天晚上，柳雨农设下盛宴，请来城里名士欢迎陆博士的到来。席上有一道本地名菜——江心屿后的子脐鱼。鱼用油炸过，呈金黄色，满肚子鱼子。这鱼其他地方也都有，叫凤尾鱼，但肚子通常是扁扁的，只有江心屿后那段江面捕到的子脐才满肚鱼子。这事向来是 W 州文人觉得自豪得意的话题，觉得这是奇观谜题，没想到美国回来的博学之士陆荣宏轻松揭开这个谜底。他说凤尾鱼是一种洄游鱼类，成年后要回到出生地产卵，只有淡水咸水交界的泥水类江河才符合这些条件。而江心屿后正是淡水的楠溪江和咸水的瓯江交汇对冲之处，所以凤尾鱼会集中这里产卵，捕到的鱼都是满肚鱼子。

陆博士妙语解谜，不时夹几个英文单词，众人击节称好。陆博士说得开心了，就说起美国江湖里有一种鱼叫 Salmon 鱼，中国很少见，只有东北的某些江河才有，叫大马哈鱼。这种鱼也是生在淡水溪流，然后到海洋里长大，最后又拼死游回到出生地产卵，之后就死了。这件事大家兴趣就略淡了一些，因为没见过大马哈鱼，不像子脐经常能吃到。讲了这些开场话题之后，开始讲到 W 州电厂的事情，说到了目前的插杆危机。柳雨农感叹 W 州城里的民众愚鲁，易听人蛊惑。陆博士听了后说这个不难，只要向民众解释清楚科学道理，自然就不会有人害怕。陆博士说电和人一样也分为公的母的，公的英文叫"破戏提夫"，母的叫"纳噶提夫"，相互作用了才会产生能量。如果绝缘了，电流通过人体也没有关系。他愿意在公众面前做一次电的实验，这些实验是爱迪生教他的，爱迪生就是用这个办法让美国民众使用了他的电灯。柳雨农觉得这个主意非常好，W州民众最喜欢免费看热闹，这样的实验能转变他们的脑筋，还能给电灯公司做最好的宣传。

全城贴了告示，《瓯海日报》也登了几版文章，预告了美国博士电力试验公开表演。表演地点在五马街口，大舞台搭建了三天，从电厂搬来一台移动式发电机做表演用。陆博士今天穿上美国带回的黑色燕尾服，为了加强效果，还戴上高顶的摩登黑礼帽，活脱脱是一个从美国无声电影里下来的人。第一个表演是静电现象。陆博士表演在静电的磁场里，人头发上的电子会让头发爆炸式地竖起来。他先用一条长毛狗做表演，电路一接通，磁场发生，长毛狗的毛顿时松散开来，像个毛球。下面的观众一片喧哗和骚动。接下来，陆博士让自己做实验。他把自己的头伸进了磁场里，头发马上爆炸开来，每根头发像针一样往外刺。电闸一拉，头发恢复原状。观众不过瘾，说是变戏法。陆博士让下面的人自己报名上来实验，结果上来了几个。除了一个长年不洗头的懒汉头发因结成壳状竖不起来，其他的都能竖起来，一个女孩子头发竖起来有车轮子那么大。接下来的表演是恐怖的，一头猪走进了一个铁笼子，看起来都没有事，事实上已经通了负极电的，当猪去咬挂在笼子上的一根萝卜时，萝卜里面有正极电的铜丝，猪马上触电了。猪的身上燃起电火，猪毛焦臭，猪粪喷溅，猪在电火中的恐怖现象让下面的观众怕得发出了惊叫。陆博士解释触电发生在短路的情况下，如果中间体绝缘了，就不会被电击到。接下来他用自己身体实验，让电线通过他的两只手，另一头有电灯泡。推上了电闸，电灯亮了，他由于绝缘了，电经过他身体没有一点事情。他还穿上特别的等电压绝缘工作服，通了电之后，他身上有电火花跳跃闪耀，而他自己则对观众挤眼睛做怪脸。他告诉观众，电灯公司的电线杆是安全的，只有猪一样笨的人才会被电死。这样的结论让观众乐不可支，W州的民众信服了陆博士的实验。

电线杆顺利竖立了起来，布上了电线。一个月后，"海晏号"船运来了美国奇异牌发电机的关键部件——碳精电刷。陈卓生的调停也有了进展，顾修双说只要"油遍地"码头可以建设下去，他不会做妨碍电灯公司的事情。柳雨农知道W州使用电灯已成定局，便把迎娶潘青禾的时间定了下来，就在全城使用电灯的第一天，在巽园和绮园举行电灯婚礼。

毫无疑问，这一场以电灯为主题的婚礼会载入史册。柳雨农那个时候已有广告意识，知道婚礼上大量使用电灯，其成本会得到高倍的广告效应。从任溪过来的新娘潘青禾家眷坐了一队的船，沿着河流下来，泊到积谷山下河边码头，然后换成花轿抬了进来。城内各行各业商人送来的礼物堆成山。唱戏的压轴红角是"七钱金"。"七钱金"是一名花旦的艺名，这名字的由来一说是她的场酬是七钱黄金唱一出，还有一说是七钱黄金可让她陪睡一觉。唱戏舞狮从下午开始了，到天色慢慢擦黑越加热闹。此时和这里相隔十里的双莲桥电厂里，锅炉烧得很旺，汽轮机已经在飞转。美国工程师看了一下手表，灭了手里的雪茄，把最后一口威士忌酒喝完，摸摸嘴巴，然后开始倒计时，从十数到了一，说：OK！用力推上了电闸。在变压器送出电流之前，发电厂里强大的汽笛声拉响了，呜呜！呜呜！比进港的英国火轮船的汽笛声还响。电流瞬间贯穿了电网，把巽园、绮园的所有灯泡点亮，火树银花，疑是银河落地，有诗为证："市楼四叠香成雾，电气千球月闪空。"也有人写诗说："制电为灯照夜游"，"轮蹄十里长行乐"。W州人过往见到的花园楼榭夜景要么是月色下寒塘渡鹤影，要么是打着灯笼走过小桥的淑女，还有从窗扉屏风后面透出的烛影摇红，可从来没有见过亭台楼阁挂满亮得刺眼的玻璃泡，整个花园如同白昼胜似白昼，简直就是天上人间。在这样的背景下，潘青禾从花轿上走了下来，成为了巽园的女主人。

那以后，每天晚上太阳落到西山山背之后约一刻钟，天开始擦黑，耀华电厂的雄壮汽笛声就会拉响，开始送电，路灯发出光明。城里的人们都会跟着汽笛喊着：柳雨农叫了！

05

就在不久之前，泰斯独自在不来梅的啤酒馆灌着啤酒想着今
生还能否再回到川滇高原的时候，就算他再有想象力，也不会想
到自己会很快到了中国南方海边一个古老的小城市。W州比起德
国一些小城市一点都不落后，有整齐的街道，有丰饶的商铺，还
有欧洲人开的医院、教堂，江中小岛上还有英国领事馆。他没想
到马本德会把他开过的那辆梅赛德斯汽车从中国西北部开到了这
里，听说还是拆了扛到了这边重新装搭起来的。这让他可以开着
车子在W州城里到处转，即使在德国他自己的家乡，他也根本没
有钱开这样一部名贵的汽车。

不久之后，江西会馆的门外挂起了一块新牌子：飞马汽车合
营公司。第一次筹股没有本地的商家参加，不是顾修双有意排斥
本地股东，而是本地人对汽车公路能不能成功持怀疑态度。顾修
双有充足资金来源，除了江西会馆的入股，徽州、山西、上海等
地大钱庄都愿意投钱。飞马公司向W州专员公署申请开路许可文
书没有遇到很大困难。专员蒋保森是苏北人，留学过日本，知道

汽车运输对一座城市的重要性。他决定不像其他地方一样收取车路使用费，而是把使用权作为股份入股，官府股份占到了25%。到车路运输产出利润时，他要拿这个钱资助办学校、图书馆，救济灾民。蒋保森还派了一批民工，以工代赈，让他们到山里面去修路。接下来的日子泰斯和马本德会合在一起，开着汽车在野外转悠。泰斯本人就像一台运转有力的机器，精力旺盛，他最喜欢的就是跋山涉水探索新世界，住得最舒服的地方是露宿在荒山野岭。很快他组建招募到一支勘探队伍，配备了测量仪器，一头扎进野兽出没的山里，去设计盘旋在崇山峻岭的公路蓝图。

泰斯出生在阿尔卑斯山区的小镇，最初是受雇于德意志博物馆，到远东寻找动植物新物种和标本。跟随着直觉和内心的向往，泰斯来到了云南，在金沙江流域的雪山高峰区活动。他为德意志博物馆找到了一批珍贵的动植物标本，但是德国雇主对他的工作不满意。他大部分时间用到了深入当地部落，了解民俗和方言，给他的酬金和他所寄回德国的标本相比是不成比例的。两年之后，德意志博物馆解除了和他的雇用合同。泰斯没有因此而沮丧，他认识了当地的军队统帅潘纲宗师长，成为他的军事顾问兼司机，还为他修了一条公路。当他因为服兵役回德国无法再回到中国时，没想到他的徒弟马本德会从潘师长的老家发来邀请，让他来到了一个和川滇高原完全不一样的地方。浙南山区从地理学来说属于丘陵地带，没有高大的雪山和冰峰，对他来说是一片陌生的风景。德国人泰斯和他的先贤同胞莱布尼茨、海顿、黑格尔、贝多芬有相同之处，喜欢大自然的山川河流所呈现的美感。他设计时为保住山崖上的一道飘洒而下的瀑布，宁愿让路线多绕几个弯。未来的车路大部分贴着江边的悬崖，用铁钎凿子在花岗岩上凿出来，能看到行走在江面碧波的蚱蜢舟。若遇到山崖上有悬棺，他都改了方向远远避开，不惊扰这些古代人的灵魂。他设计的线路有德国人的准确和精致，还加上了对于自然的尊敬和欣赏。

让他最为惊喜的是这里的地质结构。千万年前这里有过火山喷发，熔岩摩擦的痕迹处处可见，熔岩汽化时发生的气泡变成一个个甜瓜大的圆球。一座座花岗岩的石峰，形成一片石林。有一座山峰夜幕下远看酷似一对依偎的情人，转到下方抬眼仰望变成了一只老鹰，再移动步子变成了女人的双乳。他在大山深处看到了岩石被切开的壮观场景。最初这里可能是一个小洞，从汉朝开始，人们就采取洞里的青石。采石人用火和锥子把石头切成块状和板状，变成了民众家里的石台阶，变成了建造跨河拱形长桥的石料，变成了墓碑、做年糕的捣臼、饮马的水槽，好几个朝代皇帝墓道上的石像石料出在这里。再深入到山里面，有一个岩洞口隐在瀑布后边，洞里有一个间歇泉。山里人说过了间歇泉山洞一直往前，有一支古代的军队整体死在里面，除了遍地骷髅，还有铁甲和马鞍。谁也说不出是哪个朝代的军队，为什么会都死在山洞里。泰斯在别的山里发现了另一个死亡洞穴，当地人说这个山洞里面全是水晶宝石，人进去之后都死在里面，有妖怪精灵保护。泰斯决定把这个事情搞清楚，他查证到水晶矿井里有一种致命的气体，会让人昏厥。他戴了防毒面具深入到了洞里，看到了许多个美丽神奇的水晶石结晶体，不断向前方洞里延伸。但是洞里毒气太重，防毒面具都不起作用，他只好退了出来。为了不破坏这个洞穴环境，他改了公路的设计线路，绕道而行。德国人老是考虑这些因素，把工程搞得大大复杂了。

泰斯非常满意修路的当地民工，他们对于石头有天生的技能，就像是意大利佛罗伦萨地区山里的大理石采集者。在到达青田之后，他看到江边的地方堆着巨大的石刻，有印度的佛像，也有西方的阿波罗神像。这些都是外国的订货，要运到欧洲美国去。而在无数的作坊里他看到了巧夺天工的雕刻家，这些石头专家一部分人被泰斯请来修建公路，攻破一个个石质最坚硬的山崖。

测量设计施工是泰斯在做。马本德要管的事是修路的民工，从最初的几十人几百人到后来的几千人。除了一部分当地石匠，大部分民工是顾修双从江西招来的。江西民工本来就居住在山里，这里的环境和他们家乡没什么区别，只要有足够辣的辣椒，到哪里都是他们的天堂。过了青田进入处州都是高山了，设计的线路要在山间盘旋上千个转弯。那时没有技术钻山洞，只能像古人一样贴着悬崖凿出栈道。古人用藤条把人吊在空中，现在藤条换成麻绳。当年驻扎在迪庆的时候，马本德只是一个马弁、学徒司机。而这个时候，他要指挥山里面修路的几千个人员。泰斯告诉他不需要干活，只要他出现在现场就会起到作用。但马本德看到速度慢下来的时候自己也会参加进去干活。他从不对民工大声吆喝，而是带着头去干，和众人一起用一根撬棍赶下了一块巨石。他这是本能的行为，但是给民工提供了一瞬间的以身作则。他用宽容态度所获得的控制优势比用野蛮的吓唬方法要好得多。他和江西人相处很好，也喜欢上吃辣椒。工余的时候，民工们没事会赌钱推牌九。马本德不让他们赌博，因为他知道赌钱不是好事情。

马本德有事情做的时候会忘掉一切。秋天到来叶子落完，山里天地开阔。冬天雨雪飘飘，不过比起他西北老家的暴风雪算不了什么。后来山茶花开了，整个山像中了魔法一样变红了，这是他从来没见过的。很快桃花也开了，桃花在他家乡倒也是有的，这让他有点难受，自然现象唤醒了他的思乡之情。马本德经常梦里醒来不知身在何方，为什么会像做苦役一样在这里日复一日修一条路。他的天性和喜欢做工程的泰斯完全相反，对一件事最大的耐心只有按天数来算，就像猛兽不会有耐心去喂养大自己的食物。这回他却在一个远离家乡的地方待着，去修一条和自己没有一点关系的路。他不明白这是怎么发生的，胸口会堵得难受。可他一想到潘青禾，内心坚硬的疙瘩会变得柔软。他是个迷信的人，信藏传佛教中的观音。他对于潘青禾的忠诚就像戏曲里赵子龙长坂坡救阿斗，是对主子尽死忠。不巧这个遗腹子阿斗不是个可以藏在胸甲里的婴儿，而是个成熟的大姑娘，和他有了身体关系。这是一个意外的情况，如果没有那天的性爱，他对她的忠心只是来自她父亲的嘱托，随着时间推移会慢慢淡薄，他可以回到祁连山老家，继续干养马贩马的营生。而现在，他留在了这个潮热的蛮夷之地，都是为了潘青禾。是的，不是为了潘师长，是为了潘青禾留在了这个鬼地方。

自从开车离开任溪潘家大院之后，他没有和潘青禾联系过。还在城里时，他能感觉到她的存在，会听说她在哪里活动或者即将出现在哪里。去年五月份有一次城里大游行，说是响应全国反对巴黎和会《凡尔赛和约》，顾修双塞给了马本德一面写着标语的纸旗子，也要让他参加游行。就那次他在游行队伍中看见了同样举着一面纸旗子的潘青禾，匆匆一瞥，她就被人流卷走不见人影了。进了山之后，他不再有她的消息。

一个秋天傍晚，他在山涧中水潭里洗澡，远处山坡上过来一群羊。马本德的家乡祁连山有无数的羊群，都是绵羊，而这里的羊群是长着胡子的山羊。羊群后面跟着一条狗，还有一个牧羊女。羊群进到了山涧，都主动往他身边走，围住了他不走开。牧羊女很奇怪，问他这是为什么。马本德说他小时候也是放羊的，身上有浓重的羊气味，世界上所有的羊都是他老家的羊群繁衍出来的，所以羊看到他就不走了。牧羊女不大相信，说你胸口长的都是黑毛，不是羊，好像是黑熊。她虽然这么说，还是和她的羊群一样被他吸引，撩起裙摆在溪边草丛和他交欢，那些山羊瞪着眼睛站在一边不解地看着他们的行为。马本德和牧羊女交欢时心里想着的都是潘青禾，他找到了一种缓解对潘青禾想念的办法，那就是多和女人交欢。他会给每个女人送礼物，有时是一串玻璃珠子，有时是一块六尺的白府绸布料，以表示对她们美好身体的谢意。在山里面一干就是一年多。马本德对时间没什么观念，他心里的时间是轮回的，是绵延不断的。而泰斯的时间观念则是另一种形态，时间是和空间连在一起，只要空间够大，就抵抗了时间。虽然两个人的时间观念完全不同，却达到了一个奇怪的共同点，就是一点不会着急。他们一寸寸向前移动，留在身后的就是一条路。山下的人差不多都忘了这班人还在山里面开路。也就是在这段时间，世上发生了很多变化，耀华公司的电灯亮了，潘青禾进了巽园，北伐军在大部分中国占据了优势，等等。

路修到处州境内，进入了一个常年云雾缭绕的山洼里。有一天马本德带着人到了一个偏僻的村庄，看不见有炊烟，也看不见有人迹，只有狗、鸡、猪在外面跑，还有几只猴子在山民种的板栗树上跳来跳去采摘栗子。马本德推开了几座屋子的门，里面都是腐烂的死人，不是被人杀死，也不是饿死的，是霍乱瘟疫。这之后，工程队里大批民工拉稀呕吐，好些人挣扎了几天，最后像虫子一样死去。马本德在第一批被传染的人员中，浑身无力，拉稀呕吐，吃不下东西。他以前从来没有病过，只有受过刀伤。刀子扎进身体后大量失血，感觉是虚弱眩晕。但这回生病太难受了，内脏像是在腐烂。他在工地的棚屋里躺了两天，眼看就要死掉。泰斯在另一处工地闻讯过来，他离开德国到东亚前在德国打过预防针，没有生病，所以能想办法把马本德弄下山来，住进W州城内的英国人开的白累德医院。白累德医院里挤得满满的，走道上都是病人。霍乱正在大流行中，到处撒满了硫黄粉，喷了来苏药水。由于是泰斯送来的病人，院长曹雅直医生过来看了他一下，在一个角落里挤出一空间加了一张床，让他住了下来。曹雅直是个阴郁的人，脸上有一条长长的刀疤。

最近十年来，霍乱已经是第二次在W州大流行。曹雅直在写给英国伦敦医学院的一封信中这样写道：六七月间W郡疫，死亡载道，无家不病，无一街巷无哭泣之声。我们住所后面大街上就死了三十个人，七十二家棺材铺都来不及赶制棺木。灾难来临时，穷人根本就没有避难之所，也不知道如何防御疾病。他们随意吃螃蟹和海蜇，这些食物最容易传播病菌。前些日子报纸登载了一件事，说一条船回到码头，无人上岸。两天后有人钻进船察看，发现船上六个人都死了。这几个得霍乱的人把船划到了岸边，却没有力气上岸来。本地民众沿用先人做法，举行了一次规模巨大的送瘟神仪式。送瘟神人数在五千到一万之间，都是青壮年，或抬举着一长条挂满灯盏的竹竿，或擎着燃烧着的火炬。送瘟神民众在城内窄窄的街道里尽可能地快跑，每个人竭力喊叫着。到了江边，纸做的平底帆船被船工拖入水中，那些包裹在火苗中的神灵将很快地被送到别处去。纸船一放到水中，随着潮水渐渐远去，大家鬼鬼祟祟地很快离开，通过另一个城门偷偷回到城中的家里。这样一来，瘟神就失去了他们的方向，不会再找到回来的路。

马本德眼睛还睁着，但虚弱得手都抬不起来。他看着一个个死人从过道里被抬出去，尽管撒了很多药粉，到处还是死人臭味。他已有几天没进食了，身上水分快速消失，无法支持他的生命。他进入昏迷梦谵状态，老家喇嘛庙墙上有十八层地狱的画像，里面有各种各样的恶鬼，现在都出现了。而他自己正在油锅里煎，在被锯子慢慢锯去手脚，正被一只猛虎咬噬。有一团模糊的光出现了，慢慢浮现到他的上方，咬啮他的恶兽退了下去。那团光就在他旁边，在抚慰他，让他苏醒。马本德的意识回来了一部分，慢慢睁开眼睛，看见那团光里有一个头发褐色的外国女护士，是她和他说话。这个外国女护士说的是W州本地话语，马本德能听懂一些，意思是要他吃东西。外国女护士用调羹喂他喝汤，但是他根本喝不下去，汤沿着嘴巴又流了出来。他看到了外国女护士的眼神，深不见底，像温柔的深井，让他内心很平静。外国女护士离开了一下，带回来一个外国男医生，和泰斯一样的高鼻子蓝眼睛。这个外国医生穿着白衣服，挂着听筒。他把马本德眼皮翻开来用电筒照照，和外国女护士说了几句话。她点点头。马本德又迷糊了过去。但是他很快又被弄醒了，他看到女护士在他手里扎了一根针，有一个透明的玻璃瓶子挂在活动架子上，有一根管子往下滴水，管子连着他手背上的针头，瓶子里的水流入到他身体。这瓶子里的葡萄糖输液救了他的命。葡萄糖输液本来是从英国运过来，数量很少。曹雅直医生自己在实验室里制作了一批，用于大瘟疫时期抢救病人。

当马本德脱离危险捡回一条命后，转到了住院区休养。这里模仿了意大利佛罗伦萨修道院格局，种植了大量奇异的树木和花卉。马本德从来没有这样长久躺在床上起不来，他百无聊赖地看着窗外树木枝头上的绿芽长成了宽大的叶子，一会儿是麻雀在叽叽喳喳叫，一会儿是白头翁跳来跳去。窗户开着的时候，偶尔还会有蜜蜂嗡嗡响地飞进来。外国女护士每天会来护理他几次，最糟糕的时候给他换带粪便的尿布，现在还得帮他擦洗身体。最近一次擦洗的时候，他的下体膨胀起来。她笑着说，你快要恢复健康了。她对待他的生殖器就像对待一条鱼一样友善而冷淡。现在他知道了外国女护士叫窦维新（她有英文名字 Dorothy Annie Dowson，马本德可记不住这么多）。他在濒临死亡时极度可怕的苦难中感受过她的安慰，把她当成救命恩人。每天来护理的时候，窦维新会和马本德交谈。要知道白累德医院是教会医院，护士一半责任是要宣布福音。除了职责的原因，窦维新发现和马本德交谈是出于自己内心的欢喜。她出生在苏格兰高原的山村，童年也是在羊群马群中度过，一下子和马本德有了共同语言。她喜欢这个想法简单身体健壮的高原人。她只会说 W 州土话，不会说中国官话，给他们的交谈增加了点麻烦。但是凭着心领神会和手势交谈两人很快就畅通无阻了。她最喜欢听他说西北的故事，听他说把汽车抬过高山进入 W 州的事情。

在马本德恢复到可以自己吃饭的时候，有一天窦维新对他说：

"马本德先生，今天开始你吃饭之前请在胸前画十字，对上帝念一段祷告词。"

"啥？念祷告词？"马本德说。

"祷告词有很多种。本地人最简单的餐前祷告词是这样的：上帝赐我吃，上帝赐我用，上帝赐我银圆一大摞！"

"哈哈，我听过一个故事，有个女人在吃饭前念叨这段话，被她男人打了一个耳光，说你吃的用的都是我挣来的，你哪里来的银圆一大摞？拿出来给我看看。"马本德乐呵呵地说。

"你要是不喜欢这段祷告词，可以念别的。比如：上帝基督，请降福您仆人们的食物及饮料，因为您是神圣的；自今至永远，及于万世。阿门。"窦维新受了抢白，没生气，还是和颜悦色和他说话。

"我不想念这个。我不信教，我是信佛的。我要是念这个观音菩萨会不高兴的。"

"不念也没关系。医院初建的时候，住院的病人饭前是一定要做祷告的。现在不会强迫了。你要听听我讲这个医院的故事吗？"

"我一直在听你说呢。"马本德说。

窦维新一边整理床单，一边慢慢讲故事。

"四十年前，有一个英国人乘着小渔船到达这里，你看，就是墙上的这个人，他就是我们的院长曹雅直。"窦维新指着挂在墙上的一张相框简陋的照片说，照片上是一个脸孔瘦削的外国年轻人，"就是他，曹雅直，四十年前就来到了这里。他是英国约克郡地方的人，生下来一条腿麻痹症，后来截肢了，就一条腿。但他二十岁的时候，立志要来到中国传教，伦敦的远东福音使团答应了他的要求。

"曹雅直坐了三个月的船，先到了宁波。宁波那时已经有了教区，传教士团看他只有一条腿，就安排他在城里的教堂做执事。但是曹雅直是个奇怪的人，他要去上帝的福音还没到达的最荒芜的地方，结果选择了W州。他一个人，一条腿，拄着拐杖，坐着一条渔船到了W州，完全不通本地语言。当地人看到他下船时只有一条腿，是英国人，所以后来就觉得英国这个国家的人都是一条腿的。

"他老人家在本地可遭了不少罪。起初他到处租不到房子住，本地人要么恨外国人，要么怕外国人，最后他总算在金钥匙巷里以双倍价格租了一个房子。就这样，他一个人在这里生活了下去，通过写信和上海、宁波的教区联系。他开始想办法找到了一个懂英语的帮他开始传教，可没有人愿意来听。他就给人看病，做简单的手术，比如拔牙齿、处置倒睫毛之类，还提供免费午餐。是他最早用了罗马注音的方法，学会了最麻烦的W州本地话，在他到达这里半年之后，他就可以用当地语言宣道了。他的妻子居然也从英国赶到了这里，她是个贵族的女儿，很奇怪会爱上他这个一条腿的人。

"曹雅直他老人家在这里传道了六年。耶稣说贫瘠的土地长不成谷子，但是曹雅直把贫瘠的土地改变了，让这一片荒芜的地方开出了上帝的花朵。后来有好几个英国传教士来到了这里，苏慧廉、李提摩太、朱德盛，在乡下也开了教堂。但就像耶稣在耶路撒冷城外被人扔石头一样，他老人家也遇到了打击。那是法国军队和福建水军在马尾港打仗，中国军队打败了，结果这边的福建商人协会到处贴告示，要求市民惩处外国人。出事那天曹雅直和他妻子在屋里面对十几个信徒讲道，他的屋子被包围了，老人家带着妻子在信徒保护下逃到了道前桥的州道府里面，道尹把他夫妻保护了起来。"

"他脸上的伤疤是那一次留下的吗？"马本德问。

"那是后来的事。曹雅直这次躲过了灾难。他在 W 州六年时间，在城乡各地建了六个聚会点，全部被烧毁了。他不是那么好对付的人，请了英国的海军炮舰过来，炮口对准了城里，要求赔偿。结果他拿到了十万两白银的赔偿，用这笔钱修建了城西大教堂，非常的漂亮，和英国的曼彻斯特教堂很像，就是小了一点点。现在我要说说他脸上伤疤的事情。曹雅直在 W 州十六年，建成了大教堂，信众上万，有了东方耶路撒冷的称誉。英国传教士团调他前往山西太原任副主教，第二年就遇上了骚乱。

"这一回曹雅直虽身中数刀却死里逃生，被召回英国养伤，教会安排他永久退休。他伤好了之后，决定要回到中国。他在离开英国之前做了一件事情，到伦敦去见他一个远房的亲戚白累德爵士。他知道了白累德有一个计划，打算在伦敦捐资造一个医院。于是就去见他，说服他把这个医院建到远东的 W 州去。白累德老人不是巨富，他是想把一生的积蓄做一件好事。他已经年迈，无法到远东去查看，而伦敦是他可以看得见的。曹雅直陪了白累德爵士三天三夜，给他讲远东 W 州的事情，最后终于打动了白累德老人，同意把伦敦的计划全部转移到 W 州去。他有一个条件，就是要曹雅直亲自管理这个医院。曹雅直答应了这个要求，他把医院建成后，就一直在医院里担任院长。"

"你们是认定了方向，渡过了海洋来到这里。我是执行命令之下误入此地，顾修双说我是被风吹着滚动的一个草球。"马本德听了窦维新讲的故事，这么说。

窦维新说他不是被偶然的风吹到这里，是命运的指引，是他内心向往远方的风暴，最终都是上帝的安排。窦维新说了自己的身世，她中学时到了伦敦，毕业于伦敦皇家护士学校。她是在那些东方传教士先贤故事激励下，放弃了伦敦生活，来到这个偏僻的地方。但是她发现她并不孤单，这里有英国领事馆，有很好的教堂，还有她工作的医院，比起最初来的传教士条件已经好了很多。她说自己喜欢这里的人，喜欢这里的地理和人文，城里有很多小景她都喜欢。

"现在你愿意吃饭前做一下祷告吗？"窦维新对他说了那么多

故事后，问他。

"不，我还是不想吃饭前做祷告。"马本德说。

马本德渐渐有了力气，可以在医院后面花园里走路了。靠着建筑物的边上有一排花坛，种着玫瑰花。过了这些花坛再往前走是一片榆树林，之后是很荒凉的野地，一直通往河边。有一天一只野兔在他面前跳，他跟着它穿过树林，看到了野地有一片墓地，被草丛包围着，蜂蝶飞舞。马本德不喜欢墓地，他想往回走，但发现刚才追着野兔的时候已经深入墓地了，周围有好几个墓碑，上面有十字架，刻着外国文字。他觉得这些一定是外国人的坟墓，还不少呢，他们怎么会死在这里的呢？他第二天见到了窦维新，把昨天见到的事情和她说。

她说这是于1897年死于霍乱的三家英国人墓地。中间那个是修女方浪莎嬷嬷女儿的坟墓。方浪莎嬷嬷曾写信给在英国的弟弟，提到自己的情况："你问我喜欢 W 州吗？非常喜欢！这地方风景佳美，使我感到很舒服，这里现在气温高达华氏78度，虽比中国其他地方凉快，我仍感到疲倦。我很爱你及亲爱的爸爸，渴望今年年底见到你们。"当年8月31日子夜，她的小女儿爱施就因霍乱离世，年仅一岁又三个月。过了二十八天，她丈夫刘易斯牧师也因赤痢安息主怀，年仅三十岁。除了爱施和刘易斯，这里还有两个小天使和父母同葬一处，分别是朱德盛牧师的儿子、梅牧师的儿子。三个孩子死时都只有一岁左右。他们的父母看着躺在小棺材里的宝贝心如刀割，很快在霍乱肆虐之下，朱牧师和梅牧师夫妇也随夭折的子女而去。在上帝那里，一家人不再分离。

窦维新说，有一天我死了，也可能就会埋葬在这里的。

马本德第一次认真思考了死的问题。在他的家乡，人死了之后，一部分是喂了天鹰，一部分是火烧，还有放在水里漂走的。也有土葬的，都埋在高高的山地里。他想象着自己要是死了埋在这样阴冷低洼的河边荒地里，觉得有点不可思议。

有一天早上，他看到了医院门口河边码头上很热闹，只见一条当地的平底船上坐满了穿着白色袍子的护士和修女，她们兴高采烈，坐着船飞快地穿过了河面。这一个场面那么生动，生机勃勃，和之前他了解的曹雅直所经历的苦难和死亡形成鲜明对比。窦维新穿上一套雪白的新护士装，喊着马本德快过来，让他一起坐下一条船出游。船飞快地划去，穿过了狭窄的河道。河道两边有房子，还有人在河里淘米洗衣服，都惊奇地看船上穿白色衣袍的外国女子。河道开阔了起来，出现了河岸和田野，到处是瓯柑的林子。慢慢听到了有锣鼓声和划船的号子声，原来他们是要去南塘河看赛龙舟。马本德在老家看的都是赛马，还是第一次看赛龙舟。整条河上挤满了船，河岸上站满了人。斗龙舟开始了，每条龙舟代表了一个村寨，有红龙、黑龙、黄龙，河边各村寨搭起了一个个台子，摆满了酒肉犒劳划龙舟的划手。一声巨大的爆竹炸响，比赛开始，只见两岸人声喧哗，锣鼓震响。几十只龙舟在一片混乱的水花中奋力向前，有几条船撞在一起，船上的划手对打起来，结果船翻了人落到了水里，龙舟所属的村民在岸上也对打起来，场面一片混乱。就在这时候，打斜刺里冲出一只白龙船，箭一样直往前冲。人群仔细一看，这是一只外国修女的参赛船，修女们头上蒙着白头罩，身上着白袍，她们划船的方法不一样，是倒着划的，用的是剑桥大学长划艇的技术，嗖嗖几下就超过了好几条壮汉划的龙舟。岸上观战的民众刚刚被在水中相撞厮打的场面点燃了情绪，如痴如狂在为自己的船助威呐喊，修女龙舟再次把两岸的气氛点爆了。马本德和窦维新在一起，淹没在情绪高涨的观战人群中。马本德也在声嘶力竭叫喊，他是在为修女的龙船助威，恨不能自己也上去划几下。岸上观战的民众看到这个为修女龙舟助威呐喊的男人，很想痛揍他一顿。有个小伙子想试试他的力气，被马本德一拳打翻落到水里。

狂欢的情绪还在延续，这一个晚上修道院诵经室里修女们举行了庆祝派对，跳舞饮酒，一如后人所说的修女也疯狂。窦维新给了马本德额头一个深深的吻，她喜欢上了马本德这个健壮的外乡人。

"亲爱的异教徒，从明天开始，你饭前做祷告好吗?"窦维新说。

"明天我就要出院回工地去了。"

马本德在白累德医院治了一个月的病。霍乱过去了，瘟疫来得凶猛，去得也快。马本德和泰斯一头扎回到山里，这一回，整整两年都没有出来过。

06

潘青禾来到巽园不久，天开始冷了。雪中园里梅花开放，湖面水烟升起，偶尔有锦鲤跳出绿水。潘青禾住的东楼阁窗正对着假山水池，背后是积谷山的远景，屋子的一面墙上爬满了紫藤。任溪的潘宅虽然也很大，但毕竟在乡下，没那么精致讲究的景色。潘青禾还是想念潘宅，在那里她自由自在，对身边的事情清清楚楚。这里一切都是陌生的，一时都不知道环境是善意还是敌意的。巽园总管拨给女主人四个女仆、两个厨子，潘青禾谢绝了，她只让从任溪带来的贴身女用人阿春照料起居。

她和柳雨农新婚之夜行洞房之事，交媾之际，觉得他身上有冷气，冰冰的。她不喜欢他的喘气声音，还有他嘴里残留的咸鱼气味。潘青禾在艺文高中和男老师有过性关系，之后是和马本德，和马本德的交欢让她明白了什么才是男人的味道。她和柳雨农行房事时心里就想着马本德，有一个时刻她差点笑出声来。柳雨农心里明白自己不讨潘青禾喜欢，他在潘青禾身上也没有得到什么乐趣。这一点对他不要紧，她本来就不是他的菜。她是时髦的，就像他在上海百乐门红房子吃的西餐，有一道是奶酪。他吃的时候就勉强，最后还是吐了，他最爱吃的还是霉豆腐、咸江蟹、虾子蘸海蜇头。他看上潘青禾除了想和潘家联姻，还因为她是时髦青年。就像他本来用的是毛笔砚台，现在时代变了，他得弄一支自来水金笔插在中山装的前襟口袋里，而潘青禾正是这样一支闪闪发光的笔。

慢慢地，柳雨农来东楼过夜少了。他很快就续了一个妾，安在西楼。要是潘师长还在世的话，他恐怕是不会这么大胆的。没过几个月，他一不做二不休又迎进个第三房，安到了南楼。从此以后，他在几个楼里轮流走动。各个楼的眷属自己开饭，除了节庆祭日之外，相互不一起相聚。潘青禾受到冷落，但开始多了自由空间。

在起初的一年里，她没有介入柳雨农的事务。柳雨农每天在外面忙碌，回来也不会和她说生意的事情。但是在晚上，绮园常有筵席应酬宾客，柳雨农会让潘青禾做女主人。那时刚刚开始场面上带太太出席的时尚，柳雨农两个小妾不知诗书上不了台面，只有潘青禾一登场，就会立刻光芒四射。在任溪潘宅时，她的环境是黑色灰色的，身边大都是乡下的人，她就算是一颗珍珠，也得故意给自己蒙上点灰尘，以免太亮。到了巽园后，她身体开始丰腴了一圈，肌肤白皙。她穿的衣服并不名贵，没有那么多刺绣，大多是合身的旗袍装。但是细心的人能看出那是学了时髦广告的样子。那时女人婚后都盘着圆髻，她已经剪成短发，没有烫发，发梢向里弯曲，用了生发油，显得乌黑发亮。她的服装并不很惹人瞩目，本人风采总是盖过了服装。她单纯自然优美又充满了生气活力，脸上总是带着笑意，到了更衣室屏风后面，笑容就收了起来，就像收起一把油纸伞一样。她在宾客眼里看起来性情温和，但她内心火气有点像鞭炮厂里的火药摆在那里，平时火药看起来像沙土一样安静，只是因为没有火苗凑近让它爆炸。

潘青禾入巽园第二年W州霍乱又一次大流行。街头上撒满硫黄粉，到处有卷着破席子的尸体。本地医生的中药对霍乱不起作用，靠洋人白累德医院收病人，收不了的都在路边等死。有一天，她在绮园见到一个重要的人。他是黄溯初，刚从日本回来。他在日本有大生意，在北京上海也有产业，是民国政府教育部的资政顾问。潘青禾一见他就双目落泪，他是父亲的老友，小时候教过她诗赋。黄溯初说起自己几年前和潘青禾父亲潘纲宗有过一个计划，要为W州建一个瓯海医院。潘师长行迹匆匆事务繁多，后来人都天各一方，没机会去具体筹集执行。他得知潘师长撒手人世之后，觉得建医院的事情没人牵头去做，失了信心，没再去四方联络。这回W州因霍乱尸横遍野，黄溯初想当初如能把医院建起来，这个时候该发生多大作用！伤感之余，黄溯初看到潘青禾已经出落成人，交谈之间觉得她有胆识能力，就重新燃起建医院的希望。黄溯初次日要去宁波，为了和潘青禾说话，他延迟了日程，和潘青禾商谈了一整天有关办医院的想法。

建医院的事在潘青禾心里点起了一把火。她之前是有五花八门的想法，想成为一个作家，一个明星，一个女飞行家，基本是胡思乱想。而在父亲死在西北之后，她觉得天塌下来了，世界已经改变，她再也没有可能去实现自己的梦想。遇到黄溯初之后，听他说要她去办一个医院，不是个小诊所，是一个现代的大医院。她被这个计划吓坏了，这怎么可能做到？她心乱如麻，把自己关在屋子里苦思冥想。几天之后，她心情变好了，恐惧消失了。她这几天就像是一只蝴蝶的虫蛹，在痛苦的挣扎中终于羽化出色彩美丽的翅膀，渴望去宽广的天空上展翅飞一飞呢。她想起来了，小时候有一次跟着父亲去检阅部队，父亲骑着大马，千军万马前扬起军刀。那时她想以后自己会不会有这样一天？现在，这一天终于到了。

五天后，行踪繁忙从宁波回来的黄溯初在行馆里再次坐下来和潘青禾商谈开办医院的事宜。潘青禾现在不只是来倾听，已经有一肚子想法。她要说的是W州城里已经有白累德医院，外国人有很多慈善款，听说给穷人看病还不收钱的，我们再办医院有没有必要？能不能争得过白累德医院？黄溯初见多识广，在日本和中国两地游走，出版过类似魏源《海国图志》之类的洋务运动国策书《东瀛启示录》。这天，他像向学生授课解惑一样对潘青禾讲解了西方诸强和教会之现状。他从日本的禁教运动开始说起。日本四百年前开始传入了基督教，叫"切支丹宗"，短短几十年风靡全日本，控制了上层的统治者。但从江户幕府开始，德川严厉禁教，外国传教士要么被驱逐，要么被钉死，本国教民被杀几十万。那时基督教根基已经扎入民间，教会转入了地下。官府用了酷刑，凡发现还在地下信教的，就倒吊着，在头上扎一个小孔，让血液一滴滴放完。日本用这样的方法，把兴盛几百年的基督教赶出了岛国，而变成了列强之一。反观中国，明朝时就准备禁教，时松时紧，以致教会遍布全国，到了清朝想学日本禁教已为时太晚。西方诸强势力太大了，把中国玩于掌心。拿W州来讲，乃一海边小城。目前城里有两座教堂，一座医院，三座修道院，还有江心岛的英国领事馆，江边的海关大楼。全城最好的地产有一成多为洋人所有。看起来白累德医院给穷人免费医病，可是清政府向英国人赔偿的白银是几十万万两。要是自己有这些钱，不知道可以建起多少个医院呢。

黄溯初说国家的强衰标准就是看医疗，要救国得从医院做起。目前W州商业发展很快，有钱的商家越来越多，一个生意只要有钱挣，有红利分，募集股份很容易，钱庄都会支持。但医院不是一个有利可图的生意，做股东不仅要拿钱入股，日后还得不断往里面加钱。黄溯初说自己可先出资两千银洋，日后可继续增加。潘青禾算了自己嫁妆压箱钱，也可以拿出五百洋。任溪田产的佃租里还可以拿出点钱，但无法保证，那边还有一大群人吃饭。黄溯初说自己和柳雨农商谈过这事，想请他入股，但是他显然不感兴趣，婉言拒绝了。这样的结果倒是合潘青禾的心意，她其实不想和柳雨农做同一件事情。黄溯初对未来的股东人选已有考虑，给了她一个潜在股东名单，第一个名字就是擒雕乳品厂厂主何百涵。

黄溯初的计划在潘青禾心里点起了一盏灯。她之前觉得日子好慢，每天只等着太阳早早落山，现在可不是这样了。她内心的帆被吹动起来了，接下来的事情，她要寻找股东。就像后来流行的美国电影《绿野仙踪》里桃乐丝一路遇上了铁皮人、稻草人、胆小狮子一样，她也遇上几个有趣的人。

根据黄溯初的推荐，潘青禾第一个要去找的是擒雕乳品厂厂主何百涵。她在城里到处找他不到，还是《瓯海日报》记者来者佛一篇文章透露了他的行踪，说他平时都在瑞安八十亩半岛上。何百涵的奶牛牧场在瑞安飞云江边上，距离W州有六十里，最近他买了一批丹麦国的花乳牛，正在试养阶段，他基本都住到了那边。潘青禾知道何百涵这个人，但从没有见过面。何百涵和柳雨农分别属于新派和老派生意人，老派的侧重做商业，新派做实业。不过也有越界的情况，柳雨农也算越界地做了发电，火柴厂李文澜做了新派的事情就被牛胶烫死了。老派的和新派的基本没有往来，场面上见面时寒暄几句，背后不买账。潘青禾根据来者佛的消息，在何百涵回城时几次登门想求见他，看门人都说他不在，显然他在回避。潘青禾脾气固执，一定要见到他，不能第一步就受阻。她决定要去瑞安飞云江边奶牛牧场主动见何百涵。

去瑞安六十里路，最流行的方法是坐内河轮船。一年前有了用机器推进的河轮，后面拖了一长串的拖船。坐船的人可以坐在船舱里，也可以坐船背上。潘青禾和女仆阿春坐在船背，一来可以看两岸风光，二来舱内的空气实在龌龊。在小南门的河轮码头上了船，经过梧田、白象、茶堂、仙岩等等小镇，河边常见有庙宇和宝塔。塘下一带河边有很多甘蔗田，出产的蔗糖远近闻名，有红糖、白糖和冰糖。

潘青禾足足坐了半天的河船才到达瑞安。上码头之后，坐人力黄包车先是在市井里跑了一程，接着就在乡间田野里颠簸了。"八十亩"是一个地名。这个地方很特别，是飞云江入海口一片冲积土形成的半岛滩涂地，长着青翠粗壮的草。她看到了一大群花斑的乳牛在草间徜徉，本地人管这些牛叫荷兰牛，刚刚引入W州。来者佛在报纸上大大做过报道介绍，他还写到为了外表像荷兰牧场，这里建了几个荷兰式大风车。但是风车下面的房子里没有磨坊，就是牛栏，风车只是做样子的。黄昏时分，牛群归来，牛铃叮当叮当。何百涵穿着工装，正在牧场里忙碌着。

这八十亩半岛的田野上，有大片开着紫色花的蚕豆田，还有一大片看不到尽头的甘蔗林，除此之外都是绿油油的牧草场。美丽的原野加上牛群，芬芳的野花香加上牛粪的气味，潘青禾在这样的环境下和何百涵第一次相见。在这之前两人各怀有敌意，潘青禾因为一直找不到他，为他避而不见而生气，只得奔波一天亲自到瑞安去堵他，觉得他一定是个自命不凡令人讨厌的人。现在看到的是一个亲近自然的年轻俊才，像新白话小说书本里的人物，和柳雨农那些当地士绅商贾不一样。而何百涵则因她是柳雨农的妻子、军阀潘纲宗的女儿，以为她是个小脚上穿着绣花鞋，头上梳着圆髻的旧女人。他看到她走进八十亩田野的第一眼，就注意到她有一双天然没有受过缠脚布伤害的脚，着一双白色网球鞋，不小心沾了牛粪。她穿着长裙，浅蓝色的编织毛衣背心，里面是旗袍式的短上衣。她剪了短发，用了发卡，鼻子高挺，脸色白皙如玉，眼睛说不出的美丽。

"为什么把工厂建在这么远的乡下呢?"潘青禾对他的第一句话是这么说的。

"我需要大量的牛奶，只有乡下才能养这么多牛。"何百涵说。

何百涵如何发迹坊间有好几种说法。最普遍的一种说他出生在郊区新桥乡，母亲早死，小学中学是在耶稣教会学校免费读的书。他早早被父亲送到五马街大同巷口一家药店当学徒，聪敏能干，深得店老板伍洪庆器重。伍老板几年后患了绝症，身后无子嗣，想托付何百涵日后经营药店。但老板娘害怕何百涵过于能干，自己控制不了他，在伍老板死后就将何百涵辞退了。何百涵此时已经学到经营药店的全部经验，立志自己开办一家，只是手里没有资金。他向福隆钱庄的翁来科借钱。翁来科是城里最富有的人，他放债要看借钱的人有没有不动产做抵押。何百涵什么也没有，这笔钱本来他是不会放的。但他察觉到何百涵才智过人，日后前途无量，就把一大笔钱给了他。作为一个附带的事，他让何百涵娶了他的小女儿。说是小女儿，年纪可比何百涵大了几岁。她什么都好，人不算难看，就是性格乖戾。何百涵怕老婆的事成了城里人茶余饭后的谈资，所以何百涵这一天和潘青禾交谈时，没有提及最初创业这一段，一开始就讲了做炼乳的事。

"在大同巷做药店生意是很难的。短短一条巷子里几十家药店，大部分是宁波帮药商开的，他们资本大，把最挣钱的东北参茸生意垄断了。我刚开的小店只是个小门脸，难以招引客人光顾。好在我小时候在教会学校读书，略微认识几句英文，在伍洪庆药店当伙计时就注意到西药比中药效用好，进了一些西药，略有利润，能维持店铺开支。后来我发现了一种东西，不是药，是英国公司做的鹰牌炼乳听头，小孩子可以代替母乳，病人可以补身体。我从五味和商行里进了一部分，结果来买药的人都喜欢这东西，成了店里比较好卖的货物。一段时间之后，英国鹰牌炼乳在城里销路好了，大药商向五味和包销了鹰牌炼乳听头。五味和除了自己店里零售，不再批发给其他商家，我刚刚好起来的炼乳生意就被掐死了。"

就这个时候起，何百涵开始了自己做炼乳听头的想法。他相信要是把炼乳做出来，一定会比做药店生意要好。他在自己药店的后堂架起了一个炉子，来炼牛奶。他第一个困难就是找不到新鲜牛奶的来源。这城里要是收集人奶倒是容易，很多妇女会撩起衣襟来卖奶汁。要是马奶也有办法，城里有几个专门挤马奶卖的人，牵着马走大街小巷，一小杯一个银毫子，专门给孩子补养。可是新鲜牛奶却是没有来源。打听许久，听说城内白塔巷有人养了一头花奶牛。何百涵找到那地方，只见那家人在一个逼仄的院里有两间屋子，大的一间里住着大花牛，小的一间住着一家六口人。花牛隔着一个窗户张望着一家人生活。这花牛本来就大，关在一间不能掉头的屋子里越发显得像大象一样。养牛人说不能把牛奶卖给何百涵，他的牛奶只能给城西教堂的外国牧师用。何百涵说了很多好话，还答应给他一坛老酒，才从他这里买到一些牛奶。

何百涵在药店后堂用了一口铜的蒸锅，用了上好的永嘉西溪硬炭，来蒸炼牛奶。起初他一点不知道炼乳的做法，找了自己当年教会学校一个洋人老师，请他查找英国人炼乳制作方法。洋人老师查阅了百科全书，里面有制作炼乳的基本原理，就是蒸发和提炼。何百涵半年时间心思全花在上面，最后真做出了一罐黏稠润滑口味醇正清香的炼乳。这个时候，他要投入生产，得找到大量的牛奶来源，白塔巷那一头牛是不够的。

有一天，他在瓦市殿巷菜场里走过，在众声喧哗中听到有人在吆喝着"柿饼，柿饼!"他本来已经走过去了，却一眼看到那人叫着卖柿饼，箩筐里的却是一个个洁白的圆球，他从来没见过柿饼是这样的。出于好奇，他停住脚步走进看，只闻到一股浓重的奶气味冲鼻而来。他问卖主你这是什么东西？不像柿饼啊？卖主一开口，原来是瑞安人。瑞安话"柿"和"乳"发音是一样的，他是在叫卖"乳饼"。何百涵问你这乳饼是什么做的？回答说是水牛奶做的，瑞安的八十亩乡间有很多水牛。何百涵这天什么事也不做了，拉住瑞安人说话，说关于瑞安那边水牛的事。瑞安人说八十亩有一种水牛常年会出牛奶，小牛犊吃不了那么多奶，地方上的人都把水牛奶用日光蒸晒，留下的奶渣搓成圆饼，就成了乳饼。乳饼通常都在瑞安本地卖，今年八十亩草料丰美，水牛奶出得比往年多，他还是第一次带乳饼到W州城里卖，想卖个好价钱。何百涵觉得奇怪，居然自己没有听过有乳饼这样的东西。瑞安人说，瑞安乡下每家每户都养水牛，用来耕田，要是有人收购水牛奶，恐怕是取之不尽的。

"就这样，我只得把工厂建到了瑞安的乡下，我是跟着牛奶走的。这块地上长着苜蓿草，有特别的清香，水牛吃了特别长奶。我用水牛奶做成的炼乳也有特别的香味呢。"何百涵说。

"我看到田野上面吃草的这些都是大花牛，你说的水牛在哪里呢?"潘青禾问。

"哈哈，知道你会问这件事情。"何百涵说，"我把工厂建在这里之后，头一年和当地农民相处不错，说好每斤水牛奶十个铜板。第二年，工厂产量上去了，每天从十来箱到二三十箱，农民送来的水牛奶我就发现了问题，里面兑了水。开头我没办法检查出来，只能凭经验，农民死活不承认。我从上海那边买来个英国人造的浓度计，可以清楚知道有没有兑水，这下他们赖不掉了，可又换了个手段，要涨价格。不涨价格就不卖牛奶给我，他们自己做乳饼卖。我和农民们就这样相持过了几年，我知道靠农民的水牛奶是无法把生意做下去的，所以花大钱办了自己的奶牛牧场。"

正说着话，潘青禾只觉得天空上出现一个黑影，急速俯冲过来，是一只黑色的大鹰，飞到何百涵前方盘了个旋，再次冲向天空。潘青禾惊魂未定，田野上出现一个穿着皮背心的青年，朝何百涵走来。他朝天空打了个呼哨，那只大鹰滑落下来，稳稳站到了他的手臂上。他朝大鹰嘴里塞了一块肉。

"阿信，别让它吃得太多，瘦一点才飞得高飞得快。"何百涵朝那个驯鹰人说。

"何先生，它已经飞得够高够快了。"驯鹰人说。

"那就让它再凶猛一点。"何百涵说。

"这老鹰是你养的?"潘青禾问。

"是的，它是我的商标。准确地说，它不是鹰，是雕，是工厂的神雕。等一下到了工厂里面你会知道这只雕对我来说很重要。"何百涵说。

何百涵的工厂就在江边。有一排整齐的厂房，两百多名工人分三班上班。设备大部分是日本北海道的"太久保"株式会社造的，两个工程师也是日本人，用了一套日本的管理方法。潘青禾这天从第一道工序开始参观，看到牛奶最后变成了炼乳听头，上面贴上了"擒雕"牌商标的包装。潘青禾觉得这个包装图案看起来熟悉，她小时候经常吃英国"鹰牌"炼乳。她不喜欢吃牛奶，吃了会泻肚子，所以看见"鹰牌"炼乳会有心理恐惧反应。眼前这个"擒雕"商标让她联想起了英国人的商标。

"看看，这商标上面的雕就是你刚才看到田野上飞行的雕。"何百涵指着墙上挂着的放大了的"擒雕"牌商标，那雕的样子的确和潘青禾看到的一样，雕的两只脚上却多出一只人的手，把雕脚擒住。

"是的，的确是我看到的那一只雕。可是你这个包装和英国人的鹰牌炼乳听头太像了。为什么不搞个新的，我不喜欢英国人那个，小时候我吃怕了鹰牌牛奶。我喜欢你设计一个完全自己的，那才好呢。"

"英国人的鹰是在飞的。我商标上的雕飞不了，被人擒住了双脚。"何百涵说。

"那你的意思是把英国人的产品擒住了双腿？"潘青禾说。

"是有人这么说，报纸上也这么说。我就是要和英国人公司斗一斗。"

这一天在工厂里，潘青禾一直没有机会和何百涵说建医院的事。他大概知道她来的目的，有意不让她把话题往医院事情上转。一直到了晚上的宴请席上，潘青禾才有机会提出黄溯初倡议的医院筹建事宜。何百涵没有显出热情，婉转地说自己的工厂在开创阶段，手头资金不宽裕，还没有能力做慈善的事。接待非常得体，晚餐在瑞安城里的东山酒家，夜里安排宿在最好的旅店，还送了很多瑞安土产。第二天潘青禾和阿春坐船回到了W州城。

访问何百涵没有结果，潘青禾有点气馁，好久没出门。这天阴雨起寒风，屋内湿气很重。由于计划受挫，她情绪低落，坐在床上被窝里不愿意下地。她上衣是穿好的，下半身只穿着睡觉用的衬裤，靠在高枕头上看书。她眼睛是落在书本字眼上，脑子里却老是有一只黑雕飞来飞去。前一天晚上她梦到了黑雕，飞过她头顶，她一伸手抓住了黑雕的两腿，黑雕怪叫一声，却变成了何百涵。

忽听到楼下阿春和人说话，阿春声音显得很高兴。之后便听到楼梯响，阿春推门说是何百涵来看她了。阿春在楼下把门，按道理来人先要通报，只是上个月阿春跟主人去瑞安吃了何百涵丰盛的筵席，受到他周到接待，一下子忘了规矩，把来客何百涵当自家人，直接带着人上来了。潘青禾还半身拥在床上的锦被里，何百涵已经走进了房间。客人已经进来，再让他出去就显得尴尬，只好请他坐下来。她自己端坐在床上，上衣穿得倒是整齐的。她把被子压压紧，不要露出脚丫来，和他说话。

"何先生，今天是什么风把您吹来的？"潘青禾说。

"今天到城里来，顺便想过来拜访一下柳雨农老板。可他不在，突然想起来看看你。"何百涵说。

"是啊，他到杭州去了。"潘青禾说，心里想这人可真会说话，柳雨农到省里开议会的消息报纸上一直在登，他应该是知道的。她明白何百涵分明是专门来看她的，而且是趁着柳雨农不在家。她的两腿自然夹紧，虽然上面盖着被子不会被人看到她只穿了衬裤。阿春已经下楼了，不知是否有意拧下她。

在讲了一些最近的天气和巽园风景之类的话之后，话题转到了何百涵一件高兴的事情上。

"我刚从上海万国博览会回来。擒雕牌炼乳听头在博览会上大出风头，订货量巨大。南北大百货公司都愿意经销我的产品。我的工厂可以扩大一倍了。"

"那恭喜啦！你很在意生意上的成功，以后你就成牛奶大王了。"潘青禾说。话里有刺，其实心里对于何百涵的生意长进还是很高兴，他生意大了，或许会回心转意考虑医院的事。何百涵好像急着讨她欢心，看她对生意没感觉，说了第二个话题。

"我在纱帽河买下了一个大屋子，是之前的张家花园。我正请建筑师来改建，除了保持中式精华部分，要修建一部分西洋式样的房子，还会有藏书馆。"

"那太好了，你又可以多娶几个姨太太了。"她说，口气愈加刻薄。她心里有气，叫你参加建医院说资金紧张，自己买了新宅还扩建都不愁钱。

"我在上海的时候，还看到一本书，知道你喜欢读书，我就买了下来。"何百涵受了潘青禾的奚落，但并不泄气，继续在讨好她。他把包着书本的牛皮纸打开，是一本鲁迅的书。

"何先生什么时候也学时髦了，开始读鲁迅的书？"潘青禾嘴角还带着讥讽，眼球却被那本书吸引了过去。

"我不读这些书。只是报纸上常常看到有这个叫鲁迅的文章，眼熟，想想他大概是很有名的。前日在上海外滩走路，经过一家书店时，看到了门口有个粉笔写的黑板广告牌，上面有句话引起我注意，说是鲁迅最新文章，谈徐班侯的灵魂摄影术真伪。我一看徐班侯名字就停住了脚步，他半年前在上海乘坐'普济号'轮船时被英国人的大商船'新丰号'拦腰撞断，死了找不到尸体。这下看到有大作家提到他的灵魂摄影术，就想到把这本书买来让你看看。"

一听何百涵说起了徐班侯的事，潘青禾就双目垂泪。徐班侯是她父亲的老友知交，小时候在北京潘青禾经常能见到他。徐班侯最有名的一件事是在辛亥革命之后，W州的满洲官员被驱赶，本地军人和文官为争夺政权出现了僵持，差点爆发战斗。后来是城里乡绅出面，建议请在北京做高官的徐班侯回来主政，得到了各方的同意。潘青禾听说他到来的那天，全城民众拥上街头夹道欢迎，但徐班侯却避开人群悄悄从城后门进入城里，开始掌权。徐班侯只做了半年的临时执政官，待局势安定了，他就转为办教育，经常要到省政府游走。半年前，他就是从杭州经上海乘"普济"轮回来时遇难的，尸体一直找不到。何百涵说的关于徐班侯灵魂摄影事情潘青禾在报纸上看到过，也看到报上提到名作家鲁迅在《致许寿裳》书信中说："沪上一班昏虫又大捣鬼，至于为徐班侯之灵魂照相，其状乃如鼻烟壶。人事不修，群趋鬼道，所谓国将亡听命于神者哉！"现在看到何百涵把这本书买来了，自然是很高兴。她翻看了书的扉页和封底，书印刷装订都很好，透着墨香，让她满心喜欢。这本书好像是一把正确的钥匙，开启了两人之间的关系，潘青禾脸上的冷淡和讥讽消失了，透出了热情。其实没有这一把钥匙，他们的关系也会相互走近。这本书只是让过程走得快了一点。

他们的交谈顺畅了起来，一个话题还没说完，马上又有一个新的话题冒上来，而每个话题总是那么有趣，不时让潘青禾笑出声来。她现在面临着一个问题，她还穿着衬裤坐在被窝里，她得起身下床啊，总不能在他面前穿着衬裤下床吧？可他似乎一点没有理解她的处境，还在眉飞色舞讲着城里一个富豪酱园老板家里的笑话。潘青禾指望阿春上来解围一下，可恨这个阿春居然失踪了一样没再出现。潘青禾心生一计，请何百涵去楼下找一下阿春，让她上来续茶。何百涵正在兴头儿上，还说不必续茶。潘青禾坚持要他去叫，他才起身走出房间去找阿春。这时潘青禾跳下床，以防火队员穿防火衣的速度迅速穿上了长裙，刚披上了腰头，何百涵就一头走回到了房间。而此时潘青禾已经穿着整齐，和他坐在红木椅子隔着茶几说话了。

　　这一天的谈话充满了欢快喜悦。他抽了一包英国香烟，烟缸里满是烟蒂。他喝了很多茶，中间几次起身如厕，略显尴尬。他舍不得走的样子让潘青禾心里温暖。潘青禾在小城里终于遇见了眼界大、年龄相仿、思想接近的谈话对手。何百涵接受了开办医院的主张，提出了好些新设想。在这天如此情投意合的交谈中，办医院计划显得那么重要。不是因为建成了可以医治病人，而是提供了两个人日后继续交往的理由。男女之间有时不是一见钟情，他们在飞云江边相遇时最初印象并不很好。可就像本地人爱吃的一种青橄榄，刚开始嚼时有点苦涩，要过一阵子味道才转为清甜可口。一天终将过尽，眼见日落西山，他总不能在这里待着不走。临走之前他提出一个计划，找一个日子去城外的白云道观给未来的医院占一下卜，祈一下福，顺道春游一下。潘青禾不知他这个计划是事先预谋，还是灵机一动。不管是怎么样，她都很喜欢。

潘青禾在急切的心情中等到了出行这一天。这是一次充满危险的春游，因为她即将在这一过程中坠入爱欲深渊。他们说好骑脚踏车出行，早上五点在小南门桥头会合。潘青禾穿上一身利落衣裳，她进巽园时就带来一部蓝翎牌脚踏车，是父亲送给她的十八岁礼物，这回派上了用场。当她骑车到了小南门桥，看到何百涵已经在等她。他穿着英国式样的户外服装，背着背囊，里面有野餐的食物和用具。之后就开始沿着河边的道路往南边骑去，目的地是慈湖那边的白云山。天还没亮，两个人平排骑，能闻到对方的气息。潘青禾有一种逃学一样的兴奋感，尽管她从来没有逃过学。一个多钟头后，何百涵找到了进山的路，拐进了一条小路，路边全是农舍，地里长的全是葱。"这个村子专门种葱的，叫葱村。"何百涵说。这时天还早，农人们还在睡觉，只有每家每户的狗在汪汪叫着。到了山边，他们把脚踏车子放在路边一家农户，给了三个铜板。这里有个庙，山下常有人来。这家农户会给上山的人看管东西，还捎带着卖些香烛和点心。

他们开始进山，天已经微微亮，穿过一条小径，前方是一片小树林，枝头还稀疏的，没见树叶。这时候在雾气和晨光中，潘青禾慢慢看见没有叶子的枝头上全是花朵，她明白她正在一片桃树林里面。在农村里桃花到处可见，但是她从来没有像现在这样觉得桃花树会如此美丽动人。为什么平时经常可见的桃花会显得那样好看？因为她处于和一个人约会的喜悦中，她第一次变得那么自由，生命的本真之光出现，投射到了桃林的花瓣上，由此这片桃林成了她生命中的仙境。她深深吸入一口湿润芬芳的空气，想把这奇异的美感存入到记忆深处去。

通往山顶白云道观的路在峡谷里。有一段路很陡，风景平淡无奇，两人都昂着头往上走。在一个拐弯处，他们停下歇了口气，身上出了汗，就脱了一件外衣，彼此能闻到对方身上的汗味。过这段陡坡之后，眼前开始出现风景，一大片开满蓝色小花的草坡，还有隔着峡谷的对面群山。他们在这里停留野餐，草坡上铺开了一张绣花的桌布，上面摆满了食物，还有一瓶西人的马蒂尼酒。起风了，刚才出汗脱了外衣，风一来，潘青禾觉得冷飕飕的，缩起了肩膀。何百涵把自己的外衣披在潘青禾的肩上。潘青禾肉欲在升起，但她还是欺骗自己这只是纯真的友情。

野餐之后，收拾起背包，往山顶的白云道观走。他们只有一个白天时间，太阳下山前要回家。那个道观应了"白云生处有人家"古诗取名，处在山顶最高处的石峰上，最后一段路是垂直在岩壁上凿出来的，得手脚并用才能前行。这个道观由于山高，来的人不多，很清静。道观里有人生轮回下地狱的泥塑，有断臂修行的故事壁画，过去真有一个道士在这里燃指修行。何百涵为未来的医院抽了一个签，签书上云：不成邻里不成家，水泡痴人似落花。若问君恩难得力，到头毕竟事如麻。是一个下签。潘青禾不服，自己又去抽了一个，签云：宛如仙鹤出樊笼，脱却羁縻处处通。南北东西无障碍，任君直上九霄中。这个是上签。本来还想再抽一签，但潘青禾觉得这些签书语焉不详，再抽一个恐怕又是下签，就作罢。何百涵捐了钱，还带来了一些糕饼食物供品，很受道观里的道长欢迎。道长请他们在一个悬空的楼阁喝茶，茶叶是刚采摘的，水很好，泡出来的茶极香。忽然间，天色一变，有一大堆云团飘了过来，把道观全部遮住，潘青禾在浓重的云雾中几乎都看不清何百涵的样子。然后云雾开始快速飘移，潘青禾觉得不是云在动，而是自己在云上飘，就像书上说的"列子御风"。

快乐的时间总是过得快，太阳已经挨着西边的山顶，得下山了。下山途中他们要采摘野生的山茶花，这是城里人野外踏青都要做的。下午又起了云雾，有一面岩石山坡上一丛丛殷红色的山茶花若隐若现，被雾气淡化为粉红色。潘青禾看到何百涵轻捷地在山岩上跳上跳下，在雾中采摘了一束束花，很快就有一大捧。本来以为采了花就要下山，没想到何百涵还有主意。他带她到了溪涧边，溪水里长着一种青青的草茎，潘青禾认识这种草是龙须草，晒干了可以编制精致的龙须席。何百涵用青青的草茎编成了一个环状的冠，把山茶花朵插到了草环上，做成了一个美丽的花冠，戴在了潘青禾的头上，说她现在是花仙子。潘青禾在溪水里照见了自己，发现自己从来没有像此刻一样好看过。

潘青禾带着这个花冠回到了巽园。如果带回的是一束野花，她会把花枝插在水瓶里，过几天花枯萎了就扔掉了。但是这个花冠上的花枯萎之后，龙须草的草茎还是青青的。她把这个草环挂在了床头，心里不禁有点害怕：自己和这个做牛奶听头的男人之间将有麻烦发生。

07

在何百涵之后，潘青禾找到了第二个伙伴。

信河街上有七十二条巷，街东侧从南往北数第五条叫古炉巷，巷里有一座墙上长满青藤的屋子。这屋子近年来引起街坊注意的是每天晚上天黑后，里面会传出一阵阵悠扬而优美的琴声。当时人们只知道有胡琴，这琴声却和胡琴不同。报馆记者来者佛写了篇豆腐干一样的报道，称：查古炉巷之奇怪琴声不是胡琴，而是一西洋乐器小提琴，别名梵婀玲。这屋里拉琴的人其实不是音乐师，而是一个医生，名字叫田谷鳞。

古炉巷这名字起得不一样，一听就知道巷子有点故事。巷子里有一户田姓中医世家，从明朝起就祖传行医。田宅门口有一个大铁药炉，巷子就以它为名。到了晚清田梅深时，看到西医几颗药片能马上治好中药几个月治不好的病；西医能够让人睡着觉开刀，一点不痛，不必像关羽一样强忍着痛装着下棋让人刮骨疗伤，因而他相信西医胜过中医。他没让儿子田谷鳞在身边接班，送他去上海读西人的医药专科，之后又让他去德国留学。田谷鳞在德国得到导师赏识，他从小在父亲身边熟悉了中医的理论，懂得五行脉络和人体经气循环，因而学西医理论时有与众不同的见解。德国导师对他这些见解十分震惊，说这是最接近上帝的指引。但是田谷鳞并不想留在德国，父亲田梅深期待他回国行医，他自己也是这样想的。辛亥革命之后，他回到国内，一时不想回老家小城市里。他在德国期间读了不少政治哲学类的书，对社会改革有自己的看法。他在北京待上了几年，参加过游行抗议，政治热情高。随后投身北伐，当随军医生，一路上消灭鼠疫，抵抗痢疾，后来又在武汉医院细菌实验室工作了一年。次年年底父亲病重，他回来厮守尽孝，老父让他在老家继承医馆，不久就驾鹤西归了。田谷鳞其实不想待在W州城，但三年丁忧期间他是不能离开的。他已经习惯了大都市的生活，发现之前觉得很美好的老家居然是那么沉闷，有那么多社会问题，让他很不喜欢。白累德医院的曹雅直院长得知他曾在汉堡医院师从欧洲有名的柯林斯曼教授，曾亲自拄着拐杖上门来拜访，聘请他到白累德医院当大医生。但田谷鳞不想在外国人的医院工作，借口是目前他处于丁忧期不能出来工作。他心里倒是有一个梦想的，将来有一个自己的大医院。而眼前，他只在住宅门口挂牌开业。他收费昂贵，所以病人不多，因此他会有时间拉小提琴，在莫扎特的音乐中解闷。

忽一日，他接到一个出诊要求。说是巽园一位女眷急病，请他过去诊治。巽园他是知道的，主人是柳雨农，现在城里用的电灯就是他供电的。他坐上了巽园派来的黄包车，车夫带着小跑拉着车沿信河街向南，在三角城头转东前往南大街，通常半个钟头就可以到巽园。但在小南门河轮码头一带正遇上瑞安的班轮到埠，路中央全是接客的搬运夫，为抢一个顾客大声争吵，推来搡去。他看着堵塞马路的人群，他们的脸色看起来要么心浮气躁，因激怒而涨红；要么精神恍惚，麻木无表情。由于路被半堵了，田谷鳞便向车夫问病人情况。黄包车车夫是专门为巽园拉车的，对园内情况知道一些，说得病的是大太太潘青禾。田医生心里想着城中第一园林大宅巽园内的美景，女眷们穿着色彩斑斓的丝绸衣服，在水池边观花赏鱼。他此时被一群挑着沉重箩筐的农村妇女堵着难以前行，不禁想道：同样都是女人，为什么她们的生活会那么不一样？

他进入了巨大的园子，很多用人在打扫庭院、修剪花木，看到他进来都停下手里的活盯着他看。带领医生进入紫藤楼的是阿春。他进入房间，第一眼注意到的是挂在病人床头上方墙上的一个草环，那是一个用新鲜的草茎编成的环，并不是一件工艺品。之后他才看到了草环下的病人。她躺在床上，脸色苍白发黄，眼神虚弱惊恐。她头发虽然梳理了一下还是凌乱，额上包着一块手绢，结果她的脸就显得像一个纺锤。这里的人生了病就会在额头包一块手绢，生孩子产妇更是这样。"这就是师长的女儿，富豪柳雨农的妻室。"田谷鳞想，"看看这些有钱人家女眷生病的样子，还不如刚才小南门码头遇见的那些挑担的农妇活得好呢。"

柳雨农从隔壁的屋子过来了，他像影子一样安静，有点阴森森的。田谷鳞从肢体语言看出来柳雨农对女眷的病情并没有很焦急，只是作为宅子的主人应该在这个时候出现一下。柳雨农一番礼节后，说了病人情况，她腹泻发热呕吐，问会不会是得了霍乱？田医生不像中医那样只是把把脉，看看舌头。他量了病人体温，用听筒贴着她的胸口听了肺里声音。他根据直接症状判断病人得的是急性肠炎，不是霍乱。询问最近的饮食，得知她前天吃了一种奇怪的食物：海蜇血。从解剖学上说海蜇并没有血，但本地的菜市场的确有卖一种海蜇身上剥离下来的红色斑块，人称"海蜇血"。他开了几种肠道消炎的药，让她放心休息，不会有大问题。他抽了病人一小针筒的血带回去化验，说好第二天再来回诊。

第二天他再次去巽园，带去了细菌培养后用显微镜化验的结果，证实她没有得霍乱。由于解除了担心，又吃了对症的肠炎药，潘青禾已经好了很多。她吃了一碗米汤，已经拿掉那块包在头上令人讨厌的手绢，坐在床上接待田谷鳞。昨天蒙在她身上的那种悲惨气氛消失了，田谷鳞发现她的模样好像全变了，昨天看起来像纺锤状的脸现在恢复了瓜子脸的好看状态，现在才像一个师长女儿呢。他又看了一眼她卧床上方那个草环，心想这是什么呢？

"这几天我很害怕，以为自己一定是得了霍乱。"她说。

"你们这些贵人是不会得霍乱的，你们喝的水是干净的井水，吃的东西是最新鲜的。"

"那为什么霍乱会到处流行呢?"

"我们的城市表面上山清水秀，河流密布，风景如画，但在一个医生的眼里，这里到处是霍乱病菌的温床。霍乱这个瘟神之前远在印度那边，当它来到了 W 州，找到了条件，就繁衍开来。"

"田医生高见，还请详细说来听听。"潘青禾说。

"这得从我们城市的河流水系说起。城里的阴沟水就排在河里，河水又直接饮用，病菌很容易传染到肠道。人们把垃圾扔在河里，漂在水上，阴沟淤积，阴沟水渗透到了水井里面，水井里都是霍乱菌。还有到处是要饭的乞丐，江边一带躺着无数麻风病人，城市变成瘟疫的温床。"田谷鳞说。

"我看到报纸上登了一则官府告示，说禁止在窦妇桥的桥洞里弃置死婴。这城里人有个陋习，把死婴都丢到那里，结果那桥洞臭气熏天，死婴黏稠的汁水沿着桥墩流入水里，还有大量的老鼠、蛇、野狗来觅食。这事情太难堪了。"潘青禾说。田谷鳞没有想到他这个病人居然会关心城里的社会问题，而且她说的这件事情正是他在仔细调查的。

"说的正是，这个事情太丑陋了。窦妇桥下方是白莲塘，河边有家沤麻的作坊，女工每日要把沤过的麻泡在塘水中几天，再捞上来搓洗。前天有个女工去摸泡在水底的麻捆，却摸到了一个布包一样的东西，拿到水面上一看是一个死婴。这样的恶浊环境，怎么会不发生瘟疫呢?"田谷鳞说。

"现在城里有外国人的医院，听说他们有治疗霍乱的药和办法。"潘青禾说。

"是，他们能解决一部分问题，但是他们又是制造问题的原因。外国人的地盘是这个城市的肿瘤，肿瘤在不断长大，它们吸收的养分正是这个城市的营养，城市因此而生病。靠肿瘤来治疗城市的病，这就是怪异之现状。"田谷鳞说着，他的内心深处一些问题被触动了。

"我小时候所住的古炉巷乃至整条信河街，都是一片青砖平房，最高不过二层的。在我外出十多年，经德国留学和在内地服务之后回来时，我老宅后巷出现了一大排的欧洲哥特式的楼墙，我家房子就在这个巨大的楼房俯视之下。现在我家前后三条巷基本成了外国人的地产，周宅祠巷有天主教堂、修道院、育婴堂。我后园看过去的那一座青灰色的大楼就是白累德医院的附属产妇院，长夜里都点着灯。它像一个不闭上眼睛的巨兽，一直在俯视着城市，也俯视着我。夜深人静时，有时能听到初生婴儿的啼哭，按道理这是一件美好的事。但当我看到这么多死婴的事情，就会想起来我面对着那个产妇院的青砖楼，那里的灯光，那里的哭声，让我觉得这世界是神秘悲惨的。"田谷鳞不知道为什么自己居然会对一个病人说那么多话。其实这些话都堵在心里面，一直没有人可以说，今天倒是找到一个可以倾诉的人。

"田医生说的太好了。容我斗胆问一句，如果城里要建一座自己的医院，你愿意参加吗？"潘青禾说。

"愿闻其详。"

"田医生是有见识有理想的人。既然你令尊大人要你回家乡，想必是有道理的。大的事业不一定就要在大的地方做。孙诒让这么有名，一直在小县城瑞安。黄溯初的事业在日本，却要在家乡办师范学校。我过去跟着父亲在外地待过，喜欢上了大城市生活。但是我无法把握命运，最后还得回到这个孤城。我想即使在小地方也可以做事情的，我是个病人，却想要开一个比白累德医院还要大的医院。先父曾和黄溯初先生商议过要建一个本地大型医院，一个和白累德医院一样大一样好的医院。我正在寻找创建医院的股东，没有想到我会因为一场病遇到你。我觉得你应该参加建医院，不知道你会不会接受我的邀请。"

潘青禾详细述说了办医院的计划和进展，计划已经在省政府和州政府备案，受到积极评价。资金筹集已有进展，到时政府还会资助一笔钱。潘青禾在讲解这个计划时，完全不像个病人。她的病不知不觉就好了。她感觉到田谷鳞医生关心民生，这一点何百涵没有，柳雨农也没有。他们只是生意人。

田谷鳞被她的话打动了。他惊讶这个小城里面居然会有潘青禾这样有见识又美丽的女子。之前W州这个地方让他受不了，他觉得这里的官吏都很愚蠢，是井底之蛙，他提出的改造建议没人理会，所以他准备丁忧满了就离开这里。现在，他改变了主意。

08

潘青禾找到第三个伙伴是"海晏轮"的船主陈阿昌。

相对于陆地交通的落后，W州的江海运输却是相对发达，历史悠久。宋朝皇帝赵构坐船到过这里避难，文天祥从这里出发过伶仃洋，W州乐清人周达观于1295年航海出使高棉，写了一本《真腊风土记》，后来法国人就是根据这书的描写找到了湮没在丛林里的吴哥窟遗迹。W州江边古老码道上开出的船，千百年间有无数的船沉没在海洋路途上。每条船都是有灵魂的，外国船的灵魂附在船头的女神上，中国船不一样，灵魂是藏在桅灯里面。这些船的灵魂是不灭的，即使沉没了也会归附到别的一条船上。不管你承认不承认，有些船就有魔性。它们在某个时间会隐身，会穿越时间。雾气中，只听到一声汽笛响起，等海风吹散了雾气，却完全没有轮船的影子。海晏轮就是这样的一条船。

每次海晏轮开进了瓯江口，在朔门港停靠时，都是城市一个重要的时刻。邮政局楼顶会升起信号旗，宣告全世界来的信件邮包已经到来。全城有一半的人会拥挤到江边的码头，小部分人是迎接亲友，大部分人就是去看热闹。海晏轮是一条客货轮，分五个等级船舱，最底层的通铺，男女都一起睡在地板上。新潮时髦的年轻人会努力攒一笔钱在结婚时坐一次轮船到上海。一出大海，碧蓝的世界，绿翡翠一样的海面，能看到海豚成群追逐，还能看到小岛一样大的鲸鱼，喷水翻尾巴。天气奇特时偶尔还能遇上海市蜃楼。到了晚上可以看无声电影，可以买到冰激凌。在船上有情人结伴最好，没有情人的也会有艳遇，通铺里盖着毯子的脚伸到对方被窝里的故事有很多。这船上发生过几次神秘的凶杀案件，也有人莫名其妙失踪了，每一案件都变成了一段绘声绘色的故事。最有名的事情是传说这船上有淹死在江里的徐班侯鬼魂。还有一件事情是Ｗ州市民坚信的，说是海晏轮上有大炮，是英国人造的，遇到海盗时这个大炮就会伸出来。还说有一次在外海遇上了一群海盗，海盗攀着绳梯登上了船，船主陈阿昌打开了弹药库，给每个水手枪支弹药，把海盗打跑了。这样的故事有很多，不知虚实。关于船主陈阿昌的故事就更多了，说他之前是在英国到马来亚婆罗洲航线上跑船，遇到过海难，靠吃死人肉生存了下来。在Ｗ州城里，他是最传奇的人物，他穿着船长制服的照片在城内最著名的南洋照相馆橱窗里展出，留着人丹胡子，叼着烟斗，十分威风。但其实他是个小老头，爱喝点小酒，有一张愁云密布的脸，身材不高个子瘦小。人们都以为他是船长，其实他根本不会开船，只会做茶房。

最初上海到Ｗ州的定期航船是英国公司的"普济号"轮。至于更早的船，那就说不清了，W州城本来就是个海运城市，船运交通不知不觉在进化。从普济轮开始，坐船到上海开始娱乐化，这是个划时代的事。陈阿昌十五岁那年跟着叔父从广东下南洋，在槟榔屿上了一条英国利物浦的商船，一直在上面做饭，学会了说英语。他在船上航行过世界上大部分港口，见过各种各样最离奇的事情。民间传说他遇到海难在海上漂流一百天靠吃死人肉活下来的事是真的，伦敦一家大报纸花了一大笔钱买下他的故事的独家版权。他把这笔大钱存到了英国渣打银行，从此不想再在爪哇海上跑船。他回到上海，当普济轮开始跑W州时，他向船主承包了船上的餐饮生意，当上了船上的总茶房。这是一门独立的生意，手下有几十个伙夫和招待杂工，获利丰厚。他存在渣打银行的那笔钱还无须动用。

那天早上普济轮徐徐离开十六铺码头，船舷上站满了旅客，张望外滩上外国人建的高楼大厦。陈阿昌获知今天船上的头等舱有一个贵人，那就是W州城的名流徐班侯和家眷。陈阿昌亲自送上了一壶上好的龙井茶问安。徐班侯这时年过古稀，身体尚好，任浙江教育知事，每年要去几次省城杭州，这回正是从杭州过来，要坐船回到W州去。船刚出了港，正要加速开航，船长忽然发现侧面有一条巨大的铁轮船直冲过来。英国大船"新丰"轮第一次进黄浦江，水文不熟，误入了浅水航道，眼看要搁浅，船长紧急掉转方向，不料正对着普济轮，拦腰撞上，顿时把普济轮撞出个大窟窿。下沉速度非常之快，救生艇根本就没起作用。徐班侯当时并不知道事故的严重性，还在倾斜的甲板上作诗，以为船上的人会拼死救他，谁知慌乱中根本没有人顾及他。陈阿昌是海难余生的人，总是有所准备，在船沉下去之前穿上了救生衣。当他落入水里，想起了徐班侯。江面上落水的船员和旅客如煮饺子一样在沉浮，根本无法分辨出谁是徐班侯。过了许久，才有船只过来营救落水者，但有数百人已经淹死或者找不到尸体。徐班侯的尸体找不到，不知是漂走了还是沉到了江底。

陈阿昌捡了一条性命回来，丢了船上的生意家当。当时已有保险业，英人的保险公司给他赔了一笔钱。不过他还有大钱在，损失了生意也没伤到骨子。这段时间丢了生意，他赋闲待在上海的家里。上海到W州的客运海路暂时不通了，他就写信给W州的家人。普济轮被撞沉的事故一度成了上海大新闻，后续的事情也都有见报道。尤其是徐班侯是名人，死了以后不见尸骨，徐班侯的儿子徐象藩带了一批人在上海长住，一直要普济轮船公司找到尸体，控诉普济公司只是热心找失落的货物，不管旅客的死活。徐家在普济公司搭起了徐班侯的灵堂，沪上的一些文化人士突然热衷于谈这一件事，说徐班侯的灵魂在灵堂徘徊，有个摄影师就躲在灵堂里面，拍摄到了徐班侯的灵魂，《申报》还登了这一张灵魂的照片。普济公司暗地里在准备恢复到W州的航班，决定用"普宁"轮代替之前的普济轮，这下可激怒了徐班侯的儿子徐象藩。那一天，他到了即将准备开往W州港的普宁轮上，带着洋油桶，说要把船给烧了，英国人船长一怒之下，拔枪当场把他射杀。这件事情沸沸扬扬闹成另一场风波。徐班侯是有影响力的名人，此案引起全国关注。上海法庭最后做出了一个决定：公开拍卖上海到 W 州港的客轮线路，以及"普宁号"轮船。

陈阿昌发现他可以去竞拍这条船和线路。他明白了过来，他遇到的几次海难其实都是为了这一次的机会做铺垫。他把存在渣打银行的那一笔巨款开出证书，他熟悉英国上海航海界的人，会说英文，有航海资历，英国人看中了他，让他中了标。他成了一条大船的船主，但是他不会开船，只会做茶房。他雇用了一个广东籍的船长，把普宁轮的名字改为海晏轮，不让徐班侯的溺海事故和现在的船产生联想。海晏号成立了一个公司，管理日常的船票、货运、检修、码头费用等等事务。公司就在安澜庭的一座房子里。陈阿昌是主席，但是他从来没有在公司上过班，一直在管理船上人吃喝拉撒的茶房事宜。这个癖好被岸上的人夸大。说他是吝啬鬼，不放心别人，大小事情都要过问。这些个原因都没错，但还是没有说出最主要的原因，他有两个家，上海一个，W州一个，每个家庭里都有他心爱的子女和妻子。那时男人有几个老婆不奇怪，有钱人都这样。但是他这不是一夫多妻，而是有两个正式的家庭，两个家庭不知道对方存在。他在船上忙杂务，船到了上海或者W州城都可以说是回到家。五月里W州出杨梅，上海的妻子刘氏最喜欢这一样家乡水果。开船前，他会带上两竹篓，第二天到达时杨梅叶子上还带着露珠。他后来也带着W州和李氏生的儿子到上海纱厂当学徒，但没让他住上海的家。他有时候会带儿子到大世界去看西洋镜，听梅兰芳唱戏。

　　陈阿昌延续了两个城市两个家庭的生活，他平均分配了在两地的时间，隔天在一个城市，因此两个家庭都觉得他很爱家，忽略了他还有另一个家庭的事实。他在两个城市过的都是平民的生活，住在普通百姓弄堂的房子里。他在W州城的家庭比上海的早几年建立。那时他刚开始在普济轮上当茶房头目，轮船每礼拜一个来回，在上海要过三夜。他除了喝点小酒，就是要上青楼去消除寂寞。作为一个长期航行于利物浦到婆罗洲的水手，上青楼是必须要履行的事务，否则在海上漫长的数月里无法保持心理生理健康。槟榔屿他住的水手旅店就在妓院楼上面，楼内的妓女都喜欢这个一脸苦相的小个子水手。这一天，他在上海的青楼里遇见了一个W州同乡，瓯海藤桥人刘氏。他在外面这么多年，还是第一次在青楼里遇见同乡，自然多了一分天涯沦落人的怜惜。刘氏说自己很想念家乡的杨梅，上海是买不到的。陈阿昌后来就从W州带杨梅给她。几次下来，他竟然没日没夜地想念她。这可破了水手的规矩。一个水手是不可以连续两天想着同一个妓女的，否则就会有麻烦。果然有了麻烦，他接下来在静安寺附近一条弄堂里买了两间房子，花钱把她赎了出来，过上了家庭生活。刘氏为他生了两个女儿。从此之后，陈阿昌再也不上青楼了。

　　陈阿昌在W州的家让人费解，他的妻子李氏是一个带了一儿子一女儿的寡妇，儿子还瘸了一条腿。他住桂井巷里一座没有天井的二层木楼，和一家青田过来的人各占一半，屋内很是拥挤。没人知道他这样有身份的人和一个寡妇住在平民巷子里的原因。也许他过去有过仇人，所以要低调地过日子；也许是不想让李氏带过来的子女过上好日子；也许他就是喜欢这样的平民生活。李氏过门后为他又生了一男一女。桂井巷因巷子东头一口边上有桂花树的水井得名。巷子一头连着八仙楼，一头通向天雷巷菜市场。巷子中央有一座三开间的木屋子，住着行贩金池伯伯。他家专门做特别大的海鱼生意，常有伙计用杠子抬着一条几百斤的黄鱼过来，据说这鱼的鱼鳔比黄金还要贵。陈阿昌房子对面住着两家人，一家门口常年摆着一副板车架子，车轮子晚上总要拿到屋里去，怕被人偷走，小孩子都叫这家女主人为搬运阿婆。挨着这家的是一个打篾的老汉，整年弓着腰编制竹席子，让他的腰永远弯了。他的牙齿早掉光了，嘴唇老是在嚅动，就像兔子吃草一样，小孩都叫他兔儿佬。小孩子经常会探头朝他的铺子里面张望，因为屋梁上架着一口棺材，据说兔儿佬晚上都睡在棺材里面的。挨着陈阿昌屋墙的邻居有一个菜园子，主人叫俊福。《水浒传》里有个菜园子张青，说明宋朝时城里面是有种菜的行当，W州城市民一直还吃城内菜园子里长的菜。俊福家菜园挨着巷子的一边有一段粗石头垒成的墙，有一个木头的门房和两扇破木门，小孩通过木门缝隙往里能看见一口粪坑，粪在这里沤过才可以施到菜园里。这个粪坑很有名，附近的居民骂人的时候，常会骂让对方钻到俊福家的茅坑里去。俊福家是不欢迎邻居串门，尤其小孩，因为里面萝卜、菜瓜之类的作物是可以吃的，更何况园里还有葡萄树和桃子树。小孩子最喜欢偷摘园里丝瓜藤上的黄花，他们养的蝈蝈正是吃这个的，平时得跑到很远的九山河边田间去摘，至于葡萄和桃子，有很多小孩至今不知道是什么滋味。陈阿昌好几次看见了屋梁上无声游过扁担长的蛇。他知道这种蛇叫"油菜花"，是无毒的。城里的人称这种蛇是带福气的，要是看到这种蛇，就把衣服抛过去盖住它。如果蛇从袖口里爬出来，那就表明将有大福气来临。陈阿昌明白，他家的"油菜花"蛇的存在不是因为屋里藏着紫气，而是因为挨着俊福菜园，蛇是从菜园里爬过来的。在李氏带来的女儿十五岁时，有人说媒将她许配了巷口的黄家。黄家的房子不小，屋梁上总架着好几张扳罾网。他们不是出海打鱼的人，是在城内的河流中或者江边张网捕鱼抓蟹，日子过得也算殷实。陈阿昌和巷内的人过着一样的日子，在不出航时，他就像一个鹅卵石混迹在河滩上一样不显眼。他和别人不一样的地方是将好东西藏在他楼上屋内那一个镶着松鹤延年贝雕的橱子里面：有外国的画报，有象牙做的烟斗，有各种各样的外国钱币，还有好几瓶外国酒和一把毛瑟短手枪。

从去年开始，陈阿昌的上海妻子刘氏开始生病，一天天严重，手绢里咳出了红点。上海有大医院，去看了好几个大医生，都说是肺里出毛病。这种病在西方也很多，基本没有药物，靠调养，医生会建议病人到海边或者山区里去住。刘氏知道自己这病是治不好的，开始想家乡，想要回Ｗ州去休养。陈阿昌答应带她回老家。刘氏在藤桥乡下的父母都没有了，亲戚都已疏远。陈阿昌有点犯难，怎么把刘氏安排好？陈阿昌是柳雨农的电灯公司股东，常进出巽园，和潘青禾相熟。刘氏希望在她老家藤桥居住，而潘青禾家任溪就在那一带，所以他就找潘青禾商量。潘青禾接过了这一件事情，在藤桥泽雅的乡下一条清澈碧绿长满了水竹的溪河边修缮了三间房子，配了女佣，让刘氏在风景如画的故乡静养，还安排了田谷鳞医生去给她看病。田谷鳞对于肺结核有专门的研究，她的病稳定了下来，不再吐血。田医生和陈阿昌都是在外国闯荡过来的人，说话投机。潘青禾和陈阿昌说起建医院的事情，他满口答应下来。

09

自从潘青禾把白云山上的花冠草环挂在了床头，这就像港口上挂起了台风风球信号一样，她和何百涵的关系被一股强劲的风鼓了起来，使得她无法控制自己。那些日子她和何百涵频繁见面，亲密交谈，身体距离越来越近。一切水到渠成，最终有了床上的事情。潘青禾沉浸在和何百涵私通的激情中。办医院的事给了她和他来往的理由，她以为这个理由可以成为保护层，一件隐身衣。但隐身衣只是她自己的想象，W州商界那么多尖刻狠毒的眼睛早就看穿了这勾当，甚至在关心名流绯闻的市民茶余饭后的闲话里，潘青禾和何百涵也已成了议论话题。她无时无刻不在想念着何百涵。见面机会虽然还不少，但都是办医院的公事，有旁人在。他们没有一个幽会的场所，按道理何百涵是有能力找到一个隐秘地方的，只是他非常胆小，害怕被老婆知道。他们仅有的几次交欢，都在潘青禾的房子里。每一次都很短暂，接下来便是无休无止的想念，等着下一次。何百涵的确很忙，潘青禾知道他是W州城里真正的实业家，做大事情的人。因为这个原因，她一直忍受着寂寞。

有一个晚上，天气又湿又冷，又是一个漫漫长夜。她正在灯下读一本新买的泰戈尔诗集，忽然听到楼梯上有脚步声，阿春引了何百涵走进了房间。外面已下雨，他的头发和脸都被雨水打湿了。他的到来出乎潘青禾的意料，所以特别激动，阿春刚出房门，他们就紧紧抱在一起，一句话没说就脱光了衣服。过程延续时间不长，在潘青禾还没完全享受的情况下就结束了。她身上那种未尽兴的颤动余波还没平息，就听到何百涵说出了那句她最恨的话："我得走了。"何百涵说自己第二天一大早六点就要坐轮船到厦门，有要紧的公务，商量炼乳产品销售到南洋的事情，得两个礼拜才回来。这是突然决定的，所以他会不顾一切到这里来告别。潘青禾舍不得他走，真想不顾一切留他在这里过夜，就算柳雨农知道了也不管了。但是她感觉到何百涵身体肌肉因为紧张而僵硬了，看得出他急于要走，内心是恐慌的。她知道留不住他，只得让他走了。

这一夜，她无法入眠，心里头好像有一列火车在哐当哐当地开着。不行！为什么他想来找我就来，想走就走，而我却像一段木头一样苦苦等待？我要告诉他，我们要公开光明地在一起，这是可以做到的。对，我一定要告诉他这样去做。潘青禾眼睛盯着天花板，这一个想法像黑暗中的火，慢慢燃烧着让她激动，想立即把这火把传递给何百涵。但想着要等半个月之后他才能回来，心里就像猫抓一样难受。突然有一个新的主意让她心里一亮，她可以明天天亮时分在江边码头登轮船之前去见他，把心里想的告诉他。她睁开眼睛看了看自鸣钟，还有七个钟头轮船要开。她在床上躺了两个钟头就起来了，自己动手煮了一壶咖啡，装在小热水瓶里。她把热水瓶放在一个竹篮里，还带上了两个杯子。然后就静悄悄地潜出了屋子。她没带阿春，只让她在她走后静静关上门。这么早她家门口附近是没有黄包车的，她沿着北大街一直走到了五马街口，才叫到一辆黄包车，让车夫赶快拉到朔门港码头。

码头上混乱极了，各种各样的船都停在这里。运送货物的人群和人力车把马路都堵死了。她根本搞不清哪个轮船码头是去厦门的，黄包车车夫也不知道。为了遮颜挡风，她包了一块头巾。她手里挎着篮子，不断问路上遇到的人，厦门轮船码头在哪里？不同的人给了不同的方向，鬼知道这些根本不知道码头所在的人为什么要回答她？她看到人群中有好些个和她一样挎着篮子包着头巾的女人在叫卖大饼、馒头。她这个贵妇人和卖早点的女人一样挤在人群中，因内心欲火燃烧而不顾一切。她觉得她已经耽误了时间，也许他已经登船了，内心阵阵发苦。她和卖货的妇女一样不顾一切推开人群往里面钻，终于挤到了客轮码头那条道上，看到一个牌子上写着一行字：开往厦门的船六点半开船，五点半开始登船。她看了海关大钟，才五点钟，这说明何百涵一定还没有登船。她心里开始窃喜，但很快又犯愁了。码头上人群越积越多，人流像旋涡一样带着她走，很快将她推到了远离轮船入口的地方。她站在人群的旋涡之外，绝望地看着江边灰黑色的天空，看见了有一只大鸟在盘旋。起初她以为这是一只海上抓鱼的鱼鹰，可这只大鸟却一直在码头上方盘旋，鱼鹰可不是这个样子的。她突然觉得这大鸟有点眼熟，好像是上次在飞云江边牧场看到的何百涵的黑雕。当大鸟再次盘旋过她头顶上时，她确信这就是那只黑雕。而这时，她看到了黑雕在降落，降落到了距离她不很远的地方。她脑子出现了一个念头，莫非何百涵是带了这只雕出来旅行？这样的话何百涵应该就在黑雕降落的地方。她赶紧在人群中挤到了那地方，果然看见了黑雕站在一个人的手臂上，那人就是上次见过的驯鹰人阿信。她简直不能相信自己会有那么好的运气，紧接着，她看到了何百涵。他提着行李箱，戴着一顶黑礼帽，穿着呢子大衣。潘青禾不知他身边有无家人，这个时候，就算他老婆在边上，她也不顾一切了。可是在她快挤到了他身边时，突然有一股人流逆行而上，把她冲开了。她大声喊叫了他的名字，他听到了，看到她被人群吞没。之后两个人经过相互寻找，终于走到了一起。那个时候 W 州城的人是不会当众拥抱的，他拉着她衣服往僻静处走，那边有棵大榕树，树冠指向江面。他们在树下聚到了一起。

"快来喝一杯热咖啡吧，我自己煮的。"她把热水瓶里的咖啡倒出来，双手捧给他。

"我没想到你会来送我。发生什么事了吗？"

"我想和你在一起。"她终于把这话说出来了，心里有点慌乱，是借助于码头的混乱场面获得说话的勇气。她做好了准备，如果他接受她的话，那她可以马上跟他登上轮船去旅行。然而她听到的何百涵的回答是含糊的，甚至是有点狡猾的。

"我们不是已经在一起了吗？"他说。她从这话里感觉到了何百涵的态度，他只想止步于目前的关系。

她开始觉得冷，看着江中的风，没有更多的话要说了。他抱住了她的双肩，但她不再觉得温暖安全。而这个时候，他要走了。这是无法留住的，轮船马上要开了，驯鹰人阿信和黑雕都在等着他。

瓯海医院筹建进展顺利。黄溯初再一次从日本过来之时，把参建医院的股东召集起来，成立了董事会，推举潘青禾为董事长，田谷鳞出任院长。董事有何百涵、陈阿昌，还有后来加入的杨玉生、吴璧华等人，各位董事认捐银洋一千元，开办之后再继续加捐资金。董事会看好了一块宅地，有十七亩之大，在积谷山下会车桥到南门河之间。鉴于经费尚有缺口，他们上书W州专署专员蒋保森，说明创办瓯海医院之缘起，申请州公署补助：

瓯地濒海潮湿，人烟稠密，夏秋之间，不免疫痢为灾；虽有中式医馆严为之防，慎为之治，然病院设备简陋，医者精力有限，地广人多，恐难遍顾。吾等有鉴于此，共同发起创设瓯海医院，预计此项开办经费约需银洋捌仟肆佰余元。除经由发起股东分别负担外，尚短三千余元。今医院组织已成立，暂赁城内古炉巷田宅为院址，拟定旧历七月一日开诊。除已付过购办药品器械之用外，尚有杂项费用待需孔亟，由院长田谷鳞出具领状，亲诣公署请领款项。特函请贵公署准予如数给发，以应要需为荷。

专员蒋保森征得当时浙江省省长齐耀珊同意，资助银洋三千元，以示支持：

绅士黄溯初等创办瓯海医院，送诊施药，实为急务，当经函复照准于职署余存漏米充公项下拨给银洋三千元在案。

10

整整两年后，马本德和泰斯再次出现在 W 州城。跟在他们身后的有一百多个江西籍民工，住到了江西栈的统铺客栈，发了钱给他们喝酒嫖妓。车路快要修好了，只差一个最艰难危险的山口还没打通。在这个路段干活的是最不怕苦最勤快的江西民工，只是这里的石头实在太硬，久攻不下。马本德和泰斯带着民工下山，让他们在江西栈放开喝酒，玩女人。七天之后，他们再回到山里，个个变得像金刚一样，一举打通山上的垭口。

购置汽车和相关设备排上了日程。马本德和泰斯坐上陈阿昌海晏号轮船去上海采购。马本德还是第一次坐大轮船，到了大海就晕船，吐得黄水都出来。他好几次说要下船，说宁愿翻山越岭走路。泰斯说你这个时候下船要么是沉到海底，要么喂鲨鱼，他只得作罢。第二天到了上海，他一下轮船甲板踏上十六铺码头陆地，精神马上来了。泰斯一眼看到外滩上有德国人开的餐馆，就带了马本德进去。马本德对于西餐很感冒，特别喜欢那些带血的牛肉，发霉发臭的奶酪起司。这几样东西他以前都吃过，还没尝过的是起泡沫的德国黑啤酒，喝了十几瓶还想喝。然后去了克虏伯洋行，那里代理西方各工业国最新汽车产品。仓房里面展示好多样品车，让马本德看花了眼。他的天性爱机器，爱轮子、发动机、轰鸣声、闪亮发光的金属（鱼就有这样的本性，外国人钓鱼的鱼饵上都会加闪亮的金属板）。他们选了两台三十座一百二十匹马力的梅赛德斯长途客车，两台美国雪佛兰中型客货车，两部英国奥斯汀轿车，三台运货的雪铁龙卡车。每台车各配了两副备用轮胎，还有火花塞、汽缸垫、刹车片等等材料。他们还在上海报纸上刊登征招熟练司机和机修工的广告，结果来了不少人应征。好些祖籍是W州人，愿意回乡效力。应征的人中间有些是拉黄包车或者修鞋子的，也想过来混，被泰斯剔除了出去。

汽车客货运站建在南城门外面，取名南站，占地二十亩。泰斯设计了车站的候车室，他真是达·芬奇一样的天才，把南站建得和慕尼黑的车站一样漂亮。他让青田的石匠用了花岗岩青石做门面，混合了文艺复兴和维多利亚风格，有一组巨大的门柱走廊，上面雕刻着十二生肖头像，还做了个像意大利佛罗伦萨大教堂的圆形拱顶，整个建筑闪闪发光，看起来像个神话宫殿。车站即将开始营运，资金来源一点不愁，W州城有全国最发达的钱庄，市民有投资意识，城里的钱庄主都看好了汽车运输业，发行了市民股票。马本德本来没有钱，公司成立时泰斯让他获得10%股份，所以他一下子身家好几万了。由于资金用之不竭，泰斯采购的汽车都是最好的。汽车陆续到了车站，闪闪发亮，简直是一个豪华汽车俱乐部。

　　第一班客车开往金华，早上发车，晚上可以到达。马本德亲自驾驶第一个班次，泰斯坐副驾驶位上压阵。出发的时候，鞭炮齐鸣锣鼓喧天，市民夹道观看欢送。车子开出城门，加起速度，刚开出十公里路，就被奔涌而下的瓯江拦住去路，汽车得在这个叫梅岙的地方用轮渡渡过瓯江。设计公路的时候，泰斯反复考察能不能不过江一直沿着北岸走，但是不行，北岸很快拐了弯，朝另一个方向，梅岙渡口是必须要过的。这里的江面有一千五百米宽度，算是最窄的，但是因为江面收窄了，江流变得很急。梅岙渡口是一个古渡口，自古以来人和马都得在这里坐专门的渡船过江。现有的木质渡船不够大，装不了汽车。泰斯为这个事情伤透了脑筋，最后把两条船连接固定起来，加上平面甲板，成为一条渡船。汽车在这里每过一次江要花上两个钟头，上下船的时候汽车就像走钢丝一样充满险情。车上的乘客都要下车，顺便到江边野地里去撒尿拉屎。

　　车子一过了江，山再高路再险也不怕了。每一公里的路都是马本德和泰斯一起修起来的，他们在山里整整干了三年，每一个转弯和上下坡都熟记在心里。正是秋天，漫山遍野的树叶变红了，江中的翠竹映着篷船，车上的客人看得兴高采烈。十个钟头过去，天黑时候到了金华。乘客下了车，住上一夜，再换车到各个地方。第二天，马本德和泰斯从金华车站拉了一车乘客回到 W 州。从此以后，W 州城通了汽车，交通大大方便。汽车南站一带很快繁荣起来，成了 W 州城的地标。周围盖了几间客栈，每天车子一到，就有黄包车车夫、板车客、妓女来拉客。普通市民一辈子不会出远门，也愿意到这里看一看车站里进出的汽车。走江湖玩杂耍猴戏的在这里扎下了地盘，上面说到过的黄伯仁也从江边码头转到了这里练拳卖药。

马本德成了名流，但是他一点不知道，整天还在亲自开车顶班。到了年底，城里要举行一年一度的拦街福仪式，他被告知一定要参加。W 州城的拦街福是本地市民狂欢嘉年华，起于二月朔，通衢设醮禳灾，至三月望日为止。马本德遇到的第一个问题是他还没有一套像样的衣服，经常还穿着老家带来的羊皮袄。上回到上海去只顾得买汽车，忘了买几件体面的衣服。他去了五马街金三益布店定做了一套长袍马褂，买了一顶礼帽，一根文明棍。泰斯出了一个主意，用两台货车做成花车，两台客车做运客人的车。花车上后面有个舞台，上面站了各种戏曲神话人物，全是活人扮演的，在城内各大街巡游。坐人的客运汽车每人收一个铜板，车上可坐三十人，还站了很多人，跟在游行的队伍中，给节日添了很多乐趣。白天时马本德的汽车大出风头，到了天黑下去，柳雨农的电灯大街才抢去了拦街福的风头。柳雨农在五马街沿街树上挂起一串串灯泡，把拦街福主场地照得火树银花。这里搭起了一个大戏台，各个戏班轮流登台演唱。

这拦街福是 W 州独有的民间传统，从明朝做到了清朝，民俗和商业被喜庆娱乐结合在一起。五马街上，每个商号有自己的摊位舞台。卖火油的，卖洋皂的，卖老刀牌香烟的都在推销。马本德看到最中心的高台上是柳雨农耀华电灯公司在推销电灯用户，当场订一个灯头马上送毛巾、香皂。他看到了柳雨农在台子上，以为潘青禾也会在一起，却没有看见她。他转了一圈，看见了五马街另一头上有一个台子，潘青禾站在上面，边上还有一个穿着洋装的男人，头发梳得发亮，苍蝇站上面还会滑倒。马本德认得这人是擒雕牛奶厂厂主何百涵，他怎么会和潘青禾站在一起？仔细看看，这个台子上还站着一些穿白护士装的姑娘，牌匾上写着"瓯海大医院"。潘青禾怎么会站在医院的台子上？还和何百涵站在一起？自从三年前任溪潘宅丧事之后，他没有和她说过话。那时她消瘦，不快乐，还有孩子气。现在不一样了，丰满精神，看起来很开心。马本德在台下看着她，她在台上则没发现人群中的他。他当初决心搞汽车公路，改变自己游牧人的本性，就是为了有一天自己能和柳雨农平起平坐，让自己配得上潘青禾。现在他差不多已经做到了，可看到她不和柳雨农在一起，换了个何百涵。凭着他的直觉，他觉得潘青禾和何百涵关系非同一般。马本德一直想象自己是潘青禾的暗中保护人，因此对于她身边的何百涵产生警觉，他一点也不喜欢何百涵，对他的厌恶度远远超过柳雨农。

马本德很久都没有喝酒了，但是看到潘青禾之后，心里难受，就坐到路边的一个酒摊子，一碗又一碗灌起白酒，喝了十几碗，心头才又高兴起来。接下来他被街头一个舞台吸引住，那里

126

的戏开演了，民众都往那边走去，马本德也跟着人流。是七钱金戏班的戏《四郎探母》，讲杨四郎在番邦地域被困多年，交战之前偷偷回到汉营会见老母。这个传统戏主角本是汉人杨四郎，在马本德的眼里变成了另一种意义。马本德想起了自己还在祁连山的老母，生死消息全无，内心伤悲，竟然放声大哭，哭得倒在地上打滚，众人都围着他看。戏演好了，台上演契丹铁镜公主的七钱金注意到下面有个人倒在地上痛哭，觉得这个看官这么入戏是对演戏人最好的嘉奖，就下了戏台来看他。马本德还倒在地上不起来，他酒喝得太多，一哭，居然睡着了，还梦见了祁连山的白雪、成群的牛羊。七钱金扶他起来，认出他居然是飞马汽车公司大东家马本德。她问马本德哭什么？他说了一通让七钱金哭笑不得的理由，他把戏文的意思完全看反了。但七钱金打心里喜欢这个样子像番邦人的男人，邀他一起吃消夜。午夜之后还有一台戏，请他上台直接扮演番邦金兀术。不用他说话，只需直接往台上一站，看见宋将骑马过来就打一拳，对方立刻从战马上倒地死掉，台下的民众看了高兴得发疯。

七钱金这个名字显示了她有很多金子。事实上的确如此，她本名叫程桂花，出名十多年了，挣了很多金子。她的金子不是埋在地下藏在夹墙里，而是投资到了一个实业，在五马街口五味和商行边建了一座四层的西式楼房，取名叫"中央大众戏楼"。这座高楼是钢筋水泥结构，外面看起来很洋气，里面的结构也很复杂，有好几道盘旋而上的楼梯，还有悬空架在房子外面的露天铁梯。她的戏班平时在二楼的戏院演戏，三楼是电影院放无声电影，屋顶的露天阳台上是吃冰激凌洋蛋糕的地方。拦街福结束时已过午夜，七钱金把马本德带进了她的大楼里面，三楼有个密闭的充满绸缎和鲜花的房间，那是七钱金自己的闺房，别的男人别说七钱就算花七两金子也进不了这里。七钱金程桂花把马本德和自己锁在屋里，尽情吃喝，交欢，三天三夜都不出来。

11

　　马本德对潘青禾的忠诚有一次差点被摧毁了。他几乎真的爱上了一个女人，不是七钱金，是城里最有钱的女人迟玉莲。

　　迟玉莲的家乡离W州有近三百里，和福建交界，那地区的方言复杂到无以复加，闽南话、蛮话、金乡话、畲客话，相隔十里就是一种方言，相互都听不懂。迟玉莲是矾晶山里出生的，十三岁就嫁到一个做米粉干的小作坊主家里，十六岁时生下一个儿子。几年之后夫君在一次和金乡人的宗族集体械斗中被对方武士的长矛刺中肚子，在床上躺了半个月后死了。按矾晶山部落祠堂的规章，宗族可以供养她和儿子生活，直到儿子长大成人。但迟玉莲是个奇异的人，她要自己去做生意抚养儿子。她带着儿子出了大山，到了山下的马站镇，沿街叫卖"鞋伯"和撩头柴。撩头柴出自一种多汁的树木。乡人将这种木头刨成刨花片，整理成型，像一刀刀纸条。妇女梳头前，先把撩头柴刨花用汤水冲泡在瓷瓯中，浸泡出来的液水是一种油性光滑的黏液，用一把毛刷涂到头发上，梳出来的头发就油光闪亮。"鞋伯"则是破布加糯糊一层层糊上，晒干，是纳鞋底的主要材料。她手肘挎着一个很大的腰子篮，篮把上挂上撩头柴树刨花和"鞋伯"片。腰子篮上还摆了些发网儿、发卡、绒衫针，再加上一些白栀子花、玉兰花蕾一起卖。偶尔，她还能卖出几张矾晶山里妇女绣的针法特别的刺绣片。她定期回到山里进货，顺便带上一些炝虾、小咸鱼回山里兑换刺绣片。然而马站镇离金乡卫和矾晶山不远，两地的人经常会到这里来赶集市，迟玉莲很快就处于新的麻烦之中。她只得再次逃离，一个夜里，她带上儿子和细软，坐上一只过路的福建渔船，前往了W州城。

在大南门头的米筛巷菜场，她付屋租钱摆下一个三尺宽的摊子，卖撩头柴和"鞋伯"等杂货。这地方人流汹涌，每天能卖出很多东西，和马站镇的集市生意有天壤之别。她喜欢这边的热闹，她摊子不远处就有一个海产大行贩铺面，只见那些挑夫挑着一担担闪着银光的带鱼过来，有时则是金光闪闪的黄鱼担。附近有一个豆腐坊，她可以拿到一些豆腐渣不要钱。她觉得不好的地方是巷子尽头是一个杀猪场，从早到晚杀猪的凄厉喊叫一直不停，她不时念几句《妙法莲花经》，以消消血光之气。她头上有一条绣满图案的白布头巾，使得她看起来和菜市场上别的女人很不同。

这里经常会有一些外国人经过。他们不是真的来买东西，大部分是来闲逛看新鲜。女的大部分穿着修女道袍，本地人管她们叫"白毛姑娘"。很奇怪她们很多人会说W州本地土话。迟玉莲家乡矾晶山说的是蛮话，和这里的话完全不一样，她到现在还只能说夹生的 W 州土话，不如这些外国人说得好。"白毛姑娘"对迟玉莲的产品感兴趣，很多人冲着撩头柴而来，说这个很神奇，要买一些试着玩玩，还准备作为纪念品带回外国去。

有一天发生了一件事情，一个外国男人来到她摊位前，他感兴趣的不是撩头柴，而是她头上那一块绣满了奇异图案的头巾。这人是一个英国纺织工艺专家，他说想买下迟玉莲戴的这块头巾。迟玉莲一狠心说了个大价钱，一块银圆。外国人给了她两块银圆收了她的头巾。这块头巾迟玉莲戴了有些日子了，都没有洗，上面沾上了她的头油。感谢上帝，她的头油一点不臭，因为撩头柴上的树汁透着太阳和森林的香味，给头巾添加了大自然气息和岁月感。半年之后，这个外国人再次来找迟玉莲，说自己把头巾带到了英国，大受欢迎。他要向迟玉莲买一百条头巾，还要比头巾尺寸大很多的台布等等。外国人出的价钱算下来是一笔巨大的钱，绝不是她卖撩头柴和"鞋伯"能挣到的。于是她把撩头柴摊子交给边上一个一直想偷看她胸部的卖香菇、木耳的老头，自己跑回家乡矾晶山里，把会挑花的山里女人都找来，让她们赶时间把头巾和台布做出来。

这个是十年前的事情。十年里迟玉莲的挑花布源源不断送到英国，一部分进了英国皇室的皇宫城堡。中间商严格限制了产量，只用迟玉莲独家产品。迟玉莲只是在老家矾晶山极小的村落范围内采购，保持刺绣的原始气息。会刺绣这些花纹的村落祖先几千年前来自黄河以北的中原，这一族人因为躲避战乱，逃离到了与世隔绝的矾晶山里，女人们的刺绣保留了祖先的信息。迟玉莲把挣到的钱在墨池坊巷底盖了一座洋楼作为绣坊，里面封闭式养了几十个从老家山里挑选出来的本族年轻女人，绝对不让男人进来。这绣坊产生的利润让她有了很多钱，成了W州商界一个名人。

她在城里比七钱金更有钱，但有完全相反的名声，是贞洁和纯洁的象征。她穿的衣服都是素色的，戴着白色的玉兰花，透着素雅的香气。城里人都说以后还立牌坊的话，她就是最有可能的候选人。据说她对于男性有一种严重的厌恶，在她的墨池坊绣坊里，所有的工友全是女性。城里老人亭里闲话：她要是当了女皇帝，宫里连太监都不会要，全女的。她不参加城里的工商界活动，那里都是一群油腻的男人。她连新潮的妇女会活动也不爱去。她和英国人做生意，英国来中国做生意的基本是男人，但她觉得英国人和她好像马和牛一样不是同一种类，所以她和英国绅士还可以来往。W州城里洋人不很多，基本上只有一个圈子。有一回英国刺绣商人过来时，喊德国人泰斯参加一个聚会。那一天泰斯刚好和马本德在一起，问他要不要一起去。马本德喜欢吃英国人做的牛肉，就跟着过去蹭饭。

这个派对是为迟玉莲举行的，地点在江边海坦山下一座洋人别墅里，当地人叫它"查理别墅"。英国商人带来了好消息，说英国王室对于她的绣品十分喜欢，要加大订购量，还准备在适当时候邀请她到英国去访问表演。这天是英国人派了马车从墨池坊迎接她过来的。她虽然还不到三十岁，却已经做了十来年寡妇，一直保持着素色衣着打扮。她的头发梳成盘髻，插一根特别长的金属针，上面盖着一条绣花的头巾，这头巾和最初英国纺织工艺专家买走的一模一样，让她记住她转变的第一步。她穿的是左衽的高领浅灰色布衫，衣摆长垂过膝，里面还有一条盖住脚面的长筒裤，布底的缎面黑鞋上绣着庄严的莲花。她穿得那么严实素雅，很可能那天她的腹沟之下还系着牛皮做的贞节带，但还是包裹不住她身上发出的强烈的女性魅力。当她走进了大厅，外国男士都分开一条路鼓掌欢迎她的到来。就在这时她看见在一群洋人中间还有个不穿洋装的国人，是城里很有名的马本德。她不是直接看着他，而是用眼睛的余光观察着他，却觉得他的眼神直直瞪着她，让她很恼火。迟玉莲基本不参加城里公众活动，还没有和马本德见过面。她是知道马本德的，他这几年是城里名气最大的人，他的公路很大程度改变了城里的生活。她还听说他是个"番邦"，现在总算是见到了真人。她和洋人男性打交道很放松，现在却见有马本德在场，只觉心里一惊，本来很放松的精神变得有点紧张起来。

迟玉莲有意识地避开马本德，他在大厅东边角的时候她总是会转到西边屋角。他是同类，和他接近有某种危险。可在突然之间，泰斯带着马本德到她跟前，郑重其事彬彬有礼地做了介绍。

"我是德国人泰斯，一个一生漂泊冒险的工程师。你认识不认识我不要紧，这位大人马本德你要认识一下。他比我了不起，抬着汽车翻山越岭来到W州城。我很奇怪你们之前都没见过面。你们两个是W州城里最有意思的人，应该成为朋友。来吧，为你们的见面干一杯。"泰斯说，像压住弹簧一样把他们拉到了一起。

马本德傻傻喝下一大杯，迟玉莲只是抿了一口，没有正眼看他，但在举杯一瞬间飞快瞄了他一下，像极了德国莱卡照相机快门，把影像捕捉住了。他的脸刚刮了胡子，皮肤底下却透出青色的胡楂，浓黑的眉毛、刀鹰一样的鼻子和眼睛，都透出了远方气息。迟玉莲天性喜欢远方的人，喜欢异乡人。她家乡矾晶山离这里两百多里，已经接近福建，语言风俗和W州城不一样。何况她祖先是从中原迁移过来，是完全的外乡人。从这点来说，她对马本德有天生的好感。泰斯刚把这两个人叫到了一起，可突然有人喊泰斯，让他过去一下。泰斯让马本德和迟玉莲先自己说说话，他马上就回来。马本德和迟玉莲站在一起不自在，刚才泰斯用弹簧的力量把他们压在一起，现在他一走，压紧的弹簧马上弹开来，把这两个人朝不同方向推得远远的。

一开始的时候，外国绅士们都很有礼貌地讲中国话，只会讲外语的人说话时会有人翻译给迟玉莲听。聚会进行了一段时间，喝过了几巡威士忌酒之后，外国绅士们的声音都兴奋了起来，渐渐都直接用他们的母语说话了。开始时英国商人还提醒各位继续说中国话，还带着歉意向迟玉莲做无奈的表情。但很快，他们完全忘记了迟玉莲和马本德的存在，全部用外语说话了。他们显然在争论什么问题，声音很大，脸涨得通红。

当迟玉莲和马本德被众人遗忘时，两人之间那种排斥的弹簧力慢慢消失了，倒是变成两粒带正负电的尘埃相互吸引到一起。

"他们在说些什么呢?"迟玉莲走到了马本德身边。两个中国人开始了相互第一句对话。

"听不懂，他们肯定在说中国人的坏话，当他们开始说洋毛子话的时候，基本上是在说我们坏话，不让我们听懂。"马本德说。

"这些洋人办酒席，吃的东西一点点，光是喝酒说话，不知道会说到什么时候。"迟玉莲说。

"算了，我们走吧，谁知道他们要说到什么时候。"

"我现在到哪里去叫黄包车呢? 我是他们接过来的。"

"不要黄包车，我有汽车送你回去。"

"那要和主人说一下吧?"迟玉莲说。

"不管他们，我们自己走就是了。"

两个人乘着绅士们激烈争论之际，一起离开了"查理别墅"。马本德的车就停在外面，本来是和泰斯一起来的，现在扔下泰斯，明天让他骂几句也无妨。他把迟玉莲扶上车，她第一次坐汽车，胆战心惊的，像上断头台一样害怕。马本德把车发动了，慢慢倒了出来。江边的马路，夜间没有人，道路空阔，他一踩油门加起速来，迟玉莲吓得尖叫不已，双手紧紧捂住飘起来的头巾。在那么早年的时期，马本德和迟玉莲表演了后来电影里经常出现的男女主角坐梅赛德斯敞篷车在江边夜色中拉风的经典桥段。

"你这车子跑得真快，要是坐你的车子到我老家那才快呢！"迟玉莲在风中大声说。

"你老家离这多少里地？"

"算起来两百里地吧。"

"那要是我这车跑起来，两三个钟头就到了。"

"那真是神仙了。我现在回家一趟得花几天呢。你现在就送我回家乡看看吧。"

"你的老家和这里有路可通吗？"

"有啊，山里有好几条小路通下来，挑担子的，赶着骡子的都可以走的。只是走得慢，我回家都坐江里的船。"

"那些路不行，得有比车子还宽的平整的路才可以开车，你老家那些路是山间小路。"

"那太难了。我们家乡山很高，悬崖峭壁刀削一样，没指望有这样的路。"

为了感谢马本德送她回家，迟玉莲提议要请他吃消夜。迟玉莲饿了，在"查理别墅"派对上洋人的东西她不爱吃，吃得很少。马本德吃得倒不少，但他饿得快，肚子已经咕咕叫。迟玉莲带他到了南门外一个小酒店。这个小酒店是她乡人开的，她一到这里就像是回到老家一样，店里跑堂的、掌柜的对她都很亲切而恭敬有礼。她被迎进一个专门为她留的包间雅座。刚才的谈话勾起了她的思乡之情，她一时回不了老家，就决定到她乡人开的这个小酒店去吃家乡口味的炒米粉和羊肉汤。马本德想不到这城里还有这么好吃的羊肉汤，一连吃了好几大碗。

从小酒店里出来已经是深夜，马本德送她回到了墨池坊的绣坊门口。在大理石的台阶跟前，迟玉莲和他告别。如果说在去小酒店之前迟玉莲内心有过一阵冲动的话，那么在吃饱肚子之后她就控制住了自己，贞节占了上风。她果断转过身，走上了大理石台阶，进了门，把门关上。比起七钱金，她简直是冷若冰霜。

马本德独自开车回家，心情有点落寞。他只觉得驾驶室里都还是迟玉莲身上的白兰花气息，到了家之后，才发现迟玉莲把头巾落在驾驶室的座位上了。马本德把这块头巾带进了自己的屋子，满屋子都是她的香气。他躺下来睡觉，睡得不踏实，做着一个浅浅的梦，梦见一片水域里游着很多鱼，有一头水獭从水里上来，压在他的胸口，他想喊想挣扎着，怎么也推不开水獭。他突然醒了过来，水獭没有了，他坐起来大口大口喘着气，发现自己手里还攥着迟玉莲的头巾。马本德不想睡觉了，他穿起衣服走出来，开着车子再去墨池坊的绣坊。他明白了迟玉莲留下头巾是给了他暗号，今晚要发生什么事情，过了今晚就什么也不会发生了。他走上了大理石台阶，使劲敲门。很久没有人来开门，他就使劲敲，越敲越有劲。终于门开了。迟玉莲睡眼蒙眬，好像还在梦里，她带他进了屋里，一头投入他怀抱，一座贞节的牌坊轰然倒塌了。

从这天之后，他们开始有了交往。她带马本德到墨池坊的绣坊楼里面来住。绣楼里面有好几个大小不一的庭院天井，种植了高高的玉兰树，总是飘着一股清香。院内有很多个房间，分布在里面的几十个绣花女个个都忠心于迟玉莲。马本德激起了她深藏的性欲。丈夫死了之后，她一直想做贞洁女，竭力压制欲望。但命运在惩罚她，一直要把她打入不贞的地狱。然而这回她投入马本德怀抱内心却没有罪恶感，她对马本德的喜爱是从自己灵魂深处发出的，这爱是那么强烈和纯真，把她自己设立的道德枷锁砸碎了。她在马本德怀里，闻着他身上浓重的膻气，尽情享受着肉欲的快乐。

有一个夜里，两个人在交欢之后半睡半醒，迟玉莲对着他耳朵呢喃着：

"外乡人，你愿意到我的家乡看看吗？"

"好吧，我跟你去。"

"很远的，要走几天。"

"我跟你走吧。"

"不是走，是要坐海船的。"

"不坐船可以吗？我坐船会吐，我宁愿和你一起走路。"

"陆路太难走了，都是高山。你要是到了高山顶，就能看见大海，一直往南方看去，那里就是福建了。"

"我要是能把汽车开到了你家乡，那就到福建了对不对？"

"我们家的大山翻过去后，就是福建省的宁德府了，听说那边有汽车路了。"

在这晚上两人的绵绵絮语里，马本德心里开始出现了连接福建的公路蓝图。

W州的地理情况很特别，江海山河形成变迁一直在继续，海岸线一直向前伸展。沿海到处都是河流，不是苏杭地区那种清澈的小河，而是连通到大海的河流，水带咸味，夹带着黄浊泥沙。在和福建交界的海边，有一座大山地势猛然升高，阻断了交通。山间有无数峰峦，一个峡谷宽度才几十丈，要走到对面却要花上十天时间。自远古开始逃离战乱的移民到了海边无处可走了，就会在最隐秘的山地里找到落脚的地方，迟玉莲的祖先就是其中一支。这里山地贫瘠，种不了水稻麦子，只能种地瓜，生活极其艰苦。然而上天给了这苦命的族群一些补偿，在这个大山深处一些洞穴里藏着明矾矿。明矾矿经过水洗，会结晶出闪闪发亮的明矾。明矾最简单最基本的用处就是沉淀污水。以前人用的都是井水河水，大部分很混浊，用明矾在水里转一转，就会把污泥沉到底下。明矾还有很多别的用途：腌制海蜇或咸肉火腿、做染色的染料、加入火药里做出的烟花爆竹会发出奇异光彩。而到了近代，有一上海的商家在这里购买一船又一船矿石，运往了日本。据说这些矿石到了日本之后，又被他们重新埋到了山洞里藏了起来。明矾矿洞成了矾晶山人的聚宝盆，只是这里的交通落后，矿石运出深山很困难。山间有很多条明矾小道，蚂蚁一样多的挑夫将明矾挑到山下，去他们的出海小港蒲城堡装海船。蒲城堡紧挨着金乡卫。

说起金乡卫，日本人早年的航海地图就明显标志出这是一个军事要塞。倭寇大犯中国东海沿岸时，朝廷把海边一百里退变为无人区，让倭寇没东西好抢掠，同时派戚继光的军队到海边建城池要塞抵挡倭寇。戚继光军中有一支河西走廊过来的军队，大部分是祁连山脉的人。他们抵达之后，奉朝廷之命切断了所有陆地居民和海洋的联系，占领了矾晶山通往海边的蒲城堡，堵了他们的出海口。在山里面躲了上千年的矾晶山部落开始流传起谣言，说金乡卫的军队是朝廷派来追杀他们的，由此种下了深刻敌意。蒲城堡的出海口是矾晶山的生命线，自那开始，矾晶山人一直和金乡卫的人争夺蒲城堡，有过无数次的血腥战斗，最终夺回了蒲城堡的使用权。倭寇平定之后，金乡卫的北方军队所有将官士兵都想回到他们的故乡，但朝廷不再眷顾这支军队，让他们就地安置。将士们回不了老家，只好留在了这里，和本地人通婚，逐渐形成一套特殊的祭奠和节庆仪式。三百多年过去，倭寇早已不再来进犯，金乡卫的民众还是保持着军事组织的状态，定期要和矾晶山里的宗族仇杀械斗。

马本德心里修建通往福建车路的想法一直在滋长。有一天他决定和迟玉莲一起去她老家矾晶山看看。他们将乘坐海船到蒲城堡，再步行进入矾晶山。朱柏码头一带停着一些不定期开往蒲城堡的船，以往迟玉莲都是坐这些船回乡。可几天前迟玉莲听官府里管海防的官员说几天后有一只运送军队的船前往福建沙埕港，会在蒲城堡停靠。迟玉莲觉得这样的船会更安全些，所以就多等了几天搭乘这只船。船开出后，迟玉莲就后悔了。她起初以为坐的是兵舰，她过去见到停在江中的英国兵舰，十分威风，谁知这回坐的就是一条木头三桅船，挂着棕色的桐油布帆，全靠风力。这天海上风浪很大，船一出瓯江口，就上下颠簸不停，马本德完全晕船了，吐的都是黄水，躺在船板上起不来。风越刮越大，船家害怕浪太高，不敢到深海，改了航线贴近海岸走。这船是临时征用的，船老大对航线不熟悉，把船开进了乱礁石区。船上载了两百来号人，还有很多粮食，吃水很深，结果触了礁石。只听得船底发出一声脆响，像熟了的西瓜被切的声音，海水马上涌进了船舱。船上的军官下令士兵用棉衣堵上裂口，结果根本不管用。他们开始求救，集体开枪，在大海上枪声听起来就像咳嗽一样无力。水进到一半的时候，船上的人知道死到临头了。船上的军官倒是有点外国绅士风度，说船上唯一一条舢板只能坐八个人，让船上的七个女眷坐，还有一个位置让传令兵坐，因为他带着上头的重要文牒。迟玉莲虽是女的，但不是军队的眷属，军官不管她多么有钱也无法让她上救生舢板。倒是那个传令兵十分果断，他把自己时刻挎在腰间的牛皮文件包摘下来往迟玉莲头上一套，说你替我去送达这个文件包吧，说着就让迟玉莲上了舢板。舢板一离开船，船就下沉了。混乱中，马本德没有机会和迟玉莲说上一句话，人就漂到了水上。马本德不大会游泳，只会一点狗刨式。在最初呛了几口海水之后，他开始觉得自己浮起来了，原来是他穿的家乡羊皮袄起了作用。这羊皮袄一泡水，里面的夹层鼓胀起来，全是空气，和羊皮筏子一样，把他托在水面，随着海浪漂浮。天知道他今天为什么会穿上这一件家乡带来的羊皮袄。到W州之后，这边天气温暖根本用不到穿羊皮袄，况且这件羊皮袄也实在太老土了，见不得人。那次去上海的轮船途中，夜间海上风高浪大，让他很想穿上羊皮袄，只是没在身边。这回要坐船到矾晶山，他就把羊皮袄带上，出了海就穿上挡风雨，没想到救了自己一命。他在海上清醒了两天，后来就昏迷了。潮汐把沉船上一百多具尸体冲到了蒲城堡相邻的金乡卫那个有着灯塔的月亮沙滩上，有一具尸体活了过来，那就是马本德。

　　金乡人把他救了上来，对他加以特别照料，因为他身上这条羊皮袄和他们祖先公神像穿的羊皮袄是一样的。金乡人知道祖先公穿的羊皮袄是几百年前当他们从西北抵达这里时带过来的。那时可能有很多人穿这种羊皮袄，但只有穿在祖先公神像上的这一件保存了下来。对于金乡卫的人们来说，这件羊皮袄就像基督教民心中的耶稣裹尸布一样神圣，现在他们亲眼看到这个穿着祖先公羊皮袄的人在海里漂浮多日依然还活着。金乡人把他当成奇迹，或者干脆当他是神仙。他清醒过来后，金乡人毕恭毕敬问他身上的羊皮袄哪里来的？马本德说自己从西北祁连山带来的。一听到祁连山的名字，金乡人顿时都呆住了，眼睛发出亮光，那可是他们祖先公的故乡啊！金乡人都说是祖先神的羊皮袄保佑了马本德。他们告诉马本德船上的人都淹死了，只有一条舢板上的一群女眷获救。七个军队女眷被驻扎在沙埕港的军队接走，还有个矾晶山的女人被她乡人接回到大山里面了。

金乡人带他去祖先公祠堂参拜。马本德看到祖先公神像的确穿着一件羊皮袄，几百年岁月已经使得它异常脆弱，好多地方被老鼠咬了缺口，仿佛一碰即碎。马本德脱下自己的羊皮袄，捐献给了祠堂，金乡人大为高兴。马本德一开始对金乡土话一点也不懂，觉得比 W 州话还古怪，只能靠一个会说官话的人翻译。但一阵子之后，他听出了金乡话里面有一部分居然和他老家的话是一样的，摸到了规律后，他就基本能懂金乡话了。金乡人有族谱，详细记录着他们祖先老家所在地。马本德看到金乡人祖先居住的地方在祁连山中部，和他家乡是同一个区域，难怪祠堂里有很多羊头图腾和宗族符号和他老家宗庙里的很相似。

马本德在金乡卫受到了最热情的接待，每家每户请他吃饭喝酒，一个晚上要轮流五六家。但是马本德不喜欢这里的酒，全是带酸味的黄酒。吃的是海里的鱼虾，没有牛羊肉，连他不怎么喜欢的猪肉也基本没有。几乎每家每户都吃一种腌萝卜，闷在陶瓮里一年多，上面长了蛆，全腐烂了，放嘴里马上就化掉。他们说是美味，马本德可受不了，咬一口就吐了出来。让马本德不满意的是，这里的男人已经看不出祖先的北方特征，个子不高大，脸相也变得像本地人。男人基本都不干活，整天都在操练，说是准备每年一度与矾晶山人的战斗。但是这里的女人让他欢喜，她们硕大健壮，戴一种竹子斗笠，脸的两侧有头巾垂下挡住风雨日晒，上身包得很紧，但衣服前襟短，肚子部分是裸露出来的，每个肚脐眼都能看见。她们打着赤脚，在海边修理船只，修补渔网，打石头盖房子，推拉着车辆。这里有奇怪风俗，怀孕的女人一直在外边干活，到肚子痛得不行了才回家生产。孩子一生下，通报在外面的男人。男人闻声立即要倒下来，被人抬回家坐月子，吃喝都在床上，而女人产后第二天就要外出干活去。

清晨马本德会到海边月亮形的沙滩去，沙滩背后是明朝建的金乡卫壮士城，上面有一座灯塔，夜里会点亮，照耀着海面。他登临到城池上，肉眼所及处有一条闪闪发亮的河从海岸线后面的山里流出来，在入海口处也有一座城池。他知道这个城池就是蒲城堡，是大山里面的矾晶山人所有，是他们运送矾矿石的出海处，是他们的生命线。他还知道蒲城堡和金乡卫是敌对的，两边的人不来往，除非是每年至少一次的族斗刀兵相接。他惦记着迟玉莲，可是无法去那里打听消息。

马本德连续几天遇到一个体格健壮年纪和自己相仿的男子从壮士城根往上跑，跑到顶上又下去重新跑。马本德和他认识了，他叫夏明跑。马本德已经在这里认识好几个名字里有"跑"字的人，很是奇怪。夏明跑说金乡卫最重要的节庆就是每年"拔五更"比赛，看哪支迎神的队伍跑得快跑得好，所以男孩子出生后家人都喜欢在名字里加"跑"字。夏明跑说自己每天早上在这里练习跑，就是为了"拔五更"的赛事。在后来的几天里，马本德会发现，夏明跑经常在他的附近出现，还会盯着自己看。当马本德回头看他时，他会把目光转开。夏明跑对马本德很尊敬，主动带他看了好些新鲜的东西，比如三百年前被倭寇攻占烧毁的老城池遗址，废弃的岸炮台。在距离海岸线约一箭之地，有一大片茂密的灌木丛。这里是金乡人的禁地，不准人们开垦种植，不准放养鸡鸭牛羊。夏明跑让马本德保持肃静，小心翼翼走进了丛林里面。在一块空阔处，有一个巨大的船首显露在沙土上面。马本德问这是什么，夏明跑让他不要作声，带着他走了约两百步远，在树林的另一头有个船尾一样的架子露出在沙土外面。现在他看出来了，这是一条巨大的木船，掩埋在树林间沙土里面，首尾还露在外边。夏明跑带他继续往前面走，指给他看还有五六只这样埋在土里的船龙骨。再往里走，树林间出现了一个咸水湖沼，水特别清澈透明。夏明跑让他上了一条小舢板，轻轻向湖中划。到了湖中央，他停了船，让马本德往水底看。起初他只看见一些水草，一条慢慢游动的鳗鱼和一只乌龟。慢慢地，他看出了湖底有一个幽灵一样的东西沉在下面，那是一条巨大的船的影子，上面沉积着厚厚的淤泥，只有紧紧盯着水底看，才能感觉到它的轮廓。夏明跑告诉他，在湖底有十几条这样的船，和树林里掩埋在沙土里的船只差不多大小。那是一支庞大的船队，金乡卫的祖先就是乘坐着这支船队到达这里的。马本德说既然是船队，应该都在海里，怎么会埋在树林里和内陆湖沼里？夏明跑告诉他金乡卫是个近海半岛，海潮带来的泥沙还在沉积，陆地在继续向前延伸。现在这片树林和咸水湖在几百年前还是个港湾，所以祖先的船队会停泊在这里。而这湖沼区，成了金乡人从祖先神灵获得神谕的圣地。

"听说马大哥是和获救的那个矾晶山的女人一起坐船来的？"

夏明跑说，这话让马本德觉得很突然。

"这事情是有的。"马本德说。他不想说这事情，当时他获救之后说了自己的来历，说过自己是和矾晶山的女人迟玉莲做伴来的。但他在获知了自己和金乡人的宗族关系之后，这件事情就变得忌讳了，因为矾晶山的族人和金乡卫是死对头。

"她是你相好吗?"夏明跑说，他的声音有点奇怪。

"这话什么意思?"马本德转过头看他，夏明跑避开了他的目光。

"她和你睡过觉吗?"夏明跑还继续问。

"不想说这个。你干吗对她这么感兴趣?"马本德显得不快。

"没什么，我只是想让你知道，这个女人是矾晶山的主心骨，虽然她不在山里住。"

马本德在金乡卫过了十几天醉醺醺的日子，有一天突然清醒了过来，想起了自己为什么到这里来的，他得找迟玉莲去。他现在知道了矾晶山和金乡人是世仇宿敌，迟玉莲还是矾晶山的主心骨，若说自己去矾晶山找她金乡人肯定不高兴。他找了个理由，对族长说他要去山那边的福鼎县商量修路的事情。族长说下月就要"拔五更"，之后金乡卫正在准备一场和矾晶山部落的血腥械斗，最好是他在这里过了"拔五更"后再去。马本德说福鼎县那边在等着他过去，不能再推迟。他答应办好了事后一定会在"拔五更"之前回到金乡卫，他要为金乡人参加这一场族战。族里长老听他这么说，才松口放他离开金乡卫。

12

　　马本德走出了金乡卫，沿着一条古代的驿道往福建方向走。他没有真的去福建，在离开金乡卫一段路之后，转入了一条小路，沿着那些挑矾矿的小道，独自往矾晶山走去。地势上升，一座大山的山坡铺开来，黑灰色表面上有无数条交叉密布的小径。没有一棵树，树全部让山下的人故意砍掉，不让这些路隐蔽。这些小径是矾晶山人进出大山的路，其中一部分是专用的挑矾矿小道。马本德沿着这些小径往山里走，以为自己这一招是暗度陈仓神不知鬼不觉，却不知山下金乡卫壮士城头瞭望台上夏明跑一直在观察着进山路径，看到他的人影变得越来越小。

　　到了山顶，他倒吸一口冷气，眼前出现一个巨大的峡谷，万丈深渊，绵延过去上百里，崖壁刀削一样陡峭。这个鬼斧神工的峡谷有一个垭口，两块巨岩鹰嘴一样凸出来，山里人在上面建了一座悬空的木质廊桥，远看起来像皮影戏里仙境一样。他走了过去，没想到这样重要的隘口倒是没人把守的，桥里面两边有座位，有雕花的顶盖，还有茶水可饮用。过了廊桥，就能看到一个云雾缭绕的山峰，这就是矾晶山的主峰鹤顶山，山顶上常年积着白雪，还冒着烟气。接下来几天里马本德受到矾晶山部落最高等级的接待。迟玉莲让他在一个冒着硫黄气的温泉里浸泡，他在海里漂浮的日子落得全身风湿，被温泉泡过之后疼痛都消失了。之后，迟玉莲带他进山里察看地形。马本德骑在一头骡子上，沿着山间崎岖的小道往深山走，路上遇见一队队挑着沉重矾矿石的山里人。走了约半天时间，在一大片陡立的山崖皱褶间迟玉莲带马本德进入了矿洞。这洞口是自然形成的，只能进一匹骡子，十分隐秘，外面的人在这么大的山区根本无法找到这矿洞入口。一进入矿洞之后，里面是巨大的穹隆，很多矾晶山人点着火把在挖矿石，把矿石装在毛竹做成的箩筐里，让挑夫挑运出来。这个穹隆下有一个天生的池子，里面有高浓度的矾溶液。好几个工匠人把用铁丝扎好的灯笼放到了池子里面，第二天从池子里取出来，上面便沾满了矾石的结晶，闪闪发亮如钻石。迟玉莲让马本德继续跟她往矿坑深处走，进入一个新的坑道。她让随从的人灭了火把，四周顿时一团漆黑。然而，奇怪的事情发生了，马本德慢慢看到矿洞自动变亮，所有的石头岩壁穹顶都发出淡蓝色的荧光，本来在黑暗中的迟玉莲现在能看得清清楚楚。迟玉莲告诉马本德这个矿坑是矾晶山人最秘密的宝藏，普通山民都不知道这件事，只是部落头领才能接近这个禁地。这里开采出的发光石料经工匠雕成佛像，夜里会自己发光，称为夜光佛。部落长者对这一宝藏的忧虑大于欢喜。山外的人若得知矾晶山里出这样的稀世之物，必会用尽心机加以获取，很可能会带来毁灭性灾难。所以，矾晶山的发光石始终不为人所知，几尊夜光佛像也只是供奉在村寨的庙宇里面。然而虽然族规不让宝物出山，还是多多少少有实物和风声走出山外。年复一年，都有内地的采宝客进山来，经过千辛万苦获得几尊夜光佛回去。二十几年前，有一个特别的采宝客进山来。这个人个子矮小，上唇留着黑胡子，说的官话有一股古怪的腔调。这采宝客说清楚了自己是海那边的东洋日本国的，想要大量购买这里的发光石矿。族里长老知道东洋日本国就是倭寇，明清时期进犯这一带海边，金乡卫就是为了抵御倭寇而设。如把夜光石矿卖给他们，则会激起金乡人的新仇旧恨，所以婉言拒绝。东洋的采宝客说他会出很高的价格，对外不说矾晶山人卖夜光石，就说卖给他矾晶矿石，而且是卖给上海的公司，不会被人注意。最主要的一点，他不要整块石头，碎石头连土带泥都可以。这些碎石头本来一钱不值的，做不成夜光佛，东洋采宝客居然出了大价钱，部落的头领最终给说通了。从那年开始，东洋人从山里秘密买走了不计其数的发光石矿。

"矾土矿发光石的开采按道理会让矾晶山变得富裕。但实际上山里人还穷得吃地瓜丝过日子。部落里收入的钱几乎全部用来和金乡人的械斗，用来保护矾晶山通向海边的出海口蒲城堡。我们每向外面卖出十担矿石，就会花掉九担的收入，每年部落和金乡人的械斗还要死掉几个最好的男人。所以我想到了修建车路的事情，要是矾晶山有车路通到 W 州城，通到福建，就可以避免常年的战争，我们的矾晶山该有多么好。"迟玉莲对马本德说。她说了矾土矿发光石的开采和外运，但隐去了卖给日本人的秘密。这件事情她不能让马本德知道。

马本德站在鹤顶山的高峰上，云雾在脚下。向南能看到一片丘陵山河，那就是福建的地盘了，向北则能看到 W 州海岸线，脚下的大山把两个省隔了开来。马本德刚修了通往金华的山路，知道要打通这样一条高山路会有多么难，得让老伙计泰斯过来出出主意。他答应迟玉莲把泰斯叫过来勘察，而现在，他得先下山回到金乡卫去。他答应过族人七天必回，要参加"拔五更"比赛。

这件事要和迟玉莲说清楚不容易。他之前只是说自己海上漂浮数日，在金乡卫获救。他不想对她隐瞒什么事，把自己在金乡卫所遇到的认宗事情说了出来。至此，迟玉莲才明白了马本德和金乡人的关系，知道了他和金乡人是同祖乡亲，这一趟海难让他和他们攀上亲戚，她和他居然是两个仇家的人。迟玉莲叹息这就是命，她心里明白，"拔五更"之后便是一场金乡卫和矾晶山人之间的械斗。那天晚上迟玉莲缠缠绵绵和他交欢不愿停息，她泪流满面地对他说："外乡人，记住你来这里是要修路，不是来打架的。你要是参加族斗，我们的武士会毫不留情杀死你。现在，你可不能下山去。"

迟玉莲派了十个人看守他，不让他下山。要等过了"拔五更"之后让他走。第二天夜里，他偷偷从屋顶上爬了出来，对于一个盗马贼的后代来说，要逃出一座木屋子不是件难事。之后他就一路往山下跑。过鹰嘴崖廊桥时看到了有人在站哨，他巧妙地躲过了。之后一路快走，直奔金乡卫。

马本德回到了金乡卫，城里街巷已经出现了一种气氛，节庆狂欢和战斗的鼓声正同时到来。"拔五更"庆典拉开序幕，它将昼夜不停地持续七天，其间纵酒、打斗、喧嚣片刻不停，不会受到族规处罚。金乡卫里有东西两座晏公殿，各供奉四座晏公爷。晏公爷是江海水神，和妈祖神有相似。晏公爷神通广大，主平定风浪、保驾护航。无论官家还是百姓，行舟遇到强风大浪时呼喊晏公的名字，便能转危为安。每年三月初七，金乡卫的民众要抬着八具神像游街庆祝，曰"拔五更"。在世界各地节庆期间民众抬着神像游行很普遍，金乡卫迎神庆典不同之处是抬着神像猛烈奔跑，各支迎神队伍相互较量谁跑得快。城内的大街小巷被民众打扫得干干净净，各家各户都挂出亮堂的灯笼用以照明。早晨下了雨，沿路的主人撒上一些谷糠以消除积水防止路滑，避免拔五更队伍在奔跑过程中出现晏公爷在自家门口失足摔倒的事，人们认为这是不吉利的征兆。这个时候，城内唯有吃"五更饭"的地方是热闹的。"五更饭"本是专为参加"拔五更"的民众准备的，但其他人去吃的话，首事们也会欢迎的，你甚至还可以带走一点。在当地的民俗里，这一餐饭是有神性的，讲究洁净与避秽，不然就会出现比如"饭蒸不熟"等一些异常现象。

马本德准时回到金乡卫，族里长老们十分满意，推举他担任今年"拔五更"的主祭司。夏明跑很快出现在身边，问他福鼎的事情办得是否顺利？马本德支支吾吾回了几句，漏洞百出。夏明跑知趣地不再说了，但马本德感觉到他心里在转着什么鬼主意。主祭司职责主要是祭拜先祖，有一套繁文缛节。开始的时候马本德只是任人摆布穿上有黑鹰羽毛的祭祀礼服，脸上画起了符咒，喝下一大碗浸泡过"通灵草"的药酒，在祠堂里给祖先神烧香，献上祭品。祭祀的过程很长，有族里的师爷通读长长的祭文。马本德看着泥巴塑成的祖先神像，看到泥塑上穿的是他那件羊皮袄，想起了母亲给他做这件袄子时的情景。母亲复活了，就在眼前，他觉得自己回到了祁连山的家乡，可身边念着祭文的师爷让他知道自己是在金乡卫，祁连山的景象只是梦境。他处于梦境和清醒之间，是那浸泡过"通灵草"的药酒在起作用，把他带入了神灵附体的状态。年复一年，族里的长老要举行这样的仪式，准确掌握着祭祀进程，等候主祭司喝下"通灵草"药酒后进入神灵附体状态。这个时候，族里长老会把事先选定好的族里大事向主祭司咨询，然后根据主祭司反应，揣摩出祖先的意志，成为下一年的行事指引。

马本德晕乎乎的，他只觉得眼前有一个发着柔和光芒的球形物体在吸引着他，让他身不由己地从座位上站了起来，像是飘浮在空中一样跟着光球移动。祭祖的族人知道他已经是神魂附体，就一路跟在他的后面。以往的情况，主祭司在神魂附体之后都会围绕着祠堂打圈子。但这回他们奇怪地看到马本德离开了祠堂，往金乡卫城外的咸水湖沼走去。他穿过了那片丛林，走到了咸水湖边，脚步不停一直往湖里走去，水都淹没到了腰间还往前走。随行的人明白了过来，他是要到湖里去，就赶紧让他上了一只舢板，向湖里划去。

船划到了湖里，水底下那一只只巨大的沉船影子浮现了出来。马本德眼前的白色光球慢慢融化了，此时他心里只觉得有一股强烈的愉悦涌上了心头，化作汹涌的泪水流淌着。他觉得湖底的沉船复活了，他清楚地看到所有船上的先人各司其职行着船，每条船上都挂起了三张巨大风帆。随马本德而来的祭祖人员在船上烧起了香烛，把带来的祭品全部投入了水中。他们也看到了奇迹，祠堂师爷在祭祀册上用毛笔写下了记录：辛丑年祭祖，湖底的先祖船队显灵，其神迹寓意未解。

"拔五更"是在当晚子时开始。庆典首事们将东西晏公殿八尊老爷的锦袍脱下，改穿上金盔铁甲，移放到可以抬着奔跑的硬轿。每当此时，细心的人们会发现，晏公爷以往时日的笑颜已不再现，映入人们眼帘的是一脸严肃、双目怒睁。这时，城内的大街小巷莫名呈现出一团凝重的氛围，有人一边打锣一边高喊：晏公出游，女人请回避！八尊晏公巡游队伍各由二十五个人马组成，加上扛高灯笼、执虎头牌、背香斗、打铜锣等相关人员，总计三百余号人参与整个活动。他们届时按规定路线与地点进行"拔五更"换班接力。当号角声响起，女人都已经早早避开了，进入屋内。人们抬着晏公神像，从一个祭殿到另一个祭殿。通向广场的每条街道和两边人行道上熙熙攘攘，拔五更队伍以最快的速度向前冲，在两边夹道焰火和癫狂呼喊中往城中央的圆形祭场接近。到达了之后，人们开始抢走抬神像的竹杠，谁抢到了就代表来年会有好运。更多的人在抢缠在神像身上的红绸，把红绸撕成碎片。虽然争得很凶，相互却没有打架。

拔五更结束后，全城终于进入了沉睡。马本德躺在床上睡了一阵，就被一直陪在身边的夏明跑叫醒了，说现在马上要准备进入和矾晶山人战斗的场地了。马本德一看门外，夜色中已经有数百人挤在街道上，穿着皂色短打。队伍排着队，轮流进入了祠堂。祠堂中央烧着火堆，每个人都要跨过火堆，之后在长案桌上端起一杯香灰酒喝下去。兵器库门打开了，队伍轮流过去，有长矛、大刀、红缨枪、狼牙棒，任人选。马本德开始以为只是演戏的道具，没想到拿起一支长矛，矛头足足有五斤钢铁，是真正的兵器。之后队伍击着战鼓，开出了城门，进入了和蒲城堡之间的田野战场，等待着一场激战。田野上空有一颗启明星照着，双方的战书约好是太阳露出山头开战。太阳刚一露出山头，双方的土炮开始轰击，之后，天就亮了，能看到对方的人马和旗帜在田野上摆开。杀声四起，队伍向前冲锋，马本德举着长矛向前，有点犹豫是否真的要刺死人。眨眼间，双方就短兵相接了，对方一武士一枪刺过来，差点刺中他胸口。他便知道不打倒对方自己就要被打死，就抢起长矛扫倒好几个。矾晶山人接战才一个回合，就马上败下阵，全部掉头逃跑后退。金乡卫的人乘胜追击，不料却见地下埋了壕沟，有一群披头散发的矾晶山女人脸上用白垩画着鬼符，手里是一包包生石灰，撒向金乡卫的战士。这些生石灰进了眼睛，火辣辣地痛，什么也看不见了。马本德在生石灰进入眼睛之前的一刹那，看清了一个脸上涂着白垩鬼符的女人就是迟玉莲，之后眼睛火辣辣地痛，只能把长矛乱舞乱刺。矾晶山佯装败退的武士此时杀了回马枪，把眼睛被生石灰烧瞎的金乡武士一阵猛砍猛锤。马本德身中四刀，头上又被打了一闷棍。他昏迷之前想起了迟玉莲说的话：你要是参加族斗，我们的武士会毫不留情杀死你。

械斗结束后，族人以为他已经死了，只顾得先救活人，没来得及给他收尸。此时泰斯刚好赶到了金乡卫，他带着德国狼狗在还没清理的战场上寻找马本德，狼狗闻到他气味，才把他从死人堆里扒出来。泰斯带他回到了 W 州城治疗。

13

　　转眼耀华公司开张五年了，电灯普及到了全城。

　　耀华公司最初用的是美国奇异牌两百千瓦汽轮发电机，由一台魏廷敦式锅炉提供动力。一年之后用电量大增，电灯亮度大大降低，用户开始抱怨电灯泡变得和菜油灯一样昏暗，还有人直言像鬼火一样忽明忽暗。柳雨农督促工程师把机器修好，工程师反复向他解释，这不是机器毛病，是因为用电量超过了发电量，只有增加新机器才能维持全城电灯的亮度。柳雨农用了半个月的时间才明白了发电量和用电量之间的关系。电厂开张以来，全城有几千户装了灯头，每个灯头按每月一银圆收费。这样的收入除却费用，有不少红利，本来是可以给股东分红的。但如果要买新机器，就不能分红了。柳雨农和股东们商量，股东都同意不分红，先买机器要紧。这年年底，柳雨农再度赴沪，向孟阿恩公司订购了两套英国五百匹马力柴油透平牌发电机系统。翌年夏末，新的发电机组运抵Ｗ州，安装发电。加上原来的奇异牌发电机，现在耀华公司发电量大增，供电量绰绰有余，全城的电灯泡再度大放异彩。

机器加多了几台，公司支出大幅增加，收缴的电费增幅却跟不上支出。这原因一部分是柳雨农大手大脚，送给当地衙门很多免费灯头，还给W州城内安装了一千盏免费路灯。但把这些因素刨去之后，电费收入也大大低于输出的电量。很明显，电被大量偷走了。城里之前不让竖电线杆的人，好多都学会偷电。在每根电线杆顶上，会看到蜘蛛网一样的偷电线路，接入了附近的瓦背屋顶。上个月还有这样一件事，五马街许漱玉开的云博商场也在偷电。柳雨农想不到许漱玉也会偷电，而且办法还挺狡猾。他的商场很大，里面有几百个灯头，所以不是按灯头算，是安装了电表（当地人叫火表）的。柳雨农对火表很相信，以为这样就万无一失了。可有一天抄火表的职员告诉他说，云博商场的每月电费都特别低，让他觉得奇怪。这个月他不像往常一样每月一号去抄火表，月底提前去了，结果在电表箱内发现了一块沉重的吸铁石。吸铁石就是本地话说的磁铁，放了它之后，电表就转得很慢很慢，转盘被吸住了。到了抄火表的日子，商场的人就会把磁铁拿走，不留痕迹。柳雨农为此大动肝火，平民百姓偷点电倒情有可原，你许漱玉富得流油，商场开得那么大，整天电灯点得像放焰火一样辉煌，居然还会想出这样下作的偷电坏点子。要是全城的电表用户都来这一套，那耀华公司还怎么生存得下去？柳雨农亲自带人到云博商场，把电线的"林克"（link）给拔掉了，不再给商场供电，让他们回到点煤气灯的时代，还让全城的人知道这件事，羞辱他们。但是第二天柳雨农又得给云博供电了，因为说客盈门，最重要的一个原因，是柳雨农得知专员蒋保森也有暗中股份在云博公司，不可得罪。

柳雨农小商人出身，像农民一样小气，吃饭都会把碗里最后一粒米吃掉，眼看公司被偷电他像被割肉一样觉得痛。耀华公司成立了专门的查电队伍，夜里深入到城里各个角落去查偷电的用户。有一次，柳雨农亲自跟队去查电。查电队队长问今天去哪里查？柳雨农说：去纱帽河吧。

他选了去纱帽河查电看起来是随机的，其实是有针对性的。纱帽河是一条半河半路的宽巷子，据说明朝时这里因为河水特别清澈适合浣纱，河边因此有多家作坊制作官人和书生的乌纱帽，所以叫纱帽河。这里一直是城内显赫人士住宅区，何百涵五年前发家后看中这个地方，收购了一个破旧而硕大的老宅，在此基础上修建了一个派头十足的大宅，号称何家花园。柳雨农心里一直有嫉妒，"纱帽河"的名字好，一听就让人想起达官贵人。而他的住地"花柳塘"怎么解释都带点烟花柳巷淫荡气息。他没造访过何家花园，何百涵很高傲，自以为是新派的工业家，不愿意和城里旧派的商人往来，从来没有请柳雨农光临做客。那些日子柳雨农一直在想偷电的事情，什么事情都会往偷电上面想。他觉得何百涵不请他上门，莫非有偷电的行为怕被人看到？既然许漱玉做得出偷电的事情，何百涵也很有可能。这种疑人偷斧的心理一直没消失，于是他才让查电队到纱帽河一带去。

查电队有一条带棕丝篷的小船。W州城里几乎每一个地方都有河渠，小船可以到达任何地方，还毫无声响，不引人注意。小船在天黑后到达了纱帽河埠头，时间略早，子时开始查看最好。船里坐了六个人，都是电厂的职员。夜里查电有加班费，还有夜宵费，可以吃到一碗点心。这一天，当柳雨农混在队员中间穿着普通衣服坐在船里等着夜深，埠头边有人敲打竹梆子，叫着：长人馄饨哟，矮人松糕。这个馄饨担子知道船里有人，一心一意要把他们引出来，虾皮和肉汤的香气直往船篷里钻。船里人不必上岸露面，也不要问价格，价格都是十个铜板，只管瓮声瓮气往外送一句话：六碗馄饨！这馄饨担子马上会拉起风箱把灶火吹旺。灶火把本来就热的水烧滚了，馄饨皮薄得透明，看得见里面粉红色肉泥，往滚水里一抄就用竹捞子捞起来放进高脚碗里，撒上葱花、紫菜、虾米、黄酒。六碗一起放在托盘上送到船篷前，里面会伸出两只手接走。这个时候还拿不到钱，等吃好了，把托盘交回来时铜板已经放在托盘上。

吃过了夜宵，夜深了，月亮呈红色。棕丝篷小船悄无声息钻出六个人，像是夜间打劫的刀客，悄悄靠近了何家花园。W州城里几乎所有的大宅门都是夜不闭户，倒不是因为民风如何好，而是为倒粪桶的事。倒粪桶的队伍会在半夜三点入城，当时胶皮轮粪车都还少，主要是河里走着一条粪船，岸上配上十来个挑担的收粪客，收满一桶粪就从桥上往船里倒。城里的小户人家自己会把马桶放在门外，大户人家住人多，马桶也多，不便都端到外面，只端到户内的天井里。收粪客到天井里把粪倒在大桶里，他们带着小桶的水和棕刷子，把马桶大致刷了一下，主人家还得再加清洗。有些人家很信任某个端粪客，卧室的门不上闩，自己呼呼大睡，任端粪客轻轻走进屋子，到他们的床头端走马桶。因为这个缘故，查电队要进入城内的大宅不困难。

虽然何家花园没上门闩，查电队进去还是要很小心，碰到人盘问起来就麻烦了。在大门的门闩上先浇点菜油，慢慢推门，不会弄出声响，然后赶紧进去，贴着两侧的房子潜行。查电队里有两个人以前在衙门当过探子，有夜间巡查技能，正好派上了用场。柳雨农跟在后边，他见过城内大部分的大宅，其布局和巽园绮园大同小异，都是园林式的，而何家花园的结构他则完全不熟悉，让他如入迷宫。屋内有几道回廊，不对称的角楼，大小不一的影壁，摆放着无数个巨大鱼缸，能看到金鱼在水草下游动。查电队的人悄无声息通过了前三进的院落，看到每个天井里只有一盏昏黄的灯泡照路，屋子里面的灯早就熄了。再往前已无路，只有一堵高墙。柳雨农以为何家花园已到尽头，想这房子也是徒有虚名，黑灯瞎火的，怎比得上自己的巽园绮园？不禁一阵窃喜。

但这时有队员在回廊中找到一拱门通向另一个院落，大门虚掩着，推开后一条甬道往前延伸，通向深处，查电队便通过这个门继续深入了。到了甬道尽头，突然有强烈光线出现伴随着嘈杂的人声。此时查电队的人已在这大院角楼处，柳雨农看见院子中央有一座四周是玻璃窗的洋楼，灯火通明，人声就是从里面传出来的。隔着不很远的距离，在夜色衬托下，洋楼里的活动场景像西洋镜一样色彩斑斓。柳雨农年幼时灯光昏暗下读书，落得眼睛视力不强，所以只能模糊看到楼内人影晃动，看不清详情。他早有准备，带了一副望远镜在身边。他调动焦距，目镜里突然出现何百涵，他就站在窗边，穿着背带的裤子，叼着烟斗，后背有一只飞鹰被手抓住飞不走。柳雨农大吃一惊，觉得何百涵和他这么近，一定看到自己了。他放下望远镜，才知和他隔得很远，自己又在暗处，不会被发现的。他再次举起望远镜，现在他看清了这个灯火通明的大厅，是在举行一个宴会。那一只飞鹰是宴会厅墙上大油画里的。宴会桌子是长条形的，铺着雪白的台布，有树枝形烛台和鲜花，摆着闪亮的刀叉。每个客人面前有个盘子，各自放了一点点食物，看起来像是肉片，只有豆腐干大小，还得客人自己拿刀叉小心翼翼切割。柳雨农心里一阵鄙视，你们新派的吃法实在没意思，好在没有请我参加。吃酒席大圆桌才对，一道大菜上来热气腾腾众人一起下筷子这才叫吃。以后我会告诉商会里的人，说说何百涵家的宴会，他们都会笑掉大牙。柳雨农研究了一阵酒席上吃的东西和用具之后，突然想起要看看宴会上的人。W州城内场面上的人哪一个他不认识呢？何百涵身边到底有些什么货色，以后这些人想进入老派圈子他柳雨农就会多个心眼了。

但是要看清有些什么人，现在的位置还不合适，得再高一些。当过衙门探子的队员找到一个楼梯，可以爬到阁楼顶上。他跟着查电队爬到这黑黑的阁楼，这里能把宴会厅看得很清楚。他看到一个穿军装的人，是驻扎当地的城防军区司令钟丘萼。这个钟司令后台是什么搞不清楚，好像不是民国政府委派的，也不是孙传芳的，和省政府卢永祥可能有关系。反正他在W州驻扎着，地方上有吃喝的场面都能见到他，可又起不到作用，就如民间所说：中药里的甘草，帖帖有份。紧接着他看到州专署专员蒋保森，本地最高长官，柳雨农一度相信蒋保森专员是和自己关系最密切的人，现在看到他在这里，不禁心里一惊。他看到了几张生面孔，可能是何百涵外地过来的客人，他可不认识。接下来看到的许多面孔中，他几乎都认识。让他难以置信的是，好些人是和自己常有交往的老派人，他看到郭连章、汤耀明、金华丰，连平时说起何百涵就会一脸鄙视的汪惺时也在场，此时可是一脸马屁笑容。而最让他难堪的是，他看到了自己的大太太潘青禾也在场，穿着高跟鞋、旗袍装、烫着头发，手里举着冒气泡的酒杯，而何百涵一直在她旁边。柳雨农知道潘青禾和何百涵是瓯海医院股东同事，而潘青禾现在是医院董事会主要执事，整天在外忙碌，都说是为了医院的事，柳雨农有一个多礼拜没见过她，没想到她会在这里。他生起闷气，有关潘青禾和何百涵的传言他有所耳闻，此时他亲眼见到了。不过他转念想这只是个公开的宴会，潘青禾出席也没什么不当。正当柳雨农在阁楼里仔细偷窥，忽然头顶传来群鸟咕咕叫声和翅膀拍击声，紧接着一阵鸟屎雨点一样撒下来，那是何百涵养的鸽群飞回来了。柳雨农等人一身鸟屎，正在气恼，又见夜空中出现一只巨大的鹰，低空盘旋发出怪叫，好像时刻都会俯冲攻击过来。查电队慌了神，再也顾不上查电的事，赶紧落荒而逃。

这一个月色血红的夜，柳雨农从何家花园退了出来，感觉世界都变了。二十年来，他一直觉得自己是城里的中流砥柱，虽然近来新派出现，他至少还是老派的中坚力量。现在他发现自己被背叛了，身边的人和新派同流，还都瞒着他，连潘青禾也在其中。从此他觉得到处是阴谋，总是心神不宁。耀华电厂的经营接下来都不顺利，小事故不断，看不见红利。公司内人员庞杂，各路衙门塞人进来，大都是裙带子弟，不做事还管不得。还有些工资册上有名字但从没见过的人在拿干薪。

但柳雨农很快会从败坏的心情中变好，这就是他在夹缝中成长起来的秘诀。他总会发现有新的好玩的事情，或者他认为是有利可图的新生意。他开始不再参与电厂日常经营管理事务，有时间玩点新花样，这一回他看上了推广电话的事。电话在上海、北京等大地方已经用了很多年，W州城里只有上海英国公司分设的电报房，电话局却还是空白。柳雨农发起成立电话公司，好几个商家响应。钱很快凑了起来，去上海洋行买了设备回来。这一次比办电厂顺利多了，没有插杆困难，电话线可架在现成的电灯线杆子上，也不会有偷电。安装电话成了有钱人家的时髦，一时间装机量都供不应求，很多人提着好酒好茶找柳雨农开后门。

柳雨农发现了一个意想不到的乐趣，就是在电话转接总机站里面偷听电话。城里人私底下的秘密都到了他耳朵里，有通奸的人约地点，有向妓院订房间，还有相好的男女见不了面，在电话里说淫荡的话过瘾。不过有时候他会很气愤，因为有人在电话里说他坏话，骂他恨他。有一次他忍不住，差点在总机里插入谈话，用本地最脏的话回骂对方。他后来把偷听固定在何百涵的电话上，发现他和潘青禾经常说一些他听不懂的话，可能是一些暗语，比如铭血啦，眼沙啦，他觉得他们可能是和革命党秋瑾一样策划着什么暗杀暴动，并不明白他们是在用术语讨论养鸽子的事情。何百涵把信鸽运动带入了W州城，他的第一个热心信徒就是潘青禾。

电话局开张一年后，有一天突然起火了，浓烟滚滚，接线女生赶紧逃命。这个时候柳雨农创建的救火车队派上了用场。W州城里大部分是木头房子，最怕火。之前有过几次火灾，是常住在旅店的茶叶客烤茶叶走了火苗。但最严重的一次是一个鸬鹚客引起的。鸬鹚白天在江里捕鱼，傍晚时才能回到船上，被船夫带到客店里过夜。鸬鹚身上羽毛里进了水，夜里身上还是湿冷的，要给它们烤火烘干羽毛，不然次日就会生病一样没精神，不愿抓鱼。鸬鹚站在竹架上打盹，身边有微红的炉火，这个画面看起来很是有诗意。可半夜里火苗走了方向，烧到了边上的柴草。火苗蹿上了板壁，把鸬鹚客惊醒，第一反应就是带了鸬鹚逃跑，奔到了江边，跳上船就向江中划去。江边的一条街大火冲天，鸬鹚在江水中看呆眼，脑子里还在重温不久前烤着炉火懒洋洋的快意。这场火灾是W州城史上最大的一次，烧毁了约三分之一城内房子。当局曾经缉拿肇事的鸬鹚客，请人画了悬赏抓人的告示，告示上的画面深得孩童喜欢，一个人身上站着两只鸬鹚，戴着斗笠，身边是熊熊烈火，这画面分明是一个江湖英雄传说。这场火灾之后，柳雨农让城里富商出资成立了消防处，购买了一台手压式唧筒喷水救火车，招募了义勇，火灾时充当救火队员。就在柳雨农成立起唧筒喷水救火队的同时，他的商业对手之一顾修双也成立了一支设备相似的救火队。后来城里一起火。两支救火队几乎同时都会到达，双方就像斗龙船一样斗喷水，看谁的水龙喷得高。有一段时间火灾少了，城里的人想看他们斗救火本事，都盼望着来一场大火。这回电话局的火灾很是蹊跷，不知是什么原因着火的。火势一旺，两支救火队都赶到了。顾修双的队伍不知道这房子是柳雨农的电话公司，照样努力喷水。可这回顾修双的消防车关键时刻唧筒活塞卡住了，水喷得像老年人尿尿一样无力。柳雨农的喷水车水龙直接喷到了三楼总机房，把火焰浇灭。电话局总机设备都烧坏了，但柳雨农的消防队在救火中明显胜过顾修双，市民大加称赞，因而柳雨农得意之下几乎忘了电话局火灾损失的伤痛。电话局在上海英吉利保险公司保过险，拿到火灾赔偿后，又重新盖了起来。电话再次通起来时，用户比之前多了一倍。

转眼临近年关，又见大雪纷飞，柳雨农穿起了厚厚的棉袍，觉得今年格外冷，脚背骨里面隐隐作痛，走路已觉得吃力。年关到了，电厂还是没利润，没有分红，股东个个不高兴。柳雨农那些日子总有不祥之感，听出厂里那两台透平牌柴油发电机中的一台有一些不正常的震动声音，还觉得电灯有微弱的明亮起伏。果然在小年夜，这台发电机断了地轴，发不出电了。全城停了一半的电，靠一台机组支撑着，这边赶紧请上海洋行派人抢修。祸不单行，另一台机组不堪重负，也烧了碳刷发不了电了。全城陷入了黑暗，要过一个没有电灯的年，油灯、蜡烛都得重新拿出来使用。柳雨农在全城百姓咒骂声中过了年，而上海的洋行买办在维修费用上又敲了一笔竹杠，要预付四千大洋之后才送维修备件过来。

14

　　三月里一条英国军舰驶入了港口，停泊在江中央。消息传开来，老百姓都赶到江边观看。四五十年前，英国军舰第一次来W州城时，全城百姓个个如临末日，如现代科幻电影里的人看到外星飞船高悬于头顶之空中一样恐惧，只想满足英夷要求让他们早点把军舰开走。中法马尾战役期间，当地发生过捣毁教堂追杀外国传教士的暴乱，英国人派军舰过来，朝城内海坦山开了一天的炮，官府只得答应了英人所有要求。但如今老百姓心理大有改变，他们不觉得英国军舰有什么可怕了，洋人军舰随意开炮的时代已经过去。事实上也的确如此，这回英国军舰没有军事目的，只是送了大英帝国鹰牌乳品公司律师团过来。用军舰送律师团到W州城，说明英国人对这次的访问十分重视，想借用军舰给律师团增加威风。大律师摩尔长着一脸大胡子，他对W州的事务熟悉，之前两次来过这里处理反英动乱赔偿，每一次都让当地官府付出沉重代价。以前的案子都是惩罚当地人对洋人施加暴力，但这一次不一样，是来对付何百涵的擒雕牌商标案的。

大英帝国鹰牌乳品公司有两百多年历史。鸦片贸易之后，他们就在中国销售炼乳听头，处垄断地位，从来没有对手。人们一说鹰牌，就知道是炼乳听头，成了代名词，就像后来一说席梦思，就知道是床垫，其实席梦思是英国一家家具公司名字。大概从前年开始，鹰牌炼乳公司感觉到销售量上不去，还慢慢下降。仔细查来，发现市场上出现一种"擒雕"牌炼乳听头，产品已经遍布中国各地。傲慢的英国人、鹰牌中国分公司总裁比利了解到"擒雕"牌炼乳是位于偏僻海边小城的一家乳品厂出品的，鹰牌乳品在中国四十年没对手，现在终于有了一个。按照欧洲人的竞赛精神，有一个竞争对手是一件可以接受的事情。但是让比利暴跳如雷的是，这个偏僻小地方出来的炼乳听头商标竟然和鹰牌的商标一模一样，只有仔细看，才看得出冒牌商标老鹰的腿被一只人手擒住，商标名叫"擒雕"牌。比利气得七窍生烟，对方不仅盗用鹰牌商标，还侮辱性地画上一只手，把鹰牌擒住。那时中国已经有了商标法，所有的注册商标都要在南京政府的商标局注册登记，参照的正是英国体系，算是很严谨的。比利立即准备了案宗向商标局提告，要求立即取消擒雕牌商标，赔偿损失。商标局经一番查证，回答说擒雕牌商标已于三年前在本局申请注册，按照规定当时已经在《中央日报》和《申报》上刊登商标名称和图案，全国各地中外商家如发现商标有侵犯模仿，即可提出抗议。刊登六个月如没有商家提出反对，此商标即可正式注册使用。擒雕牌商标完整履行了六个月征询期这一国际通行的程序，所以是合法商标，商标局无权撤销。比利觉得这事何等荒唐，三年之前擒雕牌炼乳还没在市场上出现，谁会注意到他们在报纸上的告示？但此等法律完全是照搬了大英帝国的商标法，比利也无可奈何。既然无法让商标局撤销商标，那只能上法庭告倒对方。比利请了赫赫有名的大律师摩尔，摩尔做事严谨，第一步就是要到W州本地去实地察看，交涉谈判，其间收集对方不法证据。

英国炮舰开进瓯江口时，摩尔坐在炮塔下的遮阳伞下，喝着加冰的威士忌，打量着这一片江海交替开始泛起黄色的水域。他知道英国议会和皇室对于这一个港口情有独钟。在他的律师事务所图书室里，就有一套W州海域七个港口的地图，是他敬仰的先驱威尔士爵士亲自绘制的。他想起了第一次到这里时，也是坐着军舰，炮塔边上堆满了炮弹，随时都准备向港口开炮。那个时候，英国人只要事情谈不拢，就可以开炮解决。但几十年过去，局势不一样了，无论是北洋政府还是南京政府都不一样了，民众也不一样了，英国人没那么厉害了。就说眼前要办的这件事情，按照以前就可以对着港口轰上几炮，再来谈判。可现在这一套不行了，他得用诉讼方法来对付。

律师团驻扎到了江心屿的英国领事馆里，军舰停泊在江心岛和W州城之间的江水中，挂着大英旗帜，格外醒目。城里人奔走相告，都跑到江边挤在防波栏杆上看热闹，一点惧色都没有。时代真的已经变了，有了电灯，有了汽车公路，W州正快速从一个交通闭塞的农业城镇变为和世界经济连接的工业城邦。不惧怕英国人不只是城内与事无关的民众，当事人何百涵也不惧怕。当英人律师团提出在谈判之前要参观他的工厂，他同意了这个要求。

　　摩尔一众人下了军舰，改陆路前往何百涵在飞云江口八十亩牧场的乳品工厂。摩尔当年来这里处置教堂烧毁案赔偿时曾经到过瑞安平阳一带，眼见沿路农村贫穷凋敝，放眼望去不见一点工业文明的影迹。这回到了擒雕牛奶工厂区，他简直难以相信眼前所见。这里完全是一座大型的现代工厂，比起上海那些庞大而阴暗的纺织纱厂，环境简直美如画卷，在大门外面居然还有一大片樱花树林。让摩尔更吃惊的是擒雕乳品厂技术设备和管理方式都来自日本北海道，有数名日本工程师长住于此。八十亩牧场环境优美，荷兰奶牛很适应这里的草料，产奶量很高。日本工程师在炼乳配方中搭配上本地带苜蓿花香的巴弗洛水牛奶，所以这个偏僻小城牛奶厂做出了优质炼乳听头，让大英乳业感到了威胁。摩尔一班人在Ｗ州逗留了一礼拜，了解到很多情况。他们改变了之前的傲慢，改用了比较理性的方式和何百涵交涉，提出了一系列方案，包括购买"擒雕"商标、合资共营等等，但都被何百涵拒绝。摩尔做出了决定，要在上海的国际贸易法庭向何百涵提起诉讼。

　　此时何百涵做炼乳听头已历十余年，按当地谚语来说，是"钟楼下的雀儿，老受惊吓"，不再怕声响了。他现在不怕打官司，官司越大，知道的人越多，产品卖得越多。收到上海法院开庭知照之后，不见他着急应付，却整天和驯鹰人阿信带着黑雕在原野上练习。整整练了一个多月，又转到了厂里一个大厅继续驯雕。开庭时间到了，何百涵随从中，最主要的就是驯鹰人阿信和黑雕。何百涵去上海打官司成了全城关注的事情，他乘坐"海晏号"轮船出发时，码头上挤满了送行的人，报纸上头版登出何百涵上船的照片，那只黑雕就在照片左上角显著位置。

何百涵一行人到了预定好的上海外滩万国大酒店。进酒店时遇到了麻烦，尽管阿信给黑雕的大鸟笼蒙上了黑布，看门的红头阿三印度门房还是不让动物进来。阿信倒是不怎么担心，带着鸟笼转到了大街背后的僻静处，打开鸟笼把黑雕放了出来，黑雕拍拍翅膀，就从建筑物的夹缝中飞上了高空，在城市的上空盘旋。这边何百涵已经进了酒店的房间，是十八层高一个套房。他聘请的上海远东律师楼大律师马上要过来和他商谈即将到来的法庭辩论。阿信晚一步进了房间，第一件事情就是打开阳台的门。他在阳台观望天空，打了个呼哨，只见天空出现了一个黑点，慢慢变大，正是黑雕。它在空中盘旋了一下，然后飞过来停在阿信的手臂。第一天，阿信吃西餐的时候留了一块牛排，带回屋内，黑雕几口就吞下了。黑雕在笼子里显得很不安静，扇着翅膀。阿信知道它想要到外面飞翔，就在阳台上打开鸟笼，放它飞翔。黑雕很快喜欢上了上海的天空，它只吃了一次阿信的牛排，之后它就在城市屋顶上捕食老鼠和蛇。它还喜欢飞到黄浦江上空，俯冲下来抓一条露出水面的青鱼，这正是它最喜欢吃的美味。

上海国际贸易法庭位于外滩一座用巨石做外墙的大楼里。审理擒雕牌商标案的那天，上海滩很多报馆和外国记者都到了现场，大厅里座无虚席。控告方的大律师摩尔首先发难：

"大英帝国鹰牌乳品公司的鹰牌商标，已有两百多年历史，拥有全球专利商标权。鹰牌炼乳在中国声誉显著，经年畅销。被告擒雕炼乳工厂居然盗用鹰牌商标，以鹰为主要标志，就连听头包皮的颜色和商标字体颜色，均抄袭模仿鹰牌商标，蒙骗客户，破坏鹰牌品牌良好声誉，构成盗用商标罪。我代表鹰牌乳品公司起诉擒雕炼乳厂盗用和冒充鹰牌商标，并要求中国当局立即下令取消擒雕商标，责令擒雕炼乳厂赔偿鹰牌乳品公司由此造成的一切损失！"

摩尔说完坐了下来。大法官点名让被告方申辩。何百涵不紧不慢站了起来，看着摩尔问道：

"英国鹰牌乳品公司商标主要标志是什么？"

"飞鹰！"摩尔律师说。

"还有什么装饰物？"何百涵又问道。

"飞鹰口衔标带，脚立于树枝，标带和树枝均为装饰物。"摩尔应答。

"擒雕炼乳厂的商标以什么为标志？是以'雕'，而不是'鹰'。装饰物是一轮白日，照耀着一只巧手擒住大雕。擒雕商标主要标志和装饰物与鹰牌商标大相径庭，何来的盗用冒充罪名？"何百涵说。几个法官对视一眼，他们没想到这个偏僻小城来的工厂主言辞锋利，事实确凿，辩理有力。摩尔发现何百涵是把话题

172

转到"鹰"和"雕"的区别上面，知道这是逻辑上转换概念的把戏。他在脑海里动用了大英法典关于诡辩的对策上，脑子一下子还没转过来。坐边上的鹰牌中国分公司总裁比利气得按捺不住，大声嚷道：

"我大英鹰牌公司商标是飞鹰，你擒雕炼乳工厂商标也是飞鹰，统统是鹰。你的鹰是偷盗我的鹰，是冒充我的鹰。你狡辩代替不了客观事实，法律凭事实说话，你敢乱说强辩？"

何百涵不慌不忙，他多少也读过几年中国古书，对于"白马非马"的辩题熟稔于心，不急不躁，与比利的暴躁恰成鲜明对照。

"比利先生，你若说你的商标是鸟，我的商标也是鸟，这倒是符合事实。你现在说你的商标是鹰，我的商标也是鹰，照你的这个说法，鹰是鹰，雕是鹰，鹫也是鹰，凡是猛禽统称鹰。那么猛兽里面的老虎和狮子、豹子可以都叫老虎吗？"

比利非常气恼，对方竟然在法庭上用小孩子玩的语言游戏来戏弄他，但是他又找不到反驳的词语。倒是这边摩尔律师缓过脑子来了，插上话来：

"何百涵先生，既然你承认鹰牌公司和擒雕炼乳商标都是以鸟为标志，那你是不是承认擒雕商标参照了鹰牌商标？是不是改绘而来？"

三个官员暗暗照面，互相微微点头，认为律师这话软中带硬，何百涵如若一承认，鹰牌公司就抓住了破绽。以此追攻下来，必能引何百涵入法律陷阱。

"摩尔先生这番辩词，不能不说高明，以模棱两可之词包藏引人入迷途落陷阱的险恶用心。摩尔先生，照你这逻辑，只要一家公司以猛禽为商标，任何公司、工厂、企业都无权以猛禽为商标。这就成了中国一句古话：只许州官放火，不许百姓点灯。我倒要请问大律师，日本北海道'大久保'公司用鹫鸟为其炼乳听头之商标，是众所周知之事。按你的说法，亦属参照鹰牌商标之改绘？"

"这不是一个概念，我提出反对。"摩尔想不到何百涵对商标情况如此熟悉，居然可引用日本鹫鸟牌商标说事，而运用反驳如此顺手有力，一时无法辩说，只好向法官抗议。

"擒雕商标和鹰牌公司鹰商标毫无关系。我们的黑雕是生长在浙闽交界泰顺高山里面一种特别的雕，飞翔在高山之巅。如果法官仔细看，我们商标的黑雕头上有一个肉球，而鹰牌商标的鹰头顶是平的。还有鹰牌商标上的鹰腿上长毛，我们的黑雕腿上只有角质鳞皮。"何百涵说。

"被告完全在杜撰故事。按照你所说黑雕是高山猛禽，谁能够用一只手擒住黑雕？这一个构图说明了被告不仅盗用鹰牌商标，而且还故意修改构图对鹰牌加以羞辱。就凭这一点，擒雕商标也属于非法商标，必须要取缔。"摩尔说。

"摩尔先生言之差矣。在我们W州自古以来就有擒雕的高手，对他们来说，擒雕的活儿易如反掌。"何百涵说。

"被告称擒雕商标是根据真实情况所绘制。那么请被告拿出证据证明人手擒住黑鹰的实例。"摩尔说。他觉得这下可是抓到整死何百涵的要点了。

"法官，摩尔先生这是在无理取闹。黑雕乃野生之物，我们在法庭上面怎么可以演示？"何百涵说，显得面有难色。

"被告无法举出实证，说明都是在说谎。法庭应该据此判定被告盗用商标罪名成立。"摩尔紧紧追问。何百涵慢慢转过头来，对着摩尔说：

"摩尔先生这是欺人太甚了吧，非要我做常人不可能做的事情。"

"这本来就是不存在的事情，是你自己胡编乱造的。"

"摩尔先生，请问一句，要是我能做到手擒黑雕给你看，你能不能承认擒雕商标合法，撤回诉讼？"

摩尔还没回答，比利按捺不住站起来说：

"你若能现在让我看手擒黑鹰，我马上就撤销诉讼。"比利大声叫嚷着。

"法官大人都听到了吧？"何百涵转向了法官席，看到法官都点了头。

"摩尔先生，比利先生，你们提出的要求，荒唐怪异，属无理取闹，我本来可以强烈要求审议庭给予驳斥。但是为了证明我们的擒雕商标是自己创立的，现在就让你们看看黑雕真实面貌吧。"何百涵这时轻轻咳了一声，对阿信使了个眼色。阿信便站起来，把审议大厅通往阳台的门打开。他朝天空打了个呼哨，只见空中出现了一个黑点。黑点越来越大，渐渐显出黑雕的影子。高飞在空中的黑雕对准了阿信的位置，翅膀一收，箭一样射过来，滑翔飞入了审议大厅，扑扇着翅膀，在审议厅里盘旋。它巨翅的旋风把法官桌上的纸张都吹飞了起来。

黑雕盘旋一圈，对着比利俯冲过来。比利见黑雕那双灯泡似的大眼正对准自己，一对乌黑大爪向他扑来，像要挖掉他的双眼，吓得赶紧双手蒙住头脸。之前在飞云江牧场训雕时，阿信用纸做的洋人训练过黑雕，所以黑雕会有如此的动作。阿信再次打了个呼哨，黑雕在他头顶上平稳飞过，阿信一伸手就抓住了黑雕的两腿，黑雕继续振着翅膀。记者当时拍下了照片，其画面和商标上的擒雕图十分相似。"好啊！"旁听席上有谁喊了一声，整个大厅响起欢快的笑声和掌声。阿信手擒大雕，微笑着面对阵阵喝彩的人群。

这一天发生在上海外滩法庭上戏剧性的场面很快登上了上海滩各种报纸的头版，黑雕在法庭的照片深入报纸读者的心里。上海《申报》称何百涵胜诉靠的是诡辩术和魔术般的训鹰表演赢得了陪审团的好感。何百涵打赢了官司，还免费为擒雕牌炼乳做了一次成功的大广告。

15

何百涵打赢了官司，给自己放了半天假。他在外滩洋人商店里买了几条法国领带后，就到后面的小街闲逛。穿过一条小胡同，却如穿越一个魔幻世界——鸽子街。到了这里，他心里特别平静，耳边全是鸽子咕咕的呢喃声。这段狭窄的胡同不很长，路边紧挨着摆满鸽子笼，隔那么一段会有个蜂巢一样的店铺，里面卖的全是和鸽子有关的东西。何百涵除了养了一只黑雕，还养了一大群的鸽子，W州城上空盘旋着的鸽群都是他养的。起初他养的鸽子都是些土鸽子，没有高等的品种。W州城里的人对鸽子知之甚少，只知道鸽子蛋是补品，家境富裕的产妇生孩子之前要服用一对鸽子蛋，说生了孩子会像鸽子蛋一样光滑细嫩。在大部分人眼里，何百涵养一群鸽子和养一群鸡鸭没什么区别。

三年前的一天，何百涵因为在南京路找不到出恭的地方，钻到后街小巷想找个墙角就地解决。可这条小胡同里到处都是鸽子笼和看鸽的人群，根本没有可让他方便的地方。本来他想穿过这条小胡同赶紧走路，却被一只红眼睛的鸽子吸引住。这鸽子在笼子里显得像皇族绅士，和他养的土鸽子不能比，还有一个好听的名字"灰腿雨点"。他和养鸽子的人浅浅聊了几句鸽子后，询问有无解手的地方。养鸽人带他入店，在有水冲洗的蹲坑里解决了问题。毕竟是上海，厕所方面比W州城先进。他穿得光鲜，养鸽人知道他是有钱人，和他客气搭话。他一说"灰腿雨点"的价格，何百涵以为听错，一百金币，这可是买一头骏马的价格。怎么这么贵？那人便讲了这鸽子的血统，英国威尔士郡名鸽，祖父拿过英国皇家鸽会的远程比赛冠军。这一次何百涵还舍不得花一百金币买一只鸽子，可还是买了几只不很贵的信鸽。W州城上飞的鸽群渐渐能表演，部分鸽子有了真正的赛鸽血统。

今天他想来见张波芹——上海信鸽协会的创始人。张波芹和何百涵因鸽子相识，平时有书信往来。这回何百涵打官司，张波芹天天盯着报纸跟进案情，见他最终赢了官司，便约他一见。张波芹一直想在东海之隅W州建立一个赛点鸽站，鼓励何百涵来做这事。他这回要赠送三只名贵种鸽给何百涵，其中一只蓝翎鸽子刚刚从兰州鸽赛飞回来，只用了三天时间。张波芹预料送给何百涵的鸽子可能会飞回上海，说即使飞回上海，鸽子还是属于何百涵。何百涵当然不会白拿他的鸽子，另外从他这里买了一对德国长途赛鸽。

W州有了长途汽车班车之后，何百涵出差便利了许多。过去他出差都从上海坐轮船回来，轮船靠码头时会拉响汽笛，全城听得见，等于向妻子宣布他回家了。而现在，从外地坐汽车回来则没有声响，这让他有机会回家见老婆之前先去和潘青禾密会。这一回，他让阿信带着黑雕和鸽子从上海回家，说自己还要去省城办点公务。他从上海坐火车直接到了金华，并没有在杭州逗留。金华站下了火车他给潘青禾拍了个电报，说明天晚上可以到。潘青禾看懂意思，回W州城后他先要偷偷去她那里过夜。

发电报之后，他要开始隐身，得躲避人群。自从通班车后，金华汽车站里有不少W州城的人，大多是出门做生意的，彼此相识。若遇到熟人就要打招呼应付，隐身计划就会失败。他把帽檐压低，选人少的地方走。车子开出车站后，何百涵以为这下没事了，想不到汽车在一个旅馆门口又停了一下，上来几个人，大声说着W州土话，听声音有一个是他认识的做麻袋生意的人。他在车后边低头不吭声，避免和那人打照面。中途下车解手时，他都小心避开人群。他站到一棵树后面，小便才解出一半，肩膀被人拍了一下，回头看就是那个做麻袋生意的熟人，只得应付了几句。虽然这家伙只是普通熟人，不会和他家里人来往，但足以让他心惊胆战。

前一天何百涵在上海法庭那样意气风发，现在坐车回家却躲躲藏藏，简直是两种人生。他和潘青禾私通已经有几年，纸包不住火，总有一天事情要暴露。潘青禾下了决心要正式和他在一起，已经走出第一步，部分时间居住在巽园之外。她父亲产业中有一座小青砖房子在城内兵营巷，她把它修整了，声称这是她处理公务的办公房，时常就住在这里过夜。白云山上溪边为她戴上

179

山茶花冠时，何百涵心里极其明确地看到了一个愿景，他今生要和潘青禾在一起，她是他幸福的源泉。他对她许下了诺言，说要摆脱现在的婚姻，要娶她为妻。在许诺的时候，他把期限往后延长了三年。男人对女人做这样的延期许诺有点像空头支票，女方会信以为真，开支票的人自己也信以为真。何百涵一方面偷食私通禁果，一方面又维持目前的家庭状态。时间像一条绳索慢慢抽紧，很快两年多过去了，他得兑现开出的支票了。而这个时候，他才发现要摆脱现有的婚姻，有太多太多困难。他无数次推演着离弃旧妻和潘青禾在一起的步骤，第一个过不去的坎儿是自己的良心。她妻子除了脾气暴躁，是一个顾家的女人，他起步办实业全靠她家里的资金帮助，要把她抛弃他实在下不了手。他有一个儿子一个女儿，大的十岁小的八岁，父母离婚对他们伤害太大了。还有，现在离婚有法律，要对半分解财产。这一趟到上海打赢了擒雕牌注册商标官司，生意可以开始大发展，他将成为大工厂主。在接下来的三个月内，大型牛奶浓缩合成提炼塔和听头生产设备将会运达安装，新的厂房也在建设中。如果因离婚工厂被分成两半，他的实力就会一落千丈，无法和英国人竞争了。也许他得把这些苦衷告诉潘青禾，告诉他无法和她在一起。但一想到潘青禾离他而去，他就觉得生命中再也没有幸福可言，那样的话他拼命去做生意又有什么意义？他一次又一次苦思冥想，每次都无疾而终，脑袋瓜想裂了还是做不出选择。他就这么拖延着，一步步走向三年的期限。

车子到了Ｗ州南站，天已经擦黑。他叫了个黄包车，让车夫拉到兵营巷潘青禾的小房子去，还吩咐要走僻静小巷子。金华乘车回来中途他不敢去饭店吃饭，怕遇到熟人，现在觉得肚子饿了。在朔门头他看到路边有个面摊儿，就让拉车的停下，吃了一碗面。他吃过面拿着行李箱匆匆要走，却忘了付吃面的钱，被店家叫住，弄得所有人转头看他。店里的吃客低声说这人穿得体面，吃面都想不付钱开溜。也可能有人认出他就是城内大人物何百涵。他钻进黄包车，赶紧走掉。

　　终于黄包车进了兵营巷内。这条巷子僻静冷清，巷子内部至今还有兵营驻扎。本地童谣唱道："黎民怕警察，警察怕洋兵。"说明本地民众是惧怕背洋枪的军队。潘青禾的房子是在狭窄的巷子弄堂里面，青砖院墙中开了一个单扇的门，门前有一盏昏黄的耀华公司路灯。何百涵轻轻叩了三声门，又叩了两声，这是他的暗号。门应声而开，阿春引他入内，潘青禾站在院内的门边正等着他。在后来何百涵漫长的余生里，他一直没有忘记潘青禾这一天在院子里等着他的模样：她站立在微风中，身边光线暗淡，灯光照着她的脸部，身体的轮廓溶解在环境中，院子有白栀子花的香气飘浮。她的脸上含着笑意，眼神里泛着光彩，她的脸显得说不出地美丽。在一瞬间，他觉得内心明亮了。他一定要和她在一起，如果失去了她，那么他的生命就会进入死寂的荒漠，一切都会失去意义。何百涵觉得自己苦苦思索的问题，已经找到最终答案。

这一夜，何百涵隐身于时间空间之外。家里人以为他还在千里之外，而他却在离家一箭之地远的地方。这一夜潘青禾显得特别善解人意，一字不提三年为期的事情。春宵苦短，星沉海底当窗见，雨过河源隔座看。快到黎明时分，何百涵终于沉入了睡乡。他醒来时，天已经大亮。他睁开眼睛，不知自己现在是身处何方，愣了好久才明白过来是在潘青禾的居处。他听到外边有人说话，是潘青禾和人说话声，就在隔壁的会客厅里。他所处的地方和会客厅就隔着一层板壁，板壁上还有一个雕花的格子窗，上面糊着一层半透明的皮纸，能看得见人影晃动。他藏在包着一层皮纸的卧房里，不敢声响，想起金屋藏娇这句话，差一点笑出来，赶紧捂住嘴巴。一上午潘青禾访客不断。何百涵想不到潘青禾会有那么多访客，他们说的话每一句都传入了他耳朵。在他听来，除了有一个是真的来谈医院事务，大部分都是来献殷勤，或者说是想来偷腥的。他听声音知道有一个是叫王俭梅的人。这人父亲原是做过省官的，当势的时候为儿子娶了一个城内会画工笔画的才女。王俭梅身材高俊却没什么才华，一直在衙门里当执事。他居然在这里坐了半个钟头，潘青禾一直礼貌陪着，有说有笑。何百涵不久前听过一八卦，说他老婆工笔画画得好，出了大名，到北京的画院当了职业画师，把王俭梅扔在小城里。何百涵想不到这家伙会打潘青禾主意，最后还是阿春下逐客令把他赶跑了。下一个到来的人声音颤颤巍巍，好像还挂着一根手杖，潘青禾很恭敬地出来引他入会客厅内。何百涵听出了这是城里有名的老诗人唐马。何百涵见过他两次，还在报纸上看过几次他的照片。他是胡须头发银白的老人，到这里来干什么？这老人本来是写古诗词的，赶时髦也在作白话诗，还念给潘青禾听：撑着油纸伞，独自彷徨在悠长，悠长又寂寥的雨巷，我希望逢着一个，丁香一样的结着愁怨的姑娘。这些诗句让何百涵听了差点笑出声来。心里骂：老甲鱼，老了还不懂自尊，抄了别人的诗来给女人献殷勤。但潘青禾对他似乎很是尊重，谈话间还一直提到一周前陪他到江心寺游玩的事。这件事让何百涵心里很不是味道，她居然还陪他外出游玩？接下去过来的是警察局一个督察，谈的倒好像是公事，说了和医院田产有关的事情。他一再暗示自己给潘青禾出了很大的力，想从她那里讨点好处。潘青禾一直在敷衍着。

　　一上午何百涵就这样被关在里面，不敢动弹。昨晚那种幸福感已经荡然无存，此时只是说不出的烦躁。现在他最想赶紧离开这里回到家里去。潘青禾已经见了所有人，过来陪他，说他天黑了再走比较好，以免被人看见。而在这一个时候，他听到了外边有一阵喧闹的声音，有人用小孩子的鞋子打锣，拉扯着声音喊着：姆姆走错巷了……这是本地寻找迷路回不了家的孩子的呼唤声。何百涵神经过敏，感觉有人在门口大声和阿春说话。突然间，何百涵觉得那像是自己老婆的声音，顿时吓得脸色发白，而这一切都被潘青禾看在眼里。他问是谁在说话？潘青禾说不知道，好像是邻居的人。何百涵马上联想起了昨天金华坐车回来半路上遇见的那个卖麻袋的商人，会不会是他告诉了他家人说他回来了，他老婆找上门了？或者昨晚上吃面的时候撞到什么认识他的人，把他行踪透给家人？他此时的惊慌十分失态，让潘青禾很是失望。到最后，外面的声音平息了下去，什么也没发生。

天终于黑了下去。何百涵把大衣穿上，压低黑礼帽，提着手提箱子出了兵营巷。现在他的危险解除了，可以直奔家里。他心里一阵轻松，城里的街道和两边景物都显示出了以往的正常状态。昨天他一度觉得内心悬而不决的问题已经解决，现在又得重新思考。

16

　　那一次马本德在金乡卫和矾晶山人的族斗中被生石灰烧了眼睛身负重伤，被泰斯救回城里后，整整十天昏迷不醒。他的意识处于混沌状态，像是禽蛋内部的蛋黄，被浓稠的蛋白包裹着。慢慢他有了知觉，听见了一个声音，仿佛从一团白雾中传出的，那么熟悉亲切，是窦维新的声音。

　　"异教徒，我们又见面了。你醒来了，看看我吧。"

　　"我什么也看不见。"

　　"你的眼睛被生石灰烧伤了。"

　　"我会变成瞎子吗？"

　　"现在还不知道，上帝会保佑你的。你知道吗？你身上中的有一刀距离心脏就不到一公分，再深一点你就没命了。你为什么和人打架打得那么狠？你昏迷的时候，有很多人来看你呢，大部分是女人，是很有身份的女人。虽然我不喜欢有身份的女人，更喜欢普通人。但是有一个女人很特别，给你带来一个花篮，是用闪光的结晶石做的，非常漂亮。她很特别，胸前还别着一枚英国皇家的十字徽章，我看了都要向她鞠躬行礼的。"

"我看不见花篮，但我知道谁送的。不要碰那花篮，它一定是有毒的。你知道吗？就是那个女人把生石灰撒到了我眼睛的。"

"真的啊，怎么会？难道她是个<u>巫婆</u>吗？她看起来那么漂亮。"窦维新说。

"巫婆什么意思？和妖婆一样吗？她就是妖婆，比巫婆还可怕呢。她的家乡也像一个妖婆的山，山上有冒白烟的峰顶，有会发光的山洞。她们的房子到了夜里都不要点灯，会自己发出绿光，你说奇怪不奇怪？"

"那你知道她是妖婆，为什么还去她家乡呢？"

"她本来不是妖婆，是墨池坊绣花坊的主人，也是耀华电灯公司股东。有一次泰斯带我去参加一个你们洋人的聚会时，她一定是给我施了妖法，让我迷上了她，和她住到了一起。后来吧，她叫我一起去她山里的家乡看一看，要我把车路修到那边去。我们是坐船去的，船到了大海里，就遇到风浪，碰到礁石沉船了。啊！我现在想起来了，这场风浪一定是她施了妖法，她自己没有死，也让我活了下去，我本来不会游泳的，居然在大海上漂了几天没死，你说奇怪不奇怪。"

"是很奇怪。可是她要是妖婆的话，为什么还要救你，让你在海里漂浮了几天还活了下去？这说明她不是妖婆，至少是一个好的妖婆。"

马本德的记忆和意识慢慢恢复到了正常。他向窦维新讲述了金乡卫和矾晶山世代的冤仇和族斗。

"你的故事太有意思了，你知道吗？我们英国有个很有名的戏剧叫《罗密欧与朱丽叶》，和你的故事有点像的。"

"你那边是会有这些事，因为妖婆很多?"

"不是妖婆呢。是一个美丽的女孩和一个小伙子相爱了，可是他们两个家族是冤家死对头。他们被活活拆散，最后两人一个服毒自杀，一个用剑刺死自己。"

"有这等事?"

"不过也不像。你故事里的女主人公除了年龄比朱丽叶大了一大截外，还可以比比。男的可太不像了。你可不是罗密欧，倒是和莎士比亚其他戏剧里的人有点像：爱嫉妒的奥赛罗；暴躁的李尔王。想起来了，还有一个希腊戏剧叫《俄狄浦斯王》，那个人和你有点像呢。"

窦维新说了这话就后悔了，因为这话不吉利，俄狄浦斯王最后是刺瞎了自己双眼，好在马本德并不知道这个故事。她精心护理马本德，每天祈祷圣母马利亚保佑他不要成为瞎了双眼的俄狄浦斯王。一个月过去，马本德身上的刀伤痊愈，被生石灰烧穿的视网膜也居然自己修复了回去，视力回来了。泰斯过来接他出院。

"我救你回来后，又去矾晶山里转了一下。天哪，这里真是一个奇异的地方。在我们德国人的神话里，有一个尼伯龙根的传说，说一条龙守护着一个戒指，在一个神山里吐火。当我到了矾晶山看到了那座鹤顶峰时，觉得尼伯龙根的龙就住在这上面。我知道这里出产明矾，我勘察到了矾土矿，还发现了另一种稀有矿物，那就是会发光的石头，它是萤石矿，一种重要的工业原料。要是德国的大工厂主知道了这里有萤石矿，一定会把整座山买下来。"泰斯说。

"我知道这件事，迟玉莲带我进入过一个会发光的洞穴，她说外地来的采宝客买走大量的发光矿石。"马本德说。

"这就对了，萤石矿是一种重要的冶金添加原料，含有氟元素，造飞机、大炮、军舰都缺不了它。既然有采宝客进山买走大量矿石，说明外界早晚会发现这个地方的重要性。这矾晶山真是一座宝山啊，蕴藏着巨大财富。这里的地理位置也非常重要，把这条路修通之后，浙江和福建就能连接到一起，中国东南沿海也就基本能连成一片了。"泰斯说。

"我可不想修这条路了。矾晶山的人差点杀死了我。"

"你不是去那里寻找爱情的吗？迟玉莲是我知道的城里最美丽最富有的女人呢，怎么会把你打成这样？"

"医院的窦维新护士说我这叫什么'田螺米瓯和竹笠叶'的故事。我也不知是咋回事。"

"哈哈，她说的是莎士比亚戏剧《罗密欧与朱丽叶》的故事呢。意大利两个相互仇恨的家族，出了两个相爱的人。戏剧的结局是两个人都死了，但两个家族最后还是和好了，这是一个有趣的比喻，想一想，你是可以让金乡卫和矾晶山的人解除冤仇和好相处的。"

"你这话说得对。我之前和她亲得糖蜜一样，她都想请媒婆提亲了，无缘无故就成了你死我活的仇人。我的乡里人和她的山寨打了几百年仗，说起来本来没什么冤仇。你说说有什么办法可以消除金乡卫和矾晶山的世代敌意？"

"把车路修起来吧。偏僻地区的人敌意重，有了一条大路，说不定山上山下的人就能和平相处了。交通方便了就可以和平。意大利的维罗纳就是《罗密欧与朱丽叶》故事的发生地，现在出了名，欧洲和美洲的人都来游玩，那地方再也没有族斗。"泰斯说。

马本德刚刚捡了一条命回来，身体还很虚弱。这段时间他很奇怪地想着一件事，那是他小时候在沙柳林里常见到的螳螂交配的情景。他清晰地记得母螳螂有着圆鼓鼓的身子，两把折叠得大镰刀一样的前腿，眼睛贼亮像牛眼，还会四处转动。那公的螳螂却是瘦小的，它在性器插入母螳螂体内的时候，遇到小孩捉它也不会逃，一捉就是一对。但小孩们有时不会捉它们，因为接下来的事情很奇怪。母螳螂在交配之后，会转过身来，用两把大镰刀一样的前足夹住公螳螂，看起来像是抱住亲嘴，却一口咬断公螳螂的头颈，快速啃食起它的身体，没多久就全部啃食完毕，连一点碎屑都没有。马本德最初以为啃食对方的螳螂是公的，因为公的都是强大的，后来才知道被吃掉的才是公的。他还记得公螳螂被吃的时候眼神是一副满足的样子。他想着硕大的母螳螂时，其实想的是迟玉莲，老是想着把性器插入她的体内，甚至想象着她转过身来吃掉自己。被吃掉的感觉他已经体味过了，先是眼睛撒进生石灰，然后挨上一阵乱刀乱棍，接下来什么都不知道了。

当马本德整天想着母螳螂的时候，那一只母螳螂其实也在想念着他。但是她的行为倒不像螳螂，而是像一只巨大的白蜘蛛。这只白蜘蛛从体内香囊里分泌出的特殊香气不很费力就将重伤初愈的马本德吸引到了位于墨池坊绣坊的巨大的蜘蛛巢，吐出无数条白色丝线将他缠裹住，然后让他的性器插入自己体内，像是用毒液麻醉了他，清醒而不会反抗，连续三天三夜。在布满了白玉兰花香气的绣坊四方形的院落里，绣娘们从空气中感觉到马本德又来了。她们交换着眼神，嘴角带着坏笑，体内的荷尔蒙升高，月经周期都不正常了。

"你没有死算是你的运气。你进了山，看了我们的矿洞，知道了秘密。然后逃下了山，族里人发誓要杀了你的。"

"那个把生石灰撒到我眼睛的人真是你吗?"

"是不是我都一样，我们矾晶山的女人都是撒石灰到敌人眼睛的能手。"

"这院子里的绣花的女子也都会撒石灰吗?"

"一点没错，她们会撒石灰，有几个还会撒绣花针到敌人眼睛呢。"

"狠毒，你也会这一手?"

"留着下次对付你。要是我知道了你和金乡人是同族，我就不会和你好的。但是现在为时已晚，我和你分不开了。"

"你愿意和金乡人和解吗?"

"没门，深仇大恨呢。"迟玉莲说。

迟玉莲忘不了那年先夫被抬回家时的情景，他还没死，血慢慢从胸口溢出。他看着她，无助的眼神慢慢黯淡，断气时眼睛还睁着。他不是一个勇士，不会打仗，只会在父亲的指挥下从一台米粉器里挤压米粉，把米粉在阳光下晒干。但是矾晶山所有的男子成年后都要参加族斗，没有例外，他只是轮到了不得已才去械斗，他是在恐惧和绝望中死去的。这是她的一个梦魇，驱使她带着孩子离开了矾晶山，到了山下的马站镇。这是她一生去的最远的地方，离开了出生的山地六十里，看到了平原，看到了有三层高的房子，有布满商铺的街路。而最让她喜欢的是，这个小镇里开满了桂花，有浅红色的还有白色的，香气一直会飘浮在布满河流的小路上。有一段时间，她以为已经找到了好地方，从此可以安静地把儿子抚养长大。马站镇明朝时是官军养马的地方。这里是一个中立的城镇，没有宗族对立。和中国南方其他地方一样，马站镇是方圆百里内的一个集市。北方人叫赶集赶圩，这里叫会市。每月逢五为市日，十五为大市。每逢大市日，马站镇上人潮汹涌，迟玉莲卖撩头柴和"鞋伯"的生意会成倍增长。集市时迟玉莲会见到很多从矾晶山下来赶会市的乡人。对于她在马站镇居住，矾晶山的人保持着戒心，一只眼睛还在盯着她。

她在马站镇的三年里，以局外人的眼光看过数次和集市有关系的族斗。金乡卫和矾晶山除了每年"拔五更"之后的定期族斗，还常有意外事件引起的冲突。有一回，一个泰顺高山上下来的畲客人在集市上卖一只羽毛特别漂亮的活野雉鸡，标价八个银毫子。很多人围观，但一直没人买。中午时分，有几个金乡卫的小伙子经过，说要是五个银毫子他们就买下。畲客人看已过中午，得快点卖掉野雉鸡好回家，就同意成交。这边围观的人群中有两个矾晶山下来的，就说要是五个银毫子就卖给我们吧。为这件事双方开始争执，他们都知道对方来自何处，不肯让步打起架来。矾晶山的只有两个人，当场打不过对方，就逃走了。他们吃了亏，马上去召集当天在集市上的矾晶山人，有二三十人之多，去报复金乡卫人。在河边的一个饭馆里他们找到正在一边喝酒一边炫耀野雉鸡的金乡卫人，把他们堵在里面痛打，金乡卫的人跳到了河里游到对岸落荒而逃。这本来是一件个人之间的琐事冲突，很快演变成了宗族之间的大规模械斗，金乡人扬言从今以后不准矾晶山人下山到马站镇参加集市。双方约好日子时辰在马站镇之外的大河滩对决。这一次大械斗留下名字叫"雉鸡大战"，双方各投入数千人马。那天迟玉莲看到了矾晶山的武士下山来，从一条小径上急急忙忙向前，像一窝要去战斗的蚂蚁。双方人员在河边列阵，打鼓呐喊。不远处有很多观战的人，按照习惯规定，观战者只要穿一条白衫腋下夹着一把黑伞，就算是中立者，不会受到攻击。常年的族斗形成不少自然约定，比如械斗结束后，双方人员如再次遇见都不会再攻击对方。马站镇有个简陋的医院，械斗之后里面住了矾晶山和金乡卫的几十个伤员，都在一个屋子里。这个时候他们不再是敌人，不再有冲突，但不会有对话。

迟玉莲来马站镇的第三年，和镇上人都很熟悉了。有一天她在涌动的人流中感觉到某种不祥气氛，就像动物本能发觉天敌在附近出现一样。在会市的日子里，有一个神色阴沉的男子，戴着一顶与众不同的草帽经常走过她的铺子门前。她注意到他是因为最近得知就是这个人刺死了自己的丈夫，后来知道了他名叫阿跑，全名叫夏明跑。每回看到他从门前经过时她的心就跳，她会拔下头上那一根发簪紧捏在手里，这发簪是钢铁做的，有五寸长，她想着把它扎入这人的胸口，让他慢慢流血而死。到后来，她发现他是故意从她的门前经过，他一定也知道了她的身份。她开始担忧，特别是担忧在屋子里的儿子。她想起了斩草除根这句话，凶恶的马狼在黑夜里出现。

屈辱就是从这里开始的。终于有一天，这一只马狼开始了靠近猎物。他走进了她的家门，在她的视线之下，手里提着一对蝤蛑。这是一种味道鲜美的螃蟹，若捉到成对的两斤重以上的就算在海边也是珍贵的，加黄酒蒸，吃了大补身体。送人家一对蝤蛑算是大礼，他还加了两斤红糖。来人自己坐了下来，自己动手用桌上的大茶壶给自己倒了杯茶。

"你知道我是谁吧？从你的眼神里我看出你是知道我的。你在这里三年了，我从第一次看见你就开始记住你。我之前几个月才来马站镇一次，后来为了你来的次数多了，几乎每个集市都要来。这个地方小，没有不透风的墙。金乡卫的人其实都知道你是谁，男人们都打寡妇主意，族里长老则会想到斩草除根。但是目前你都平安无事的，没有人跟你过不去，知道吗？都是我在暗中保护，用尽了理由。我的心有不安，是我杀死了你男人。但是我不是有意的，我和他不认识，没有仇。那一次我们的人也死了几个，我的矛头枪不刺倒对手，自己就得死。我参加过无数次战斗，有一回也被刺中，半死不活躺了三个月床。老天爷不应该让我看到你，你不该在这个地方出现。我觉得这是老天爷在惩罚我。打第一次见到你，又想看第二次。有一天，我梦见了一个全身是鲜血的人，我其实不记得你男人的脸相，但我知道这个人就是你男人。他对我说，你不要害我的女人和儿子，保护他们吧。打那之后，我就被你勾了魂似的，整天想着你。我没有去惊扰你，也不让别人惊扰你们。就在昨天，我出海时捕到了一对螃蜞，我想到了把这个送给你吃，也让你知道一下我这个人。每次遇见你我都要在心里闹一闹，还是把它说出来吧。"

"你想要什么？"迟玉莲说，那一枚钢发簪已在她手里，尖头处被磨过，像一个锥子。

"我什么也不要。就想你让我关心你们，当我经过你家门口的时候，能坐下来喝一杯茶。"

在往后的日子里，夏明跑每次经过这里的时候，都会进屋里坐一坐，每次他会带来一些东西，大部分是食物。他留下带来的东西，喝了茶就走了。迟玉莲那时挣的钱很少，除了开销，她拼命想存点钱，所以吃的东西都是粗粮地瓜丝，根本没有肉食和鱼，儿子五岁了还是精瘦。所以夏明跑送来的东西她无法拒绝，更不会扔掉，最后都吃进了肚子。慢慢地，她对夏明跑的防备放松了，终于有一天，他靠近了她，想抱住她。她猛醒过来，拔出了钢制的发簪，誓死不从。夏明跑没有勉强她，说自己是昏了头，以后不再会这样。

迟玉莲带着儿子独自在马站镇上做小生意，矾晶山族人对此很不高兴。先前的几年对她还比较优待，免了派她的族捐。但是最近以来，也许有些风言风语传到了山里，族宗祠的人开始要她派捐，用于族斗之用。她是族斗死者遗孀，按规定是豁免的，所以坚决不缴族捐。结果有一天夜里，山里的宗祠派了一队人找她，要她交五个银圆。她说自己没有钱，连养孩子的粮食都不够。山里来的人就强行进她屋子搜寻，把藏在柴堆里的半袋白米强行拿走，还打了她一顿。那一夜她号哭不停，为第二天儿子没有饭吃发愁，恨矾晶山的族人太无情。就在她最艰难的时候，夏明跑闻讯过来了，给她送来了半袋米和一包面干。她这回再也没有拔出钢发簪，而是伏在他肩上痛哭了一场。从这一天开始，迟玉莲的灵魂开始下地狱，和一个杀死自己丈夫的男人有了身体关系。她完全明白这种关系的严重性，但事情带着自己的惯性和加速度滑向深渊，完全超出了她的意志控制力。每一次他从她身上下来之后，她的心都剧烈地痛，极度悔恨，下决心这是最后一次。但是一次次总是又发生。而让她感到最为害怕的是，自己在

195

不经意之间，都在等着他来临，等着他插入自己身体时那种极度的快感。她惩罚过自己，有一回她在想念他时底下湿漉漉而膨胀开来，她恨自己的无耻，往冒着白沫的阴道口里塞了一把盐，痛得在地上打滚。但即使这样，也无法阻挡自己的堕落。她知道自己正面临非常危险的处境，矾晶山的宗祠如发现了这个关系，那她必死无疑，她的来世也一定会变成猪狗不如的畜生。她必须救赎自己。在马站镇这几年，她的地理眼界有所扩大，知道了这个地方的州府是Ｗ州城，马站镇有人去过那里，描述过那里的繁华。于是在一个夜里，她收拾了自己一点点可怜的细软，带着儿子上了海边一只福建人的船只，前往了Ｗ州城。

在马站镇生活的几年里，迟玉莲某种程度上像是霍桑小说《红字》里那个身上写着红色Ａ字的女子海丝特·白兰，各种各样的人的目光监视着她。但是到了Ｗ州城后，她就如一条鱼进入了江海，再也无人去理会她的往事。等她在商业上取得成功，成为Ｗ州城的名人，为矾晶山带来很多刺绣产品收入，让一批女子到了城里当绣娘，矾晶山就完全改变了态度，以她为山里的荣耀，听从她的计议，她成为山里人的精神领袖。在Ｗ州城里安全和富裕优越的日子里，迟玉莲在没有其他因素的影响下看清了自己的内心。她仇恨金乡卫的人，他们不仅杀死了自己的丈夫，还让自己在屈辱的处境之下失去了贞节。在她对矾晶山有了影响力之后，她资助很多钱财给矾晶山的族斗，提升战斗能力，不再老是占下风。她还每年自己亲自回去参加族斗，绣坊里的绣娘也要轮换回老家出力。女子做后勤为主，少数的也上前线，向敌人眼睛撒石灰是她们的一招。迟玉莲说还会撒绣花针是她想出的一个技术，只是还没有谁能练到这个程度。

　　及至她和马本德相好了之后，她心里开始有了修路的想法。要是有一条路把矾晶山的矿石运出来，不再使用蒲城堡，就能避免和金乡人的冲突。她想不到带马本德去矾晶山的行程中会发生沉船，最让她不可思议的是马本德居然会和金乡人是一族的，接下来还和他面对面打了一仗。如果说上一回让夏明跑睡了是在屈辱之下，而这回则是她自找的。这让她认命，她命中注定要给金乡卫的男人睡。但她不甘心白白给金乡人睡了，她必须得到自己想要的东西，要把通往家乡的路修起来。因此，在马本德从重伤中痊愈，身体还很虚弱的时候，她就把他领回到墨池坊的绣坊，精心照料他，让他恢复了健康，还让他重新捡回修路的决心。

17

秋天里，马本德已经完全恢复过来。泰斯组成了勘探车路的队伍，要进入矾晶山里开始测绘，要马本德、迟玉莲护送他们进入这个不和平的地方。这回他们乘坐了福建人开往宁德府的航船，中途会在蒲城堡停靠上下客。

马本德之前在壮士所城堡上遥望过蒲城堡，模样和金乡卫的壮士所城迥异。对于金乡卫人来说，那是禁地，是敌人的心脏之地。而对于矾晶山人来说，这里也绝不允许金乡卫的人进入。因此迟玉莲带马本德进了蒲城堡，是一件很不寻常的事情。船到达时是傍晚，迟玉莲安排马本德、泰斯和勘探队人员在一个专为过往船民住宿的客栈住下，她被族里的人接去，有重要事情商量。客栈在城堡靠海的码头，能看到城堡下方临水处长满青苔，高处则是斑驳的石灰墙。这个位置临近了大海通到内陆的港湾，当夜色降下来时，只见得港湾的水面闪耀着一层银色的磷光。勘探队里有年轻小伙子，看到了海湾很兴奋，跑到海边去游泳。他们在水里游动时，周身都闪着磷光，像是一条银鱼一样。泰斯知识广博，说这是因为海湾里面积蓄了很多磷元素，和人体接触的时候会发出冷光。马本德可不敢去海边游泳，上一回在海里漂浮苦头吃大了。

吃饭的时候，餐堂还有另一桌子的人，他们吃饭的时候很安静，不说话。但是到了勘探队其他人都去海边游泳，只剩下泰斯和马本德在说话的时候，从邻桌过来了一个人，和泰斯打招呼。

"要是我的眼睛没有看错的话，先生是洋大人吧?"这人说，口音有点古怪。

"说得没错，我是德国人泰斯。看你的样子，好像也不是中国人?"泰斯喝了一些酒，有些醉意了，话也多了。

"我是日本人，名叫吉野，多多指教。德国是日本的榜样。"日本人说，满脸堆笑。马本德觉得这人个子很矮，头很大。

"坐下来一起喝酒吧。"泰斯说。

"好，喝喝我带来的名古屋清酒吧。"日本人说着，起身到原先坐的桌子拿了一大瓶子清酒过来。

"请问泰斯先生到这里有何贵干呢?"日本人问泰斯，无视在一边的马本德。

"我来这边是修公路的，我是为马本德先生工作，是他的雇员。"泰斯说，把马本德介绍给日本人。

"失敬失敬。"吉野向马本德打招呼，因之前对他的无视而有点尴尬。

"吉野先生来这里做什么生意?"泰斯问。

"我的船来装运一些矿石到上海去。看，停在码头的是我的船。"吉野说。顺着他指的方向，码头上停着一条巨大的红帆船，泰斯看得出这船上是有机器动力的。

"你这条船很大，能装很多矿石呢。这些矿石你们拿去干什么？"泰斯问。

"这些矿石对于日本很重要，我也不知道拿去做什么用，反正运过去多少他们都要，越多越好。不过，我们得小心不让隔壁金乡卫的人知道。他们和日本人是世仇，这城堡之前就是为了抗击日本人而设立的。我们就在他们眼皮底下做事，从来不在船上挂日本旗。船到了大海上，我们就换了国旗直接开回日本了。我们有三条船在轮换着开航，在蒲城堡里有专门的矿石库房。"日本人喝了酒，话有点多了。因为遇到德国人，对他没防备，把这些话都说了出来。他没想到马本德就是金乡卫的人。

"既然你知道金乡卫的人和日本有历史冤仇，那你在这里说话得小心点了。"泰斯提醒他。

"说得没错，我从来不说这些事情，看你是德国人才说呢。不过蒲城堡的人和我们没有仇，蒲城堡和金乡人才是死对头。"吉野说。

"我身边这位勇士可是金乡卫的人呢。他的族人在三百年前听从中国皇帝命令从西北过来建起了金乡卫抗击你们日本人。"泰斯说。

"幸会幸会，居然在这里见到金乡卫的人。之前都还没见过呢。我以为金乡卫的人都是三头六臂的呢，原来也是平常人啊。"吉野说着，他已经喝醉了，开始露出自大的本性。

"我也是第一次见到日本人，原来长得像山里的矮蘑菇。"马本德说。他骂起人来嘴皮可不差。

"你说得没错，日本人是矮了一点，你们管我们叫倭寇。不过在嘉靖年间，有五十六个矮倭寇，直入你们江南三百里，杀死官兵四千人，直打到南京城下。几十万明朝军队拦不住他们。来吧，为五十六个矮倭寇干杯。"吉野大声说，举起酒杯。

马本德再也按捺不住，夺过酒杯把酒浇在吉野脸上，一脚踢翻了酒桌。那一边吉野的船员看吉野吃了亏，就冲过来帮助打架。马本德不用边上的人帮架，把桌子腿拆下来和他们对打。泰斯看他没吃亏，也就在一边看着。不料，看到日本人拔了刀子，马本德膀子被划了几刀，眼看他要吃亏，泰斯叫众人上去把他们拉了开来，让双方各自回去。

"没想到你又和人打架了。"这个夜里，迟玉莲给马本德的刀伤包上白纱布，显得忧心忡忡。

"这个人出言羞辱我先人，怎能不打他。"马本德说。

"算了吧，这个人不过是一个浪人水手，喝醉酒了说胡话。"迟玉莲劝慰他，"看来我是做错了一件事情，不应该让你知道矾晶山把矿石卖给日本人的事。若这事让金乡卫的人知道了，必定会惹出大祸。"

"你上回带我进发光石的矿洞时，告诉过我你们把发光石卖给外地来的采宝客。这个外地采宝客就是日本人吧？"

"是的，的确如此。起初我们并不想卖给他们，怕激起金乡人的新仇旧恨。但日本人说他们的公司在上海，矿石是运到上海的，出了很高的价钱。部落的头领最终给说通了，因为矾晶山太缺钱了，无法拒绝这样的生意。我不是想瞒你，但这件事情让你知道了非常不好，会让你很为难。现在我只能再拜托你一次，千万不要把这个事告诉金乡卫的人。你要答应我。"

"好吧，我不说这事就是了。"马本德闷闷地说。他还没想明白这事，总觉得有什么不对劲。

泰斯带着勘探队去了山里，马本德从蒲城堡回到金乡卫。这两个城堡之间从来没有人直接来往。他在城头守望人的眼睛底下从那座石桥上走回来。马本德回来的消息马上传开来，这回氏族祠堂长老们没有大摆筵席迎接他，态度冷漠。自从上回族斗他受了重伤被泰斯救回到W州城，他还是第一次回到金乡卫。在这段时间里，金乡卫可是有很多不利于马本德的传闻。上一回他从大海上漂到了金乡卫，完全像个神话，乡里的人没有想到过他和矾晶山有关系。他不久后离奇地说要去福鼎办事，乡里人也都相信了。在他准时回到金乡卫之后让他当主祭司，参加"拔五更"。但是这一次的族斗，金乡人大败，死伤了十几个人，被抢去了宗族战旗，这是最大的耻辱，最后用了三口肥猪五十挂鞭炮才赎回了族旗。这时开始传出了一些风言。说他是矾晶山女人迟玉莲的相好，是和她一起坐船回来的。他说自己去福鼎的这几天实际上是上了矾晶山，他的屁股是坐在那一边的。由于他的到来，金乡卫吃了一次大败仗。这些流言口口相传时，马本德不在金乡卫，所以不知道自己已深陷信任危机。这一下，他直接从蒲城堡回到金乡卫，更加证明了传闻的真实。

只有夏明跑出来迎接马本德，请他吃饭。

"马大哥上回从海上漂来，这次更奇怪，从蒲城堡过来。不知你为什么要去蒲城堡？"夏明跑说。

"上一次是为了修路的事，这一次也是。修车路的事情已经得到官府的核准，所需要的钱资也都有股份认购。我这回和勘探队一起过来，船停到了蒲城堡，勘探队进矾晶山里测量，我到金乡卫里来要和乡亲们商量，准备把车路通到这里，以后交通就方便了。"

"要修路可以，就给我们这里修一条，干吗要通过矾晶山呢？"夏明跑说。

"这条路要通到福建去，必须要越过矾晶山，只能从那里经过。"

马本德心里烦闷，独自在壮士所城堡下走了一圈，之后便沿着那一片埋着沉船龙骨的树林，走向湖底有船影子的湖沼。湖边有一只小渡船，一条麻绳把船拴在树上。他解开了绳索，船就自动滑向了湖心。每一次到了这一片水域，他总觉得有一种能量在活动。他觉得水底那些船影是活的，还有活的人在船里对他说话，他能感觉到，但是听不懂他们说的是什么。他就这样坐在船头一动不动，天上飘过云彩，水面上飞过一只翠鸟，抓走一条静静游过的小鱼。他的心里被这一件秘密事情堵着，那就是日本船在蒲城堡里装运矿石。他是个内心藏不住秘密的人，这一个巨大的秘密让他心里憋得太难受。这个秘密是和祖先神有关系的，他觉得祖先神开始了躁动不安，水底下的船都在晃动着。没多久，湖沼上浓雾密布，看不清四周。他突然听到后面有一阵声响，惊回过头，只见一圈涟漪，是一条大鱼跳出了水面，他相信这是祖先神灵在活动。

"马大哥这回好像有心事，怎么丢了魂一样？"夏明跑晚上把他带到了小酒店里，给他打了喜欢的烧酒。马本德的活动总在他的视线之下，他像一只猫一样温柔无声跟在马本德身边，观察着他，有时在远处，有时在近处。

"是为修路的事犯愁，好像金乡人都信不过我了。"

"我倒是听到一些风言闲话，不知该不该说说。"夏明跑说。

"说来听听。"马本德说。

"传说你和矾晶山的女人迟玉莲是相好，说你上回说是去福鼎，实际上是去了矾晶山里和迟玉莲相会了。后来也是从矾晶山上下来，参加了拔五更。那一次我们被打败，被抢走族旗。我们从来没有这样的败绩，大家都在背后责怪你呢。"

"这事倒也不假。我本来是在城里和她相识的，之前我也不知道自己和金乡人是族人，所以也怪不得我。我进矾晶山是为了看地形修公路的事，只是怕乡亲们误解，所以说自己去了福鼎。"

"马大哥可知道迟玉莲的底细?"夏明跑说。

"略知一二,她的老公在族斗中被枪刺死,后来她离开了矾晶山,做小买卖,最后到了W州城里,发财开了刺绣坊。"

"这些没错,不过你是只知其一不知其二。"夏明跑说。

"你吞吞吐吐的干吗,快快说来。"马本德说。

"她在去W州城之前在马站镇上待过几年,你可知道?"

"是有这么回事,她怎么啦?"

"我还是不说为好,说了大哥会气坏了。"

"快说!"马本德脸色涨红,厉声说道。

"她是个破鞋,在镇子上,给钱都可以睡她。来赶集市的四面八方的人都知道,连仇家金乡人也可以睡她。"

"你怎么会知道?不要血口喷人!"

"千真万确,不瞒大哥,我也日过她。她两个奶子之间有一颗黑痣,大哥不会不知道吧。"夏明跑说。

马本德闷声不响了,迟玉莲身上真是有这么一个标志。这句话就像尖刀一样扎进了他心头。之前在白累德医院时窦维新说他不像罗密欧,倒是像奥赛罗,这下可说对了。从这个时候开始,他的内心像是在油锅里煎熬,像是吃下了毒药的豹子。他开始一碗又一碗喝白酒,喝了个烂醉。

"马大哥不要为女人生气,英雄难过美人关,历来如此。眼下乡人们议论的还不只是这事,是说上次族斗输得很惨,矾晶山的队伍比过去强了很多。乡人们疑心马大哥不是和金乡卫一条心，倒是在暗中帮助矾晶山。"

"兄弟，我有罪，对不起祖先。"马本德烂醉如泥，伏在桌子上说。

"马大哥，你心里有什么事尽管和我说。我是你兄弟。"夏明跑像是探到了洞里的蟋蟀，细心地把它引出来。

"矾晶山的人把山里的矿石卖给了日本人，卖了很多，日本人的红船来蒲城堡装运矿石。这事一定得罪祖先了。"

"是红帆船吗？我们看见过那些船，不知道这些船是来干什么。"夏明跑问。

"正是这些船，我昨天还在蒲城堡和日本人打了一架呢。"

"怪不得矾晶山最近都打败了我们。他们的刀枪比以前好多了，还用了盾牌，原来是卖矿石给日本人有钱了。日本人可是和我们冤仇如海深，竟然就在我们的身边买走山里的矿石！"夏明跑说。

马本德嘴里说出的这一句话经过夏明跑的传达，以飞快的速度传遍了金乡卫每一个人的耳朵。尽管很多人根本就不知道日本是怎么回事，但光是"日本"这两个字，就天生对他们有巨大刺激。族长迅速召集了族人元老，商议对策。他们看到，祖先舰队沉船的湖沼上乌云翻滚，无风起浪。金乡卫如被动员起来的马蜂窝，充满了嗡嗡的响声，所有人都在急急忙忙跑动。毫无疑问，日本红帆船运走了矿石，运走了大山的精气，祖先神开始发怒。金乡卫男人被动员了起来，准备出手打击敌人。

马本德经过一夜烂醉，此时已经醒了过来。他看到整个金乡卫在嗡嗡作响，问这是干什么，人人都说要去攻打蒲城堡。他这个时候才想起了昨天对夏明跑说的话，惊出了一身冷汗，知道这下可要引起一场大战了。他答应过迟玉莲不把这事说出来，现在可如何是好？但是，紧接着夏明跑说的迟玉莲的事情让他再度陷入了极端痛苦，这种痛苦太强大，压倒了他的理性，让他处于疯狂之中。于是他也投身到了金乡卫的军事动员之中，在城内打着转，让整个城堡积蓄起一股巨大的能量。以往族斗，都是事先约定好的，选好战场，都在田野里，避免了居住区的损失。但这回，是瞬间爆发的仇恨。蒲城堡人毫无准备，他们的武士还在山里。当蒲城堡守卫者感觉到金乡人即将袭击他们时，只能点起狼烟，告诉矾晶山上族人。那时迟玉莲和泰斯等人已经进了矾晶山里，眼看着狼烟升起，迟玉莲明白发生了什么。她知道一定是马本德变了卦。

这一边，金乡卫在短短一天时间里，聚集了两千多人马，开始攻打蒲城堡。两个城堡之间隔着不到五里地，蒲城堡人手不足，根本无法阻挡金乡卫人马。金乡人蜂拥冲入了城内，一部分人任务是捣毁所见到的一切东西，还有一部分人就是直接去攻击日本红船，带头的就是红了眼睛的马本德。马本德等人冲到海边码头时，看到红帆船正在解缆绳想开走。金乡卫人很多是在海上讨生活的，行动在船上甲板如平地。一众人跳上了红帆船，船上的日本人船工见势不妙都跳船到水里游向海滩边树林里逃跑了。

金乡人把装满矿石的红帆船底凿了一个洞，还把船浇上了洋油点着烧了，火焰一下子就蹿上了船帆。他们把码头边的仓房点着了，把给过往船客住宿的客栈点着了，整个蒲城堡都点着了，烧成了一片火海。

18

　　瓯海医院开办成功之后，潘青禾成了城里最有影响力的女人。

　　瓯海医院坐落在积谷山下。医院入口处为传达室，一大早，三位剪着学生头的实习女护士在里面为病人挂号，窗口总是挤满了等待看病的人。病人付了十个铜板后领到一个标有号码的竹签，穿过小庭院，走进医院大堂候诊。通常早上八点钟的时候里面就挤满了各式各样的人：有衣着光鲜的，有一身补丁的；有的文雅，有的粗俗，有穿着熏过香的衣服，也有皮肤溃烂散发着臭气。时间一到，值班员开始叫门诊号：一号、二号、三号等等。听到喊号之后，手持标有号码竹签的病人，争先恐后冲进诊疗室，他们有的从早上三点钟就已经等在医院门外了。有五六个不同的诊室，分别挂着内科、外科、五官科、小儿科、妇人科，每个房间里坐着一个大医生，边上有几个医学生。病人先由医学生检查病历，做诊问，量体温，之后再引给大医生诊治。这些病人大部分没见过西医，当医生听诊肺部时，叫他们呼气，他们常常会做打呼噜状，发出鼾声，有的人就这么睡着了。有个妇女在被告知要呼气时，便冲着医生脖颈和衣领之间用力吹气。当遭到抱怨后，她轻轻抬起头，一口气猛地吹到了医生的脸上。医生另一个难题是检查舌头。难的不是看不到病人这个器官，他们善于把整个舌根都吐出来，靠舌头捕食的变色龙都做不到这样，难的是劝说他们把舌头收回到嘴巴里。病人总觉得医生还看不够他们的舌头，坚持把舌头露在嘴外，与此同时还用奇怪的喉音和手势使劲向医生解释他们复杂的病症。

走过门诊室，对面就是住院部了。这座建筑高出地面六英尺，要走几级台阶。左首为护士工作室，病房内病床是最简单的铁床，没有金属丝弹簧床垫，上面仅铺有木板。没有雪白的床单和枕头，只有蓝色棉花被子。护工为男性，每天早上会将地板擦洗一番，给病人带来他们的饭食，饭后递给他们一块湿布擦脸，这是本地人的习惯，吃好饭都要洗脸。病房的拐角处是药房，病人可以在白天任何时段凭处方取药。药房临街的一面还对外营业。普通市民可以在这里买到大众药品，诸如阿司匹林、奎宁、红贡水、蛔虫药、橡皮膏之类。药房产生出可观的利润，补贴到了医院的日常费用。

离大门较远的病房尽头，是新设立的一个手术室。外科手术常在那边进行，从虹膜切除到积脓症清除等手术都有做。《瓯海日报》刊登过一篇目击者所述文章：前日有吃鸦片烟者上郡请瓯海医院田谷鳞医士诊治，医士称其脏腑受害不浅，必须解剖。用药膏贴其额，人即晕去如死，出利刃剖开胸腹，将肝肺脏腑一概取出洗涤，肺肝为烟汁所熏已成黑色，肝内有肉球一块，即割下弃去。然后将肝脏等一一纳入腹中位置完密，始用线纫合腹皮。田谷鳞医生主刀做外科手术，切除肿瘤如探囊取物，名声大传开来。浙江南部的病人络绎不绝慕名而来，有从海岛里来的玉环打鱼人，有从景宁山里来的畲族人，都是因为得了绝症，才赶来求医的。田谷鳞医生把他们都治好了，一个渔民病人给不起很多钱，田医生就收了人家几条鱼，鱼还送到了厨房给病员改善伙食。现代的医院还少不了一样东西：太平间。医院里收进的病人总会有死亡，尸体一部分被家人运走，一部分得在太平间停留些时间。还有的尸体无人领走，医院会把这些尸体泡入福尔马林水池中，给医学生做解剖课程用。W州城人非常迷信，医院里只要有一个死亡事件就足以把所有的病人吓得跑回家，他们担心死人的魂灵会附在他们身上。因此太平间成了市民发挥想象力的最佳地方，不时会有新的太平间闹鬼故事口口相传。

医院混乱和有序的日常运转背后，是潘青禾在操心着。从她受黄溯初召唤开始建起了医院股东会到把医院开张起来，事情都很是顺利。起初以为股东需要不断投入资金，没想到医院一开张就很繁忙，收入支出能平衡。小城里的人习惯锦上添花，水龙头往红处喷，不断有人往医院股东会里投钱。此时瓯海医院和潘青禾的名字连在了一起，潘青禾是主要的执行董事，还成了医院的代言人。她美丽而摩登的形象，短发烫卷，西式化的旗袍装成了城里女性模仿的对象。她的美丽和气质是无法模仿的，她师长女儿的身份，跟随父亲在京城等大地方生活过所获得的气度，都让城里的人着迷。这样的人物最适合于做慈善的事，于是东门头赈粥亭子，西角外送寒衣等事情都由她出头。而她做了一件自己认为重要的事，就是让官府在报纸上发告示：禁止窦妇桥弃婴。她还在报上写文章，说了弃婴的问题，组织义工到窦妇桥一带做清理，埋葬了积年的婴儿骸骨。

有一天，阿春跑进来慌慌张张告诉她，说有个白毛姑娘来求见。潘青禾一开始还没听懂，以为是一个白头发的女子，后来才明白阿春说的是周宅寺巷洋人修道院的修女。潘青禾让她进来，自己忙起身到房间外迎接。

来的人是周宅寺巷修道院育婴堂的主事方嬷嬷。她有一双碧绿的眼睛，潘青禾之前没那么近距离看过洋人，原来洋人的眼睛会绿得像绿宝石一样深不见底。修女和中国尼姑一样远红尘禁凡欲，但方嬷嬷的修女衣服是很讲究的，看得出精心熨烫过，身上还发出淡淡的香水花气味。方嬷嬷中文名字方浪莎，是最早进入W州先驱布道使团成员之一。她在这里遇见了牧师刘易斯，和他结婚安家。她深爱这片土地，到偏远的乡下去传教，收养孤儿。但是霍乱却吞噬了她一岁的女儿。二十八天后，她的丈夫刘易斯牧师也死于霍乱，女儿和父亲都埋在白累德医院后面的河边荒草丛中。她独自从青年活到老年，最近觉得自己得了绝症，相信不久就要和女儿丈夫在天堂相聚。在死之前，她要完成一件事情。

方嬷嬷过来是谈死婴和弃婴的事。她眼下主持的天主堂教会育婴堂坐落在周宅寺巷教会建筑群区域内，是一个巨大的院落。方嬷嬷说周宅寺巷育婴堂其实不是教会创办的，本地官府清朝乾隆时期就开办了。当时 W 州官府廪赋丰盈，开设的育婴堂规模很大，批了多间官属沿街商铺和大片涂滩土地给育婴堂，收取租金来做育婴堂日常开支。男孩养到一定年龄出来当学徒或被人家收养，女孩则被聘为人妻或雇做用人，每个收养者月供养定额为一两半银子。清朝晚期教会在周宅寺巷开始营建建筑群的时候，官营育婴堂已经衰败得很厉害，收养的婴儿死亡率很高，内部管理混乱，贪污内斗，资金不足，官府无法维持下去，愿意将育婴堂连同地基屋宅移交给天主堂教会。当时教会正值鼎盛时期，财源充足，接收之后，在原来的育婴堂地址上修建了一个意大利帕尔马风格的修道院庭院，立志把它建成一个传教士使团在远东的示范性孤儿院。虽然教会目标崇高，育婴堂后来的名声却是不好。民间给它取了个名字叫"白毛姑娘"育婴堂，光是这个名字就让当地百姓产生恐怖感。民间有很多离奇的传说，说育婴堂里会提炼婴儿的灵魂，还有的说会做婴儿的僵尸。由于这样的原因，育婴堂只接收到永嘉边远山区一带的弃婴孤儿，人数不多，总是兴旺不起来。

"这就是目前的状况，一方面育婴堂床铺空了一大半，一方面民间的婴儿无处收养大量死亡。作为育婴堂的主事，我为这样的局面心怀内疚。"方嬷嬷说。

"方嬷嬷宽心。目前地方上的商会正在筹划资金，准备成立一个孤儿院，到时情况会有所好转，只是需要一些时日。"潘青禾说。

"我正是为此事而来。潘女士何必舍近求远？眼下就有一条快捷的路可走，天主教堂的育婴堂还有很多的收养床位，你可以马上用起来。"方嬷嬷说。

方嬷嬷说出了要把育婴堂还给本地官府，请潘青禾接手管理的想法。这不是她心血来潮，而是经过深思熟虑的。这些年英国人在中国的势力不再像过去那样强盛，舆论对于教会的慈善事业越来越苛刻。按照目前的情势，继续维持育婴堂将会成为教会使团的沉重负担。

这件事最终得到了官府的批准，瓯海医院董事会接收了育婴堂，潘青禾进驻了大院内部。从那之后的十几年，她基本上每天都会来这里。她喜欢这一个大院的建筑风格，好像这是为她专门定制的，潘家老宅和绮园巽园都不甚合她的意。她喜欢这里的环境和气氛，教会没要求她继续保持宗教的方式，她还是适当保持了之前一些仪式。她有时也会穿起修女的衣服，戴上了头巾，这样的黑白色着装让她觉得很宁静。她很喜欢院内十字交叉的风雨长廊，长廊两边是操场，种植着棕榈树，香蕉树，柚子树。大部分植物和本地不同，带着异国情调。这个交叉长廊是为院子中央的那口水井而建的，井台上方有一个方形的亭盖，院里各座屋子的人都通过长廊到水井取水。井台用细腻如大理石的水泥精心铸成，井栏是铸铁的，带着希腊史诗图案花纹。水井很深，打上来的水清澈冰冷。井台边有个洗衣池，洗过的白色被单晒满了操场，散发出肥皂和太阳的香味。一切都显得那么安静，带着天国的气氛。

方嬷嬷把育婴堂移交给潘青禾的时候，给足了三个月的钱粮。但是三个月后，潘青禾发现育婴堂的开销是个无底洞，完全超过了她的预期。接手的时候这里只有一百多个孩子，几个月里增加到了三百多个。三百张小孩的嘴巴得不停喂食，一担担食物一到厨房马上就被小孩子的胃消化了。潘青禾现在得不断筹钱往育婴堂里投，城里的善款来源有限，很快就周转困难了。方嬷嬷在移交育婴堂的时候附带了一个"锦囊妙计"。这个"锦囊"是一个木质的方盒，上了一把精致的铜锁。潘青禾将方盒打开，里面有一批文书契约。潘青禾一份份铺开来研判，看见乾隆年间官府给予育婴堂资产收入有一千银圆的戏班捐、八字桥五间商铺、小南门三间、府前街两间。在一张盖着州府红色官印的田契上，写明育婴堂拥有仰义乡八百亩的涂田。这是一笔巨大的资产，如果每年都能收上田地的租银，那么三百个孩子的粮食就有着落了。潘青禾仔细查看，发现这些契约的时间都已过百年以上，清朝变民国之后，大部分契约都有更新，而这些文书都没有在民国官府做过登记。查看了育婴堂的收入账目，居然看不到一笔和"锦囊"里的资产有关的收入。方嬷嬷说这个箱子里面装着巨大的财富，但在修道院接手之前财富都消失了。潘青禾感觉这个盒子里装的是一堆冥币，无法在人间使用。

潘青禾决心要去尝试，把这一部分流失已久的财产争取回来。潘青禾带着箱子里每一份屋契地契到官府的管事部门查找核对，寻找它们的下落去向。官吏们查验发现，一千银圆的戏捐在当地火烧教堂案之后，官府赔了英国人教会十万两白银，戏捐全用来填补赔款了，再也没有分拨给育婴堂。大部分沿街店铺是在光绪年间被育婴堂内管事的人卖出去了，官府里尚有买卖契约副本留档，时间已过去七八十年，当事人早已成白骨，因此这几间店铺产权是无法追回的。查对间发现八字桥的一间店铺没有任何交易买卖记录，按理说应该还是育婴堂的产业。官府派了两个执达吏和潘青禾前往店铺查证，执达吏官腔一打，先作恐吓。铺主就自知理亏，他们的确没有屋契，一百来年祖传做馒头生意，也不知道这个店铺是属于育婴堂的，愿意从此付屋租钱给育婴堂。收回了八字桥馒头店铺虽然租金有限，但鼓舞了潘青禾的士气。接下来她要做的事，是要把仰义乡那八百亩海涂田争回来。

　　潘青禾仔细研究这份田契。书写这份田契的时间是一百多年前的乾隆五十一年，写字的官吏书法仿宋徽宗瘦金体，非常精心，能感觉得出当时他书写的心情是非常喜爱他所写的这一大片土地的，不仅字体娟秀，在书写中居然很有文采。这个笔吏对田产的描述很是晦涩，比如山的影子在某个时辰在田地中投影有多少丈，田地界石所埋的位置有极为难以理解的描绘。潘青禾觉得在屋内搞不清这些复杂情况，就带着几个人坐着一辆马车前往当地去察看。约一个时辰，马车到了仰义乡，沿着江边走。随着瓯江潮水带来的沉积土，这一块土地从乾隆年间到现在又增大了，显得很肥沃。之前只能种红薯，现在都种了水稻了，还有油菜花。潘青禾看着这一大片良田，顿生决心，一定要把它夺回来。有了这一块良田，育婴堂里的孩子们吃饭就有着落了。她让随行而来的人分头去找那地契上所说的界石。要是找到了和田契相符的界石，就有理可据了。

田里长着高脚水稻，有半个人高。要在这样的稻田里寻找百年前的界石犹如大海捞针。远处村落很破败，却有一个高大的教堂，特别显眼。就在这时，只见村落那边出现了几个人影，朝这边急急忙忙过来，还有狗跑在他们前面汪汪叫着。很快这几个人就到了潘青禾跟前，气势汹汹责问她在干什么？潘青禾回答自己是育婴堂的人，是这块地的主人，正在丈量。来人斥责潘青禾是胡说，这块地是本地教友徐进熬所有，号称上帝的田地，从来没有听说过什么育婴堂，要他们快快走开，不然就放狗咬人。潘青禾之前听过是永嘉教民徐进熬占了这一片土地，现在他手下的人出来声明，便证明了此事。潘青禾没有打算和徐进熬的家丁争论，这事不是一下子能办成的，今天确定了对手，目的达到了。接下来她要向徐进熬发动一场战斗，夺回这一块被他侵占多年的良田。

潘青禾回城之后，开始调查为何这一块良田会落到了永嘉教民徐进熬手里。她到了永嘉县沙田局查田地交易转卖记录。当时的田地所有权分皮田和实田，皮田只是租约的优先权，实田是田地本身，凡是有交易必须在沙田局备案，交纳印花税银。她查了所有年份，却看不到有这块地交易记录。此时一个在沙田局奉职了四十来年的老笔吏说自己知道这一件事，关联到当时闹得沸沸扬扬的一宗案狱。老笔吏托着水烟壶，给她讲述着这一件往事。

"永嘉县有一大半地方穷山恶水，多山地，种不了水稻，只能种红薯，山民常年吃番薯丝吃得不高兴，所以会给自己家乡起了很不好听的名字，都叫什么岩头、岱坦儿、呑底、黄泥坑、牛鼻洞等等。但有两处的地方却有好听的名字：枫林呑和碧莲乡。这两个地方种植了板栗子，每年打下来卖到城里，相比其他地方还算富裕一些。枫林呑是徐姓，碧莲是金姓，两个姓是世仇，相互不通婚不往来。英国人曹雅直最初到本地之后，城里的人都躲避着他，找不到信众，他只好到乡下去，到最穷的地方传播道理。曹雅直是独腿的，当地人背后叫他'单只脚'。他经营了好几年，在碧莲乡有了一批信众。洋人出了点钱，在金姓的宗族祠堂里做聚会宣道。他在枫林呑这个地方也花了很多心血，结果不如碧莲乡那么好，只有七八个信众。徐姓的族长不喜欢洋教，制定出了惩罚信洋教人的办法。初犯者，族里会剥夺他的山林柴火权，就是不准他全家上山砍柴火。如再犯，则由族里众人去把他家里的板栗树果子全部打掉，还砍掉树枝，让来年的板栗树结不了果子。

"徐进熬是枫林岙徐姓族里一个常受人讥笑奚落的人。据说早年也读过几年私塾，认得几个字后就觉得自己是读书人，不愿意干活。但不干活没饭吃，还得苦着脸去田里挑粪。有一回他粪勺子的竹箍脱了，粪勺子的板散了一地，他坐在地上不知怎么办。有个过路人对他说，你把散掉的粪勺子放在自己的竹笠里好了。这人本来是笑他，没想到他真的脱下竹笠把粪勺子板块放进去抱回家来。这事传开了让村里人笑掉大牙。但徐进熬这个奇人也有他出头之日，遇上了来楠溪江边传道的单只脚英国人。他别的事情学不会，信道理的事一下子就迷上了。他跟着单只脚到处走，去二十里外碧莲乡金姓宗族祠堂聚会。徐姓宗族族长对他发了告示，要将他开除族群，剥夺山林柴火权，把他家树上板栗都打掉。徐姓还告示金姓族，如再接受徐进熬去碧莲乡聚会，将要发起一场族斗。族长这样的处罚对村人本是灭顶之灾，但一段时间过去，人们看见徐进熬头抬得马一样高，越加神气。他私下对人说上帝会保佑他，会恩赐他金钱柴火的。事实上是英国人私下补了他一些钱，让他胆子大了起来，觉得自己有靠山，不怕族长惩罚。乡里一些人眼见徐进熬信教得了好处，私底下也开始和他联络，他招到了十几个信众，开始把从单只脚那里听来的道理讲述给信众听。

"徐进熬本是族里不起眼的人，住在一座叫下三退的大屋子中。这种屋子有三进，里面住了二十八户人家，他所住的是最后一进的正房，只有一间半房子。这种大屋子有一个很大的上间大堂，可容纳几十人，凡住里面的人家有红白喜事都可以在上间举行，是一个公用的地方。徐进熬以为自己可以使用这个地方，在上间召集信众讲道。这大屋里二十八户人家只有徐进熬和另一家是信教的，其他的都不是，因此徐进熬惹了众怒。总的来说，永嘉乡下山民都是胆小怕事的，他们知道徐进熬背后是洋教势力，皇帝都怕洋人，所以大部分人都敢怒不敢言。徐进熬也越来越不把族人放眼里，在上间的长案桌上摆起了十字架，族里有十几个人来做礼拜，族外也有十几个人悄悄来参加。

"光绪七年六月间一天黄昏，徐进熬正在屋内聚信众讲道做礼拜，屋外来了一大群本村族人，手里都拿着扁担刀。乡人嘴里的扁担刀其实也就是扁担，打架的时候挥舞起来劈人，所以叫扁担刀。族人在外边越聚越多，据说有五六百人。他们中间流传着一个消息，说是村里关帝庙关帝眼珠子让信洋教的抠出来了。有一个叫徐定禄的人声言自己亲眼看到是徐进熬干的。围在屋外的族人开始了叫骂，屋内信众见势不妙，有的想溜走，却被屋外的人堵在里面。到了七点时分，听到祠堂里的鼓声擂响了，屋外的人进入了屋内，见信众便是一顿痛打。把上间长案桌上的十字架捣毁，把徐进熬家里的东西和谷米番薯丝都抢了一空，家具农具全捣毁。那天凡是参加礼拜的族人都受到了族里剥夺柴火权和砍掉板栗树的惩罚。徐进熬无法在乡里待下去，连夜逃到了W州城里，找单只脚番人痛哭流涕申述。

"单只脚番人收留了徐进熬，让他到县衙门去控告枫林峇族人对他的迫害。单只脚去见道台宗源瀚大人。宗大人是朝廷三品大官，本地的要人都不容易能见到他，但单只脚有特权，随时可以进道台衙门。他要求宗道台把案子当成外交事件严加处理。宗源瀚刚从南京调来，此人阅历很深，知道洋人总是想把小事情搞大，然后敲竹杠。他亲自在九月十三号升堂审判。英国教会一众人都到场旁观。洋人没见过国人审判，对于徐进熬从上午到下午一直跪在地上大惊小怪，其实原告被告都一样要跪着的。审了一整天，宗大人宣判结果：

一、枫林峇的族人不得驱赶徐进熬，不得砍掉他的栗子树，恢复他的山林柴火权。

二、徐进熬今后不得在枫林屋宅里进行崇拜活动。但可以去碧莲乡参加礼拜。

三、邻居们从他家中拿走的家当须归还。经查，目前已经全数归还，没有一件遗漏。

四、往后枫林峇所有人都必须老实本分，和平相处。

"宗大人的审判只是各打五十大板意思。枫林峇的族人没吃亏，就在文书上签字画押了。但徐进熬不签字画押，说除非要让他继续在枫林峇做崇拜活动。听了这话，宗大人大发雷霆，他早留了一手，开始斥责徐进熬欠着多年田赋没交。当时枫林峇的农民几乎所有人都欠有官府田赋，宗大人要以这个罪给不服判决的徐进熬来点苦头吃吃。徐进熬被关进一间已经有二三十个犯人的大牢房里，胳膊被铁链锁起来，固定在墙上的钉子上。英国人此时勃然大怒，觉得宗大人在戏弄羞辱他们。单只脚让英国江心屿领事给北京英国公使馆发电报求援。英国公使馆把这事报告了英国的议会，作为一个外交事件向清朝廷施压。因惨败于甲午海战，忙乱得焦头烂额的清廷自然要求下面忍耐为重。时任户部尚书兼总理各国事务衙门大臣翁同龢读到英国人照会，随手记录：'即电浙抚，W州南溪镇枫林教民徐进熬家被毁一案须再度审理，不得敷衍了事。'与此同时，英国派了两条军舰停泊在江心岛前面的港中，炮口对准了城里的道前桥官署。

　　"倔强的宗源翰在其上司浙江巡抚廖寿丰的授意下，无奈决定将徐进熬给放了。英国人并不罢休，一定要给予徐进熬自由宣道的权利，还要赔偿损失三千两白银。否则英国军舰就不开走。官府受到北京的压力，处理不好洋人的事情就要丢乌纱帽，只得答应条件。但是官府里实在没有官银可用，无奈之下，最后把育婴堂五百亩土地作价三千两白银赔给了洋人。洋人把这块地发给了枫林峇徐进熬办教会，这一块土地就这样转到了徐进熬的手里，成为枫林峇教会的资产。当时快到洋人日历年底，和洋人交

222

涉的是叶昭廷，他告诉洋人不要太刁难道处台，让他太没面子，就可以给洋人一个惊喜，在圣诞节之前把关在监狱里的徐进熬放出来。在放人之前，官府要给徐进熬梳洗一番，穿上新衣。但徐进熬坚决不从，一定要保持原来的样子见洋人。他坐着一条小船渡江到了江心岛英国领事馆，披头散发，满脸胡子，周身臭气冲天，像一头黑熊一样号啕大哭回到了洋人的怀抱。"

潘青禾弄清了育婴堂田地丧失的缘由和去向之后，即在省城里聘请到了律师，于七月间呈文永嘉县衙门，要求收回被不公正剥夺的堂产。第一场堂审很快举行。潘青禾第一次见到了徐进熬，他不再是那个可怜兮兮的乡下人，而是穿戴光鲜众人簇拥的永嘉教主。潘青禾坚持当时宗道台没有权利把田地赔给徐进熬，因为田地已经是育婴堂永久堂产，道台是在英人胁迫之下做出的决定。徐进熬持有宗源翰道台盖印的文书，不肯就范。称如果宗道台签字的文书可撤回，那岂不是也可以撕毁《烟台条约》，让英国人离开江心岛？县长王访渔认为，涂田纠纷虽然不合理，但毕竟是历史事实，有正式文书。目前英国人势力虽不如当年，但英国海关依然掌握着瓯江港口所有外国船只关税，不是轻易可以冒犯的，故拖延不决。他私下做潘青禾工作，准备补贴一部分经费了事。潘青禾不愿罢休，她的火药脾气被点燃了。潘青禾胸有成竹，此时全国正处在"五四"运动之后的反帝国主义的气氛中，正是个翻案的好时机。在接下来的行动中，她呼吁北京 W 州籍的学人发声，清华大学、北京大学里 W 州籍学人就有好几百，他们振臂一呼，就闹到了北洋政府那里。"育婴堂产案"迅速成为全国性的事件，到处有声援。潘青禾在各地发动游行，本地的学校还罢了课。W 州专员蒋保森成了风箱里的老鼠两头受气，最后只得使用最古老最有效的处置方法，各打五十大板。判决育婴堂与徐进熬均分有争议的府学涂田，双方不得再争议。潘青禾等于争回两百五十亩大田。

当潘青禾全力投入战斗，发现了自己的力量，原来是可以战胜恶势力的。她胜利之后，声望到了高点，瓯海中学请她当了校董事。

19

　　不知不觉，马本德在 W 州已经十年了。他修通了通往江西的公路，又修好了通往福建的路，不知不觉把 W 州的地理地位大大改变了。他修第一条路时得了霍乱，死里逃生。而在修第二条通往福建的路时，遭的罪更多了。先是沉船差点淹死，接着族斗身负重伤，被泰斯救回。但比起所有身体的伤害，他和迟玉莲之间的感情毁灭对他的伤害是最大的。那一次他说出了矾晶山卖矿石给日本人的秘密之后，金乡卫人烧毁了蒲城堡，他和迟玉莲的关系万劫不复灰飞烟灭。之后，矾晶山人以疯狂的怒气进行了报复，之后演变成延续数月的族斗。宗族械斗把方圆百里的村落都卷入进去。不同的村落通过宗族连谱共认始迁祖形成宗联盟，同姓的就是一家，近姓的也可以是一家。闽浙方言中"黄"和"王"读音是一样的，因此，黄王也视为同姓。浙闽民间还有"八姓一家"说法，诸姓在历史上共存共荣，唇齿相依，结为所谓"相好姓"。这一轮的械斗滚雪球一样越滚越大，每次参加者少则几百人，多则数千人，死伤无数，完全失去了理性。这地方处于浙江福建交界，这边 W 州府因距离遥远力不从心管不了，倒是福建宁德的管带出了军队干预。那以后马本德和迟玉莲再也没有相见。马本德心里有愧疚，他在后来族斗持续的同时，和泰斯一起加紧了修公路的进程，作为对于自己背叛迟玉莲的赎罪。两年之后，通往福建的公路修通了，经过了矾晶山，也有一条支线通到了金乡卫。自从通了车路后，矾晶山和金乡卫的族斗大大减少，仇恨渐渐平息了下去。

马本德到 W 州后睡过数不清的女人，真正对他有影响的只有两个人：潘青禾和迟玉莲。他对潘青禾的感情主要还是忠心，有时候他会觉得潘青禾是观音菩萨，自己是孙猴子。但潘青禾从不会对他念紧箍咒，他也不会在她背后撒泼。在断绝了与迟玉莲的关系之后，他觉得这样也好，让他更加专一地忠心于潘青禾。

他在本地多年学会不少东西，但总是学不会 W 州地方的土语，这个对他来说简直太难了。他不会说本地话，和本地人还是相处很好。本地人都喜欢他，有什么大的场合总请他出席。马本德热衷于出席各种工商社交活动，有时候一个晚上赶几个筵席。他很受人欢迎，酒量巨大，喝多了还会唱番邦山歌。他是飞马汽车公司的东家，各种场合的主人以邀请到他为荣。马本德热衷社交心里有一个目的，就是想在这些场合上见到潘青禾。他和潘青禾私下没联系，只能在公众场合见到她。只要潘青禾在场，即使没和她说上话，他也受到她支配。对他来说，她就像宇宙中的重要天体，虽然看不见，仍然用引力统治着很多事情。潘青禾穿着长裙装，在离他不远的地方站立着，他能感觉到她身上发出的光辉，穿透他的心，让他全身有一种幸福感。他是那样忠诚于她，但又害怕和她接触，每一次相遇他都离她远远站着，靠近她会像蚂蟥碰到盐一样往后退，会紧张得透不过气来。他处于矛盾中，想见她，又怕见到她。

　　终于有了一次机会，马本德和潘青禾近距离相遇，想躲也躲不开来。那是在瓯海中学体育运动会的开幕仪式上，学校邀请了城内的名流嘉宾。他们喜欢邀请有新文化气息的代表，而汽车公路开路人当然是最合适的人选。潘青禾不仅是妇女界杰出的人物，而且她早已经被聘为学校董事会的成员，成为了决策人之一。她今天是以主人的身份出席的。W州这个地方近代出了很多文化名人，瓯海中学就是一个名人的摇篮，当时国内最有名的作家诗人都愿意到这个偏僻小地方的中学来教书。眼下就有朱自清等在此任教。运动会开幕式上，几千学生同声高唱由朱自清作词的校歌：

　　　雁山云影，瓯海潮淙。看钟灵毓秀，桃李葱茏。怀籀亭边勤讲诵，中山精舍坐春风。英奇匡国，作圣启蒙。上下古今一冶，东西学艺攸同。

　　也许受到了歌声鼓舞，马本德这回有胆量过来主动向潘青禾问安。他满脸堆笑，因为紧张那笑容变了形显得很狰狞。潘青禾没有觉得难看，和他说话。

"你现在都好吗？上回你在金乡卫那边受了重伤，运回这边抢救时我去看过你。当时你一直昏迷，后来得知苏醒了过来，我才放心了。"

"惭愧惭愧，我胡闹闯了祸，还劳你牵挂。"马本德说，心里很后悔当时自己没有醒过来，那样就可以看到来探望的潘青禾了。他此时感动得忍不住想流泪。

"我正想找你说个事情，不知现在说是否合适？"潘青禾说。

"只管说来，我听着呢。"

"春天到了，学校里的学生每年这个时候都要出去春游。往年通常是徒步到江北岸的白水漈，最远也只有坐河轮去仙岩山。今年我当校董了，想为学生做点事情，想让高中毕业班的学生走得远一点。我和老师们商量，都说青田石门洞很好。那个地方是刘伯温出仕前读书的地方，风景奇异，对学生还有教化意义。但那地方交通不便，步行要走两天，坐航船也得转好几回。我想现在车路已经修到了青田，能否到你汽车站里包一部汽车载学生去石门洞春游？早去晚归一天来回，学校里能够出包车费，你只需略作平价即可。"潘青禾说。

马本德满口答应下来。这事太容易了，就算是潘青禾让他去仙山盗一棵灵芝草，他也会答应下来的，还会真的去做。他早早做了安排，让账房算出最低的包车费，只是象征性收一点燃油费。他安排了一台最新的四十座道奇牌客车，专门做了一次保养。让他费思量的是司机的安排。他想过自己去开这趟车，但怕潘青禾会觉得他这是小题大做。安排其他司机他又觉得不放心，怕他们不够周到。最后还是老伙计泰斯看出了他心思，说自己愿意去开这趟车。德国人泰斯能去开这趟车，等于给了潘青禾最大的面子，马本德觉得这是最好的安排。

坐车去青田石门洞踏青成了瓯海中学一件激动人心的事情，只有高中毕业班的学生才有机会参加，让其他年级学生羡慕不已。瓯海中学初中一年级班有十二个，每高一年班级数就减少，淘汰率很高，到了高中毕业班就像金字塔顶只剩下一个班，而这一个班的学生毕业后都会被北京、上海最好的学府录取，每个人都前途无量。这些学生的家境大部分是殷实的，有几个更是高官巨富。也有一些学生家境贫寒，其中一个叫徐晋绅的同学家里很穷，遭兄弟欺负，住的地方是小阁楼，平时学校里有需要花钱的郊游之类活动他都不会参加。这一回是全班都去，而且是他最景仰的朱自清老师带队，所以和在菜市场卖葱的母亲商量，问母亲能不能拿一块银圆出来。母亲抖抖索索从棉袄里层拿出一个手巾包，一层层揭开，里面有一块银圆，这是她攒下来准备去大若岩向胡公菩萨还愿的。一个银圆只是给学校的车费，母亲自己磨粉做了一袋饼当干粮。那天凌晨母亲送儿子出门，本是一天的郊游，母亲却有一种儿子要赶京赴考一样的生离死别依恋。泰斯凌晨三点就把车开到了校园，拉着一车兴奋得叽叽喳喳的师生上路了。这时候车窗外面还黑咕隆咚的，什么也看不见。一直到了梅岙渡口，天色才见明。朝霞升起，汽车上了轮渡，车上的人都下来站在渡轮甲板上了。泰斯看到了学生中大半是男生小半是女生，还有一个男老师，穿着长衫，戴着黑圈眼镜。男老师会说几句英语，和泰斯做简单交谈。这个老师就是朱自清，当时中国有名的白话文作家，喜欢写山水游记文章，文风学归有光、桐城派再加点卢梭、泰戈尔风格，常在国内最有名的杂志报纸发表文章。他每有文章发表必引起全国轰动，有无数的读者，尤其是少男少女。去青田石门洞旅游踏青正是出于他的主意，他事先给学生布置了一个命题作业《绿》，要学生到春天的环境里写一篇赞美风景的抒情散文，他自己也会和学生一起去写。他答应学生如写出好文章，会推荐给北京的杂志发表。

美丽如画的青田石门洞，朱自清带着一群学生一边看景，一边传授白话文诗歌散文的写法，不时背诵几段名篇。这里的飞泻之瀑布，让学生们流连忘返。在梅雨亭下的一个深潭，倒映着蓝天，呈现的却是碧绿。朱自清命题的文章就是写这个绿。师生围着深潭琢磨着，怎么才能生动地写出这一个绿来。本来就是一潭泉水，在朱老师的指导下变得深不可测。学生当场写了起来，有写得快的还做了朗诵。

下午时分学生们转到了双旗峰下，这里两座巨大的山峰对峙，峰顶上有一条绳索相连，相隔约三百尺，有山民在悬索上做表演。这里部分山民以采集悬崖上的一种叫石斛的药材为生，常年吊在空中，练就一身攀高技能，其佼佼者便演化出高空走悬索节目供游人观看。学生们在峰下山道中仰着脖子，看着以天空为舞台的走悬索者，一会儿在绳索上翻着跟斗，一会儿装着在绳索上睡觉，一会儿晃晃荡荡像是要掉下。朱老师及时布置了一个作业，让学生回头写一个看走悬索者表演的体会，提醒学生两年之前，有一个走悬索者掉了下来摔成肉饼。学生们若有所思，开始讨论起来。有一部分在赞叹，犹如赞叹钱塘江大潮弄潮儿一样。亦有部分学生则从社会学角度去谈感想，他们以柳宗元《捕蛇者说》为例，说苛政猛如虎，这些山民之不畏死，只是为了生计所迫。两派学生争锋相对激烈辩论，最后由朱老师点评总结。

这天学生们在山里面玩得太高兴，出来的时间比预定晚了一个多钟头，让等在车里的泰斯好不心焦。他把车子开到梅岙渡口时，天已经黑了。渡口水流很急，正遇上大水潮，江面顿时宽了一倍。渡船等在那里，船工都等得不耐烦了，平时这时候早就下班了。眼见风大浪高，江面上漆黑一片，泰斯心里犹豫了。以往车子天黑前如不能到渡口，就会在青田过夜，不会放过来。但今天这一车的学生怎么办？泰斯和带队的朱老师商量，说是不是明天过江，今晚就把车停在渡口。朱老师把这想法告诉学生，车上的学生哭成了一团，都说要回家。泰斯只好一狠心，决定过江。

泰斯站在渡口边，满脸雨水，此时心里最想的是在这里建一座桥。当初设计公路的时候，他就一直在想这个事情。可是建大桥需要很多钱，当时是不可能的事。这几年他一直在考虑这件事，和马本德说过他要把大桥建起来后才回德国去。面对风高浪

231

急的渡口，泰斯再起心愿，一定要帮助马本德把桥建起来。

泰斯打着方向盘，缓缓将车开下渡口。如在白天，天气正常的时候，车上乘客是要下车的，站在渡船甲板上过江。此时外面一片漆黑，又风雨交加，要是让学生下车站甲板上衣服会全打湿，只好就让学生在车上。渡船顶着风浪靠近了渡轮斜坡码头，汽车沿着跳板慢慢往上开，可轮子打滑，前轮上了渡船，后轮还在码头上，怎么都上不去。正僵持着，突然一阵大风刮来，船顶不住，往后退，跳板离开了码头，大客车一头扎到了江水里。江水很深，汽车在江水上漂了一段距离，就开始往下沉。泰斯在下沉之前打开了车门，游到江水中，看到江中有几个逃出车子的人，就游过去救人。他救上几个学生，还救起了朱老师。他看到江中还有学生漂在水面，就再次跳下江，往激流游去。这一回，他的力气消耗尽了，被江水卷走，再也没有上来。

在城里面，学生家长都还在车站里等着接孩子，天都全黑了，还不见人回来，便开始找车站管事的。马本德自己也在焦急等待，一直不见车子回来，感觉是出了事情，可能会是车子抛锚了。马本德坐不住了，就自己带着人开车去青田方向寻找。到了梅岙渡口看到渡船拴在渡口，马本德问他们泰斯和车子上的人在哪里？船工指着泛滥的江水说他们在水中央。渡口那时已经没有车子往城里，只好派了个人到城里报信，至少得走五个小时，报信的人还在路上走。

汽车沉在江底，那时根本没有能力打捞。除了泰斯，其他的尸体后来都找了回来。瓯江入海之前有一个沙洲叫七都岛，在江里淹死的人尸体顺着潮水最后一定会漂到七都岛那一片沙滩上。几十个尸体都完好的，整齐排在了七都岛沙滩上，有几个脸上还有笑容。车里共有四十多人，被救上来的只有四个人，其中一个是朱自清老师，他口袋里还有在石门洞当场写下的《绿》文稿。这张浸过江水的稿纸被晒干了，文章因墨水被水浸润缺了几个字，很快就风靡全国，进了后世中学课文。只有泰斯的尸体没有找到。当地人传说外国人尸体不会停在七都岛，可能会顺着大海漂回到自己的家乡。

这一个事故记录在 W 州的历史大事记上。全城足足蒙了一个多月的黑纱白花，到处看到在举丧的门户。小孩子的丧事礼节烦琐，因为是短命鬼，必须要配上阴亲，死者家里在埋葬孩子之前得四处寻找和死者相配的另一个异性死者，要找到一个合适的死者比找到一个活的难得多。找到之后还得举行一次阴亲婚礼，这让本来已经悲伤的家庭再加上一层痛苦。在这一系列烦琐的丧事之后，死者家庭由悲伤转为了愤怒。他们聚众把车站停车棚烧了，把主体建筑捣毁扒平，还砸了停在车站里的几台车。官府迫于民众压力，把马本德逮捕起来，关在公署大牢里面。按照中国人的惯例，要一命偿一命，几十条性命怕是把马本德五马分尸也偿不过来。

20

马本德被关到衙门大牢里面。全城的老百姓都在议论这件事情，说番邦是不能在中原中土上行事的，最终会被打入大牢，和古戏里说的一样。W州城人接下来会明白马本德的汽车事故相对于接下来发生的兵灾来说是不足为道的。千百年来，W州这个地方因为没有大路可通，交通不便成了天然屏障，所以W州城几千年来被军事家遗忘，从来没有大规模的战乱兵燹。现在马本德修的公路通了江西，通了福建，乱世中的兵家便注意到了W州这个地方。

要是说起来，接下来发生的兵灾不只是马本德的公路问题，还有柳雨农的原因。柳雨农对于功名的想象力一直还挥之不去，他靠结交吕文起等人跻身W州商界，选上省议会代表，每年定时去省城开会，和省内各地巨商聚头，还远远看见过孙逸仙、黎元洪、冯玉祥等人。近年来他看到省城官场走马灯一样在转，先是朱瑞任浙江都督，屈映光任浙江巡按使。袁世凯病死后，吕公望联手夏超把屈映光赶出了浙江，登上督军的位置。没过多久，北洋皖系杨善德趁吕公望和夏超内讧，挥兵南下，控制了浙江。杨善德三年后病死，由卢永祥接手浙江省长。卢永祥虽然行伍出身，却有一套理政手法。他到浙江后，与地方绅士相接近，赞成当时流行的"裁兵救国""实业救国"主张，制定本省宪章，发展公路和民间实业，保举部下何丰林继任淞沪护军使职务。这样，卢永祥就把浙江和上海两个地区掌握手中。江苏督军齐燮元是直系军阀，见上海地盘落入皖系之手，心有不甘，发兵争夺淞沪地盘，于1924年爆发了"齐卢之战"。齐卢之战结果是两败俱伤，却把驻扎在福建虎视眈眈的孙传芳引到浙江来了。卢永祥派伍文渊的浙江一师去抵挡孙传芳部。伍文渊败退，孙传芳军队由福建经衢州挺进，过仙霞岭到达杭州。浙江又落入孙传芳统治之下。

柳雨农在走马灯式变化的政权中一直任省议会代表。有一天，台上孙传芳委任的临时省长在宣讲，台下面却是暗潮汹涌，议论纷纷。大部分人都不喜欢孙传芳，想浙江人自治。有一个叫王文庆的人走到他身边，把他叫出来到小酒店里喝黄酒，吃片儿川，谈事情。这王文庆是临海人，和 W 州属于近邻。王文庆曾游学日本，毕业于陆军士官学校。游学期间参加反清革命活动，光绪三十二年回国，与秋瑾一起筹划响应皖浙起义。起义失败徐锡麟、秋瑾被杀，王文庆亡命南洋。他后来参加过黄花岗起义，来杭州运动新军加入光复会。武昌起义期间，王文庆为杭州起义主要组织者之一。浙江军政府成立，王文庆曾率敢死队三百人及来自仙居的光复军五百人，驰援吕公望所率浙军。几个月后他突然不知去向，据说是奉命到福建策反侵扰广东边境的浙军。

此时王文庆尚在当局悬赏缉拿名单之中，他戴着黑礼帽，在夜色下行动。他和柳雨农喝了一壶绍兴酒之后，开始了话题。他告诉柳雨农一件秘密的事情，说伍文渊的军队在败退之后，无处立身，正朝着Ｗ州方向移动，准备驻扎在这里。柳雨农大惊失色，一个师的兵员有五六千人，Ｗ州弹丸之地怎么容得下这许多败军？王文庆说乱局中正好是藏着机会，他已经联合了伍文渊，在他的军队抵达Ｗ州城后宣告浙江脱离军阀孙传芳，在Ｗ州城另设独立省政府。浙南地大物丰，毗连江西、福建，海路直通台湾和日本，地理位置绝佳，有足够的地盘和孙传芳对抗。在这里起事，浙江独立大事可成矣。柳雨农起先有点将信将疑，但越听越有意思，便问王文庆为何和他说这事情？王文庆说这件事得有Ｗ州本地人参伙，不能都靠外地人，如柳雨农能在地方上发动支持，则可获得独立根基。王文庆说独立一事单靠伍文渊军队是不够的，还需要策反Ｗ州城防司令钟丘尊。有这两支军队支持，才可成掎角拱卫之势。王永庆说他正设法和钟丘尊取得联系，寻找可靠的中间人做说客，他认为柳雨农是最合适的中间人。独立大事成了，王文庆说柳雨农至少可以当上省议会副议长。柳雨农心里快速盘算了一下，省议会副议长应该相当于副巡按使，按大清的官阶应该在三品以上。这样高的官阶正是自己年少时憧憬的。这样的机会恐怕一生才有一次，他在一阵心跳中答应了下来。

他回到Ｗ州城里，脑子晕乎乎的，心里老是想着"天将降大任于斯人也"这句话。为了平息内心的激情，他前往了江心屿赵构皇帝曾经下榻的地方，这里还保留着高宗皇帝在墙上题写的诗句。他烧了高香，祈求高宗皇帝保佑，既然那时这里差点成了宋都，那么如今当作省会还是可以的。他还去了东瓯王庙求卦。据说秦末年陈胜、吴广起义，群雄蜂起，散居在瓯越间的越王勾践第十三世孙驺摇统率义军投入灭秦的洪流。秦亡之后，驺摇又帮助汉高祖刘邦打败项羽。汉惠帝三年，封驺摇为东瓯国王。驺摇改变了瓯人断发文身、以蛇蛙鱼蛤为食的原始生活，发展农业和手工业，使得瓯江两岸富饶和平。东瓯王庙很破败，只有一个道士在收点打卦钱过日子。柳雨农进了香，连打了三卦都是吉卦。柳雨农心中欢喜，许愿独立事成后会大肆修缮破庙。

柳雨农接下来要去见钟丘莩。

钟丘莩是安徽人，在本地当司令不知有多少年了，反正清朝时他已是这里的总兵。辛亥之后局势翻云覆雨，他的司令官职都没有倒掉。他已上了年纪，很肥胖。因本地有民谣："松台山脚仙人井，妙果寺里猪头钟"，老百姓背后叫他"猪头钟"。城防司令部在县学前华盖山下，占了一大片地。大院里装了很多灯头，用电量大，倒是装了火表的，只是电费按半价算，叫"军用电"。即使是这样，电费总是欠在那边，从来没交。

"哎呀呀，柳大人，今天是什么好风把您给吹来了?"钟丘莩拱手迎接。

"钟司令，您这里是军事要地，我等闲人可不敢贸然造访呢。"

"那看来柳大人今天会有重要事情吩咐，总不会是来讨电费的债吧？我这个穷司令如今断了军费来源，得四处化缘，穷得揭不开锅了。"

"哪里哪里，今天不为此等小事。有要事商量。"柳雨农说。

柳雨农拿出王文庆的亲笔信呈交给了钟丘蕚。钟丘蕚读过信函，沉思不语，良久才说：

"柳大人，这可是一件造反的大事，弄不好会招来杀身之祸，毁灭全城呢。还望三思。"

"钟司令所言极是。我枉为省民意代表，实则不懂军政大事，只是窃以为目前中国群雄纷争，本城难以长期偏安。王文庆告知目前伍文渊的浙军一师已在前往本城途中，人数有五六千之众。王文庆说如本地武装钟司令不合作，两支军队冲突起来，到时恐怕会有兵燹之灾。"

"这个王文庆我是知道的，是个一直在制造事端的人，每一次武装起义都有他的份。他看上了我们这个地方可不是好事情。"钟司令说。

"我今天过来主要是转交王文庆的信函，王文庆本人将会在后天到达本城面见钟司令详谈。本城很快就会大军压境，唯有钟司令可解百姓于倒悬之苦。时间已经不多，还请钟司令早作定夺。"

当钟丘蕚举棋不定时，伍文渊的第一师正在向 W 州移动。这支军队连续吃了败仗，穷途末路，长久没有发饷，和一支乞丐队伍差不多。败军往南边退，发现地图上本来没有路的W州现在有公路了，于是就一直向前进。伍文渊向官兵说，他们要去的地方是一个富庶殷实之地，一个有瑞气祥云的城市。对于一支败兵之师来说，W州城正是可以休养生息之地。七天之后，城内的民众从梦中醒来，只见满大街都是士兵。柳雨农早已做了准备，让城内富商捐钱买了大米生猪犒劳来军，并迎接伍文渊师长入住了自己的绮园公馆。伍文渊骑着一匹白马，带着一群副官在城内巡视一圈，向柳雨农提出要十四万银圆的军饷，限三天交齐，否则无法保证不会发生士兵到城内各处强行索取。柳雨农一听这话顿时傻了眼，本以为浙军一师是革命军，会纪律严明秋毫不犯，怎么会这样狮子开大口要这么多钱？柳雨农想拖延几天，等王文庆过来后再说，但王文庆迟迟不来。这段时间内城内屡屡发生兵痞犯民事情，一群士兵见九山湖边的籀园图书馆房子漂亮，便想要驻扎里面。籀园图书馆是为纪念大学者孙诒让创建的，国内负有盛名。图书馆职员不让入内，士兵叫嚣要派飞机来轰炸图书馆，其实他们连一部汽车都没有。三天眼看要过去，大乱将至，柳雨农只得把城内有钱人召集起来商量，凑足了伍文渊要的军饷。

七天之后，王文庆从上海到W州城。柳雨农急着把伍文渊勒索的事告诉王文庆，王文庆哈哈大笑，说革命就是这样，抛头颅都不怕，还怕撒钱财？一番开导让柳雨农又振作起来。王文庆带来一群骨干分子，个个都身经百战，黄花岗起义、武昌兵变都有他们身影。这一群人和先前到达的伍文渊会合，士气大增。王文庆拜会了钟丘蓉，作了长谈。钟丘蓉一改之前的踌躇，表示坚决响应。方针既定，王永庆召集各方人士讨论脱离直系军阀孙传芳宣告浙江独立的具体事宜。到会的除了起义的军方人员，有W州专署专员蒋保森，永嘉县尹刘邦骥，商会会长费绍冠，各界代表徐方来、王贤瑞、赵家荪、魏炯等几十个人。王文庆号召，为达到"浙人治浙"目的，要推翻孙传芳的傀儡省长，在本地成立独立省政府。王文庆说他已经和浙江各县接洽好了，只要一发动，全省就会响应。会上成立了浙军司令部，推王文庆为独立军总司令，临时省政府主席。王文庆封柳雨农为省议会副议长，外加独立军副总司令，将军军衔。

W州电报全国，宣布浙江独立。州专员公署腾出一半房子，供浙江自治委员会办公之用。王文庆还拜会了英国领事馆，知照本地已经成为浙江省会。英国人没有评论，不介入事件，但暗中已经调来军舰做好准备。独立宣布后，全城放假三天，游行庆祝。柳雨农身兼省议会副会长和副总司令，心里乐开怀。游行时他穿上了一套将军礼服，大盖帽太小，套得头很痛，上衣又太大，肩章都挂了下来。他没骑过马，得由马夫牵着马走。游行一圈后回到了家里，柳雨农都寻思着要把自己的巽园改名"将军府"了。W州城里百姓没有经过兵灾，傻高兴着庆祝了好几天。

为防孙传芳军队南下包围镇压，司令部这边让伍文渊部队开拔到梅岙渡口驻扎，钟丘蓉部队在城内待命支援，水上警备队在港口设防。几天之后，孙传芳属下的郝国玺军队如期而至。郝国玺军队部署在梅岙渡口西岸，开始隔着江用重炮轰击伍文渊军，准备强行渡江。伍文渊这边形势吃紧，呼叫城里的钟司令部队过来支援。钟丘莩属于老奸巨猾之流，所以能一直混江湖。这回他就是脚踏两只船的，起初怕伍文渊军队兵力强大，会吃掉自己，所以才答应起事。但他留了后路，将王文庆在本地策划独立的情况每天都暗中通报给孙传芳。一段时间下来，他发现伍文渊部队军心涣散，装备差劣，怕是不能抵挡孙传芳。果然，他看到伍文渊在败退呼救，知道独立军成不了气候，便选择上孙传芳这条船。他集合所属城防警备队于城内，预备乘伍文渊军队在梅岙渡口前线，城中防务空虚之机会，攻打王文庆浙军司令部，以此向孙传芳邀功。他带着一群手下，连夜捉拿王文庆。王文庆正在睡梦中，翻墙逃跑，跌伤了脚，被活捉关在了城防司令部里。

城内的气氛骤然紧张了，四处是枪声。都说"猪头钟"城防军和伍文渊的浙军一师要火拼了。伍文渊的军队眼看守不住瓯江渡口，正准备退回城里。城中人心惶惶，各界人士推代表去柳雨农家里商讨办法。众人认为假若城防军和伍文渊部冲突起来，全城将遭受灾难，必须劝说双方勿妄动干戈。柳雨农的省议会副议长位置才坐几天，马上被烧到了屁股，如梦初醒，无比羞愧。他此时知道引来王文庆是引狼入室，祸闯大了，只得硬着头皮去收拾。柳雨农和各界代表在枪声四起中到了县学前的城防司令部，钟司令已出动到城头，部署街头堡垒对抗伍文渊军队回城。柳雨农等人花大钱雇了胆大的黄包车车夫，到处去找钟司令，最后在醋务桥头遇到城防军布下的步哨，得知钟司令就在山上的炮台指挥所。经柳雨农和各界代表再三劝说，钟丘尊答应只要对方不主动进攻，可以两不侵犯，坐下来谈判。

时已深夜。伍文渊被郝国玺军队炮火轰得焦头烂额，苦苦见不到城内后备军支援，却听到钟丘尊背叛前约背后插刀，极为愤怒。他立即撤回部分军队，调集了几门大炮，轰击钟丘尊的城防司令部。大炮一响，全城都地动山摇了。柳雨农等人之前是顶着枪声眼下则是冒着炮火找到了气急败坏的伍文渊，要他息怒停火，以全城人民生命财产为重，勿启战端。伍文渊眼见大势已去，此时正好借台阶下台，便提出释放被捉的王文庆等人，支付八万银圆解决几个首脑的离散费用，并给溃兵每人发遣散费五十银圆。条件谈妥后，王文庆、伍文渊、蒋尊簋、周凤岐、叶焕华、刘炳枢坐船逃往上海租界。

次日，伍文渊所部败退下来的士兵，闻讯纷纷聚集在瓯海银行外面，要求发饷遣散。这时城防军司令部属下的外海水上警备队应钟司令调动，由轮船从鳌江载来大批军士在株柏码头登陆。伍文渊溃兵群龙无首，看到轮船载来大批士兵，都很恐惧，慌乱中拥入百里坊一带。城里守防警察无法阻止，纷纷逃避。溃兵沿街烧杀抢劫，闹市区东大街一带遭劫的商店有新凤祥银楼、九如衣庄、锦盛绸缎庄、纶章洋货庄、天生洋货庄、大有丰洋广货店等几十家。部分溃兵从东门街出了西门，抢劫了何裕丰广货店、震源纸店、望春桥药店以及肉铺、米店等十多家。当天东城门终日紧闭，和义、望京二门也关闭了三个多小时。溃兵中有一姓刘的营长，身经百战，在士兵中颇有威望。他见伍文渊已弃军队而走，便成立临时指挥部，把打散的队伍集中起来和城防军对峙，要求给每个士兵发放遣散银两。钟丘萼以为溃兵不堪一击，下令城防军武装镇压。溃兵们此时已无路可退，个个都变得奋勇，城防军挡不住他们的攻势，节节败退，城防军的司令部很快被他们占领。现在轮到他们捉拿钟丘萼，听说钟丘萼躲到江心岛的英国领事馆了，当晚刘营长带队乘船去江心岛搜查。船到了江中央只见一道道探照灯照过来，那是停泊在江中的英国军舰发出的警告信号。刘营长不敢造次，退回到城里。溃兵占领了大半个城市，钟司令的城防军则作鸟兽散。

正当城内溃兵作乱，孙传芳的军队已渡过瓯江，把城市包围得水泄不通。W州城墙始建于汉朝，从来没有遇到过战争，这回倒是用上了。但城墙如今不像过去那么有用，几发德国克虏伯大炮炮弹就能将其轰塌。城内开始传来了一个消息，说围城的军队指挥官郝国玺是当年潘纲宗师长的部下，这人在军阀混战中以冷酷无情出名，攻下一座城就将其夷为平地。此时郝国玺军队已兵临城下，架起大炮对准城内，随时都会开炮进攻。值此危难时机，城内贤达人士想到了潘青禾，她是潘纲宗的女儿，也许还有点办法解救全城于倒悬之中。潘青禾登上城头远望，若在秦汉三国时代，她大概会看见遍地营帐和军旗，眼下她可什么也看不见，围城军都在战壕里面。潘青禾在城头被大风吹得乱眼迷离，心里却浮上马本德的鬼魂。说他是鬼魂不是说他已经死了，他还在牢里。据说在牢里打了几次人，被锁在死囚笼。潘青禾花了很多钱去笼络监狱长，让他们不要加害于他。此时，她想起马本德不是要搭救他，而是要他出来搭救全城的黎民。潘青禾不认识郝国玺，但知道他曾是父亲属下的一个团长。她有了一个主意，对城内贤达人士说，让她见到死牢里的马本德，她才有办法。城里贤达人士赶紧去专署疏通，很快就得到许可。

马本德本属于民事案子，但他性子暴烈，在监狱里打残了几个狱卒，结果只能被铐上了铁链，单独囚禁。潘青禾探监时，见他全身是伤，头发长得像野猪，狱卒准备慢慢折磨他致死。春游学生沉江事故后，潘青禾一身缟素，吃斋念佛，为早逝的学生而悲伤。现在见到马本德被折磨成这样，心里又是一阵难过，责怪自己没有早点来搭救他。

"你知道郝国玺吗?"潘青禾问。

"知道的，是你父亲手下的第一团团长。"马本德说。

"这个人怎么样?"潘青禾问。

"杀人如麻，阎王见他都害怕。你问他干什么?"

"他正在不远地方，带着军队把城市包围得水泄不通。"

"那倒不错，我正活得不耐烦了。郝国玺的拿手好戏是用大炮攻城，把城市夷为平地，我这样死了都不用埋，直接埋在瓦砾堆。"马本德咧开嘴笑了起来。

"休得胡言，平时看你像个凶煞门神，此时倒有心思开玩笑。听着，眼下你得解救全城黎民，这也是解救你自己的机会。你要是把这事办成了，就可以从牢里出来，要不然真要把牢底坐穿。"

潘青禾向他布置了任务，让他出城到围城军队的司令部，带着一封她写的亲笔信交给郝国玺，告诉他城内叛军已经瓦解，外来的几个组织者王文庆、伍文渊等人已经从海路逃往上海。叛军的溃兵残部虽然还占据部分地区，但只要发放给他们遣散银圆放他们生路，就会放下武器。本城民众等着开城门接受郝国玺军队的到来，希望郝国玺不要炮火攻城，和城内的乱军举行谈判，招降遣散他们。

马本德被放了出来。他回车站，把那部从西北开来的梅赛德斯汽车找出来，这部车当年郝国玺是坐过多次的。他还保存着潘师长的车旗，将它插到了车灯上方小旗杆上。城门一打开，他直接把车开向了围城军队，向阻拦他的士兵通报了自己姓名，说要见郝国玺。郝国玺听到了马本德的名字，立即让士兵放马本德过来。他看见了潘师长的汽车和车旗，就带着部下起身敬礼。有了这样一个开头，接下来的事情都顺利了。郝国玺同意和城内溃兵谈判。三天之后，城门打开，郝国玺的军队进入了古城。溃兵每人领到五十银圆遣散费各自散去。郝国玺告示全军官兵，这里是潘师长的故乡，军队在这里不能有扰民行为。郝国玺去任溪乡下祭拜了潘师长衣冠冢，会见了潘青禾。他在本地驻扎了一个月，向地方上征收了十八万两银子军饷，还没有开拔的意思。城内富商苦不堪言，真是请神容易送神难。此时报上登出何应钦指挥的国民革命军东路军自肃清福建周荫人残部后，十四师部队抵达建阳、建瓯，即向浙南方面前进。郝国玺接到上头命令，让他去上饶拒敌，这才决定开拔军队。临行前郝国玺和马本德喝酒，要他跟着军队走，干大事业，别在这个小城里耗着。马本德想了一想，没有答应，他要留在这里。

柳雨农本以为自己当上了三品官一样大的省议会副议长，没想到为全城迎来一场兵灾。从此后有了一首童谣在说他：猴头翻斤斗，给乞丐儿做人家。

21

　　W州城兵灾之后，本地商家被搜刮去大量钱财，像脱去一层皮，整个城市商业着实冷清了。熬了几年，生意开始回暖。又过了些时候，商家们发现生意不只是恢复到原来水平，而是大大超过了。越来越多的商家从全国各地涌进来，港口里泊满了外国轮船，转运货物也越来越多，城市人口在短短几年里翻了一倍。W州城突然繁华得像一座海市蜃楼出现在东海一隅，让全中国都看傻了眼。记者来者佛那时变得很忙，写了很多文章企图解释这个现象。北京、上海、香港等地的大报章也一直有文章谈论W州城之繁华。大部分评论认为张作霖火车被炸之后，中国的局势渐渐明朗。日本人势力加强，英美法国势力削减。海外有预言家更推演出未来中国的局势，日本最终会占领中国内地和沿海港口城市，而W州城由于地理位置偏僻，日本人一时没能力控制，将成为中国重要港口和物资集散地。英国人在《烟台条约》里的远见现在显示了出来，W州城进入了爆发式的繁荣时期。

　　一场牢狱之灾之后，马本德钢丝一样的胡子里开始出现了几根灰白，脸上布起皱纹，人显得沧桑起来。由于城市的繁荣，汽车南站现在有运货的卡车队，有好多条长途客车线路，一个大停车场，还有修理厂，油库，三座工友宿舍（大部分司机、修理工都是外地过来的）。在这些职工住家房屋之中，有一座带围墙的院落，那就是马本德住的地方。屋子不大，也就三个房间，与众不同之处是院子里有个马房，里面养了一匹马数只羊，马本德现在出门经常会骑马，视城市为山野。按照他眼下的身家名分，本可以住上财主大宅。但马本德没有家眷，没有人照料他生活，又不愿意雇仆人保姆，所以还是住在了工友宿舍区。他对财产没什么概念，还像祁连山人一样以几匹马多少只羊计算财富。他把挣到的钱大部分都投到了买汽车买设备上，余下的一部分钱花在和酒肉朋友吃喝上，一部分钱借给了花言巧语有借无还的人，还有一部分则给了和他睡觉的女人。泰斯在世的时候，会给马本德个人生活一些建议和照料。泰斯的死对他打击很大，没有了泰斯他缺了主心骨，之前什么事情都是泰斯拿主意，他出出力气就可以。现在泰斯不在了，他要用脑子。他很不开心，觉得自己脑子快用完了。

关在牢房里时，马本德在黑暗中不能动弹无事可做，平时不愿意动的脑子变得活跃起来。他想的最多是老伙计泰斯，想起当初修公路到梅岙渡口的时候，泰斯嘴里经常会冒出一个词"Brücke"。这个词深深埋入了他心底，如一颗种子一样要发芽长大。他知道泰斯嘴里这个词的意思就是桥。在马本德的意识深处，"桥"就是一条粗粗的缆索，金沙江上有很多这样的桥，缆索上有一个木头做的滑轮，人吊在上面飞快地滑过去。那些大牲口比如牛啊马啊也能用绳子绑好挂在缆索上用滑轮拉过去，滑翔的牲口眼睛瞪得巨大、嘴里喷着白沫、粪屎乱飞、嘶叫声几十里外都能听到。他老家可没有缆索桥，使用的是绳桥。他记得家乡建造一座绳桥是一件大事情。方圆几十里的人都要去寻找一种长在水边的青麻，每家都要打上一捆，然后把麻皮剥出来，在水里浸透再晒干，反复搓揉，最后搓成细绳。十户人家一起把细绳合在一起，绞成中绳。十条中绳再合并绞成了主绳。在修桥的日子，方圆几十里的人把一百条主绳一起由牵引绳拉到河的对岸固定好，在主绳之间编上网格，铺上木板。他跟着泰斯在高原上行走时，还见过几座铁链做的悬索桥，原理和他家乡的绳桥差不多，建造难度更大。但是泰斯说的 Brücke 可不是一条缆索桥，也不是铁索桥。梅吞渡口有一千多米宽，哪里有这么长的缆索？再说这缆索能把人和牲口吊过去，可怎么把汽车吊过去呢？泰斯让他看过一些外国人造的铁桥图片，他从西北开车到南方途中也经过几座大铁桥，就是外国人造的。要是梅吞渡口有那么一座桥，春游的学生和泰斯也就不会淹死了。他想啊想啊，慢慢地，他心里桥的样子从一条缆索变成了一座真正的跨江大桥。

经过多年折腾，马本德和女人的糗事少了很多。牢狱里出来后，马本德想不起有哪个女人可以来陪陪自己。没有女人的日子倒是清静的，他索性连酒也不喝了。在牢房里不是没有女人没有喝酒吗？雪山洞穴里不是有僧人靠着一把酥油一把青稞数月苦修不见人吗？他听说僧人在雪山苦修时，心里面会一直想着佛的形象，佛会成为一团光让修行者很安静。他在没有女人没有喝酒的时候，心里就默默想着梅岙渡口的桥，靠这个念想抵抗着想喝酒的念头。

马本德不再参加城里的社交活动，和车站工友的联系多了起来。车站员工已有三百多人，除了司机、修理工，还有很多辅助的人员，比如售票员、站务人员、仓库保管员、会计文书等等，好多都是外地来的年轻人。这些人成立了工友会，会搞些解闷的活动。这一回，他们在夏日里搞了一次去洞头海岛的游览。有几个年轻人看马本德近来一声不吭的沉闷样子，就试探着邀请他一同参加，没想到他居然同意了。洞头岛上全是渔民，说的是福建话，海水很蓝，有很好看的沙滩。工友们到了海滩上，会游泳的到海水里游泳，不会游泳的在浪花打来的浅滩戏水，还有的在海滩上捡贝壳。马本德不喜欢水，远远坐在海滩高处的树下，看着大伙儿玩水玩沙子。他看到人群里走出来一个人，是阿梅。她穿着一条绸的旗袍，打着一把雨伞，平时都是穿着工装，现在一穿上好看的衣服都认不出来了。她提着一罐水，还有一些瓜果，送到了马本德边上，说了一句：马大人请用。说完了赶紧退去，连头都不敢抬起来看他。马本德以往和阿梅打过交道，觉得她眼神里有些不一样的东西。这天的晚餐很丰富，都是海产，大家吃得很快活。只有马本德一点也不喜欢海产，他看到螃蟹觉得这和沙

250

漠里一种大蜘蛛是一样的，螺蛳不就是地里爬的蜗牛吗？还有那些八爪鱼，简直是一种小妖怪。好在大伙儿给他准备了一只鸡，才没让他饿着肚子睡觉。这个晚上，工友们兴致勃勃要去老街上看福建歌仔戏班，马本德没有兴趣看，就躺在旅店竹做的床上乘凉。他终于感觉到了海岛的一点好处，那就是海风吹来时会很凉爽，吹着吹着就睡着了。他醒来时，看到阿梅站在一边，问他要不要洗澡？旅馆里有个地方可以冲凉的。马本德还睡眼惺忪，身上都是汗油，就点点头，跟她去了走廊尽头一个简易棚子。他进了里面，有一木桶水和木头的舀子，水很冰。阿梅敲了门，说给他送来一桶热水，就放在门边。马本德洗澡的时候，心里明白阿梅是在放出求欢信号。但今晚已经没有机会，上街看歌仔戏的工友们很快回来了，他们上街在鱼肆酒铺喝了烧酒，还在发着酒疯。

阿梅是汽车引擎配件仓库保管员。洞头之行后，马本德有一天进入引擎配件库，看见阿梅独自在一排活塞配件货架前，表情像是一只发情的母豹子望着他。而在她的身边，则是一排精密的金属零件，这些零件组合可以产生巨大动力，带着汽车飞奔。马本德发现这里可以成为他和阿梅密会的地方，对她说晚上下班后他到这里会她。

下班铃声之后，马本德在公事房多待了半个钟头，看人员走尽了，沿着墙根到了引擎配件仓库。轻轻敲门，门开了一条缝，他闪了进来。屋里没有开灯，充满了金属和机油的气味，这个放着很多火花塞之类配件的仓库本来是充满机器的力量，这回却成了一个淫荡的幽会窝巢。阿梅像一只很会做窝的鸟，即使在最荒芜的环境下也会衔来树枝草叶筑出一个暖巢。她带着马本德穿过一排排货架，走到了仓库的最尽头处，这里有一个小小的三角形房间。阿梅在地上铺了三层修理司机座位用的海绵，比中国传统使用了几千年的硬板床先进了很多。这屋子还有一个小窗，面对着后边的河流，有船点着灯笼划过。阿梅准备了热水瓶和清水，在行事之前用温暖的清水清洗了性器，再用暖烘烘的毛巾擦干。这个阿梅脱了衣服全身像羊脂一样白皙，身体像棉花糖一样软，似乎要完全化掉。完事之后，马本德想尽快离开，这里毕竟不能久留。就在这时听到隔壁仓库有灯光和人声，隔着窗子可见人影。马本德和阿梅伏在货架后不敢动弹，怕有人会进入这边的仓库。后来听明白了，是有部汽车在路上抛锚，紧急需要一个变速箱齿轮配件，修理工叫来保管员开仓库拿货。等他们走了，马本德才离开了仓库。

阿梅是边远山区泰顺人，老公和家人都还在山里种地。她独自在城里，平时住在车站女工集体宿舍，但她在郊区郭公山有个小屋子。往后她和马本德的幽会就在这个小屋里了。马本德喜欢这个屋子。这是一间木头小屋，建在山坡上，窗外看得见远处的江流和江对岸的群山。屋子中间有个火塘，阿梅在泰顺山里的老家有用火塘的习惯，她带到了这里。马本德常坐在窗边望着江面出神。阿梅问他为什么老是看着窗外的江面？马本德说出了想建桥的想法。之前他从来没有对人说过这事。一旦说出了，觉得心里舒坦了许多。阿梅是个有心思有决断的女人，要不然也不会从几百个应聘的工人中被招入车站工作。她说出了自己的想法，说自己虽然不懂工程，但是相信马本德是可以建成大桥的。现在公路运输的客货流量那么大，很需要一座桥。她鼓励马本德把这个想法拿出来和社会公众商量，老是闷在肚子里会烂掉的。就是在她的鼓动下，马本德把建桥的想法告知了来者佛。

记者来者佛获知马本德计划后，激动地说自己老家就在梅岙渡口江边，从小就做着一个梦想，要在渡口建一座大桥。他说在孙逸仙的《建国方略》里，就提到了要在瓯江上建一座大桥："W州在浙江省之南，瓯江之口。此港比之宁波，其腹地较广，其周围之地区皆为生产甚富者，如使铁路发展，必管有相当之地方贸易无疑。"来者佛说建这么一座大桥不是W州本地力量所能完成，得有国家级技术和资金投入。之前他觉得这是一个不可能的梦想，现在情况不一样了。北伐战争已经结束，全国出现了建设的新气象。W州城爆发性繁荣，公路运输大量增加，成为中国东南部最繁忙的港口，因此会有人愿意投资参股建造。今后车辆过桥收钱，会有红利。马本德对于是否有利可图没感觉，他为来者佛预言大桥有办法建成而振奋。来者佛为上海《申报》、香港《大公报》写了马本德想建梅岙大桥的文章，收到很多响应。不久后，来者佛对马本德说联系到了一个本地出生的美国康奈尔大学博士桥梁专家。

此人名叫尚赖堂。时下在山东水利局里当一个空头的研究所主任，手下只有三个职员，其中一个是值更守夜人。他在美国康奈尔大学学的是桥梁工程，梦想就是要造江河大桥。当时中国造了几座大桥，比如兰州黄河大桥等，但全是外国人承建的，根本轮不到他。他只能去修修小木桥，或者小河流上的石头桥。他去年设计修了一个小水坝，结果因施工用的水泥质量不好坍塌了，正在受每月扣工资处分。情绪低落时期他回到老家看望父母，却意外遇见了来者佛。得知马本德想在梅岙渡口修桥的事情，他内心一堆暗火顿时熊熊燃烧起来。在余下的探亲假期里，尚赖堂和来者佛、马本德每个晚上聚在一个小酒店里商谈，白天到梅岙渡口察看水文和地形。梅岙渡口是建桥最佳位置，但这里江面突然收窄，水流冲刷量很大，江底下可能全是浮沙，建桥的难度将会很大。尚赖堂初步计算了一下，建造梅岙大桥需要五百万美金的造价，还需要上海和北方的制造厂参与。尚赖堂热情高涨，用探亲时间精心编写了梅岙大桥建造计划书，报给了省政府建设局去审批。报告书上去不久，东北发生"九一八"事变，时局又动荡起来。有预言说中日即将开战。省政府没心思搞建设了，造桥的报告如泥牛入海没有了消息。

　　某个夜晚，马本德在郭公山上阿梅家里喝了她亲自酿造的白酒。自从和阿梅好上了，阿梅让他重新喝点酒。她给他专门做了用糯米酿的白酒，喝了不烧胃，不头痛。他喝过酒离开郭公山，骑着马睡着了，让马带着他回家。到家后见门口有几个人等着他。来的人是金乡卫的，其中一个是夏明跑。金乡人到城里来会把马本德家作为落脚点。马本德家养着马和羊，可以喝到羊奶。夏明跑这一天来可不是为了喝羊奶，而是要马本德马上跟他们坐船出行，族里长老要见他。马本德没有反对，跟着他们走了。

到了江边，夜风很大。有一条俗称河鳗溜儿的小划船停在那里，载着他们靠上江中停着的一条单桅船，从绳梯上爬上去。这船停在江心后的三条江处，这里是传说中江贼打劫的地方。这船不是很大，本来是可以靠到江边码头的，却停在江中让小船来接，显得蹊跷。马本德上船后，船就拔锚开行了。马本德酒醒了一半，看到船上有很多挠钩跳板，甲板上还有几门土炮铳，船舱里枪架上有一排洋枪。他参加过和矾晶山族族斗，对金乡人的武装没有意外，但这条船有那么多武器让他觉得不同寻常。夏明跑让他在船舱里先睡下，时间已是深夜。

马本德睡了一觉，醒来时，看到了海面上全是雾气，海水碧蓝如蓝宝石。原来他睡着时船开到外海了。船正在进入一个他完全陌生的岛群，从一条狭窄的水道缓缓地往岛群深处前行。这里没有人迹，植被繁茂，有几只猴子在树上跳来跳去。穿过了这一段狭窄的水道，地形开阔起来，有几条船停在水边。马本德在这里下了船，看到这里搭建了一座高大的茅草屋，族里几个元老和首事在这里等着他的到来。

金乡卫宗祠在远离陆地几百里的荒岛上召开宗族会议显得异乎寻常，因为这一次的会议将决定宗族今后的命运。事情是这样的：由于修通了公路，矾晶山的人不再依靠紧邻金乡卫的蒲城堡，金乡卫和矾晶山人延续了几百年的血腥械斗渐渐消停了。然而新的问题出现。由于不再族斗，整个金乡卫都失去了动力和活力。过去男人成年要练武备战，天天精神抖擞。现在不族斗了，他们无事可做，整天喝酒惹事，精力无处使，结果内部开始打来打去，秩序大乱。这样的能量过剩让金乡卫动荡不安，最终催生了另一种可怕的产物。一部分最中坚的金乡卫武士（其中就有夏明跑）把他们无处释放的精力转移到了大海，瞒着宗祠组建了一支船队，号称"海上马队"。这支船队不是想打鱼，也不是想运输物品，只是在练习拦截东海上过往的船只。起初这只是像一种游戏，但终于有一天，他们真的拦截了一条运送货物的机帆船，上面载着布匹、香烟、洋纱、洋袜等值钱的东西，偷偷转卖到了福建。宗族里的元老很快知道了这件事，召开宗祠大会处置这件事。大部分人忧心忡忡，以为这是做海匪的事，最终会被杀头，给金乡卫带来恶名和灭顶之灾，要马上终止这种勾当，处罚肇事者。但以族里主祭师为主的一部分人有不一样的看法。主祭师一直在观察各种现象，去揣摩先祖的意志。主祭师说他注意到祖先湖里最近一直在冒着白烟，湖底沉船幽灵在动荡，祖先神显得焦躁不安。最近还发生了一件重要而离奇的事情，宗祠的一段旧夹墙塌出一个洞，显出里面有一个木匣子，里面有一卷祖先留下的书，上面画着湖底那种大船的建造图纸，当年祖先就是坐这些船到金乡卫的。主祭师说祖先托梦给他要金乡卫的人回到大海去，不久将有大事情发生，家园不保，要他们按图纸把船队建造起来。这种船不是用来打鱼的，显然是可以航行到很远很远的地方。但是要造那么庞大的船队，需要巨额的钱财，金乡卫目前可没有这个财力。主祭师说，唯一的办法就是要准许"海上马队"在海上拦截商船，把钱财集中起来修建船队，这样就不是做江贼，是有正当的理由，是祖先的神谕。

主祭师的意见获得一部分元老支持，但有一部分人表示反对。意见不统一期间，"海上马队"像被套住笼头拴在马厩里的烈马，不得奔跑，焦躁不安。这个时候他们在洞头洋外海上散落的上百个无人居住的群岛中的一个荒岛上开辟了一个栖息地，岛内有很隐蔽的港湾可停泊船只。"海上马队"带了越来越多的人移居到新据点，宗族长老们也开始光顾这里。主祭师认为，必须召开一次宗祠特别会议，决定建造祖先船队和"海上马队"行动等重要事宜。主祭师提议必须要让马本德参加会议，金乡卫近几年的变化都是从他穿着羊皮袄被海水冲到沙滩上那一天开始的。他是直接从祖先居住地祁连山过来的人，他和祖先神灵最接近。

到了荒岛上，马本德差不多明白了，金乡人今后想干的是江海上打劫的勾当。他在城里听说过江海上有刀匪出没，城内商家偶有损失。官府对于江海上打劫的土匪治罪是最重的，抓住了几乎全是砍头。如今金乡卫的乡人竟要干这样的买卖！然而在他内心深处，对于海上打劫并没有道德障碍，反而有一种难以抑制的快意产生。这是一种来自生命源头的呼唤，像一头被驯养的狼成了狼狗之后，在原野上听到一声野狼的叫声一样全身战栗。他的祁连山祖先无论在游牧或定居，总是会在荒野上攻击抢掠异族敌人，或者伏击过路的商队。

宗族大会之前三天举行了斋戒和冥想，寻求和祖先的性灵相通。岛上的人不吃食物，不练武，显得很安静。马本德这几天爬到荒岛的高处张望着海洋。入W州之前他没见过海，就是到了现在，他还是怕海，不喜欢大海。此时他眺望大海，心里出现幻觉，海水干涸消退了，远处成了一望无际的草原。也许不是幻觉，而是真相，几百亿年前这一片海就是一个草原。他的家乡在高原，可是在岩石和沙砾中到处都能看到贝壳和鱼的化石，老人说祁连山高原本来就是从大洋升起的。三天的斋戒，马本德饿得头昏眼花，但内心深处只觉得有新鲜的生命之水汩汩涌出，如荒漠中的清泉。他看到了远处跑着野马群，其实那是一队渔船。他还看见了有野骆驼缓缓地在湛蓝的海平面上漫行，有一只狼跟在后面。

马本德一开始是独自在山崖看海。渐渐地，他身边出现了很多金乡人，他们追随着他，静静地眺望着海洋。金乡人的梦境中常常出现了祁连山连绵不断的山脉，山脉是沉入海底的。那是他们与生俱来的集体无意识，是祖先居住的地理状态在生命深处留下的痕迹和回忆。他们梦见过祖先在祁连山追逐过路的商队，抗击入侵的敌人，但他们不再是骑着骏马，而是在蔚蓝的大海上开着战船乘风破浪。在斋戒结束前的一天，马本德看见了一匹巨大的白马在大海上出现。这个物体可不陌生，是他坐过多次的"海晏号"轮船。他记得乘坐它去上海时，被船上宽大的空间和巨大的轮机所震惊。他还想过要是他有一部像"海晏号"轮船那么大的汽车该有多好！可他也犯愁过这么大的汽车得有多宽大的路才能开呢？而现在，"海晏"轮就在他的视线之下。要是他愿意，就可以带着一群人把它包围，登上"海晏"轮，然后把船开到荒岛的沙滩上搁浅，永远抛锚，把船只当成一个大本营，每个岛上人都有一个客房。马本德手搭凉棚看着远处的白轮船，在想象的洗劫过程中心花怒放，直到它的影子消失在海天一色中的水平线上。

斋戒后举行宗族会议。饿了三天之后，又喝下泡过药草的酒，每个人都会进入迷幻，好像祖先的身影就在眼前。族公把三块用羊骨头做的神器交到了马本德手里，让他打了三个卦，卦象暗喻一卦是凶，两卦是吉，证明是祖先准许了请求。祭祀之后，宗祠杀了一头牛，欢宴三天。之后，族里元老派出一条船送马本德回到了 W 州城。金乡卫人只是要让他参加决定这项重要事情，不想让他卷入具体行动。以后夏明跑会定期到城里向他报告情况。

22

车站里的人正为马本德几天来不见踪影而发愁，有流言说他是回河西走廊老家了。他突然又出现在车站，好像什么事情也没发生。

从那之后，W州城里报章上关于海上打劫的消息多了起来。在不到三个月的时间里，就有一条从台湾和一条从上海过来的货船遭到了江海土匪的打劫，被抢走了价值千万法币的棉纱、香烟、钟表等值钱的百货。海上土匪的事成了本地最热门话题，五马街一带的大商人很多都受到损失。城里的商家央告当地的城防司令猪头钟捉拿海匪，捐出了一大笔钱加强之前已经存在的水警队，购置了两条巡逻船在海上戒备。水警队派了一批密探四处寻找海匪在陆地上的落脚点和销赃的路径，到处布下线人。某日，密探获得一线索，称江北岸有一名叫毛向清的人最近暴富，还有出售布匹棉纱。密探带着水警队去抓捕毛向清，结果他从后门跳河逃走，只抓到他的小老婆和小老婆母亲。猪头钟设了一计，准备用毛匪之小妾和妾母当诱饵，在西山塘搞一场假枪毙，引诱毛匪来劫法场。没想到毛匪是铁石心肠，并不来营救。猪头钟下不了台，一气之下真的把毛匪小妾和妾母都枪毙了。

过了不到一个月，报纸上登载号外新闻。水警队长李振江、政训员梁尔恭率部于双十节出发至飞云江外洋面搜剿海匪，击毙著匪王小云后，匪首毛向清及余匪闻风远窜，盘踞于小门山诸岛。水警队即用渔船化装冒险进剿，激战数小时，匪势不支，该股匪企图遁逃，纷纷跳海，淹毙者不知其数，当场生擒匪首毛向清及其余匪十余人，击毙十余人，并夺获机关枪、木壳枪、步枪、手枪等甚多。生擒毛向清之后，各界弹冠相庆。匪首毛向清被游街示众，之后押到了西山塘刑场执行枪毙。自那之后，商家们都松了一口气，这一大股土匪被肃清，小股土匪就不敢猖狂了。接下来的一个月土匪销声匿迹，城防司令吹嘘剿匪成功，平安无事了。

陈阿昌那个早上从桂井巷十号的住家里醒来，照例先点上烟斗，打开当天的《瓯海日报》。上面的一则加框的重要新闻让他脸色阴沉下来：不明刀匪再次出现，上午在平阳炎亭海口登陆，将水警队包围缴械，计被劫去德国造迫击炮四门，轻机枪一挺，步枪百余支和大量弹药。平阳区署以该匪已拥有重武器，非县方队伍可以消灭，已电州专员公署，准予迅派得力部队，莅区进剿，以靖海上平安云。没有人比陈阿昌更关心海上匪患的事了。

他从一开始就知道最近海上打劫案不会是江北岸的毛向清干的。他感觉到这股海匪和本地三条江打劫的小股土匪不一样，是一个有组织的大型匪帮。之前他觉得自己的轮船是半铁壳的机器动力船，速度快，小股江匪难以进攻他的船。现在海匪抢走了炎亭水警队德国造的迫击炮，有了重武器，麻烦越来越大了。这个消息让他忧心忡忡。他航行过全球许多港口，当然领教过海盗的。都说加勒比海盗厉害，其实马六甲海盗也很多。事实上英国、法国、西班牙海军的前身都是海盗。海盗是海军的鼻祖，他们是发现新大陆的无名英雄甚至是建国者，是海洋气象学和测绘学的先驱，海盗是真正的航海家、战术家、炮术和格斗专家。英国女王亲自登船授勋海盗将军：弗朗西斯·德雷克。这一个红胡子海盗最受英国民众喜爱尊敬，英国硬币半便士一直用德雷克的金鹿号船做图案。真正的海盗是有原则的，英国人叫principle。那时他在船上当水手、当茶房并不害怕遇到海盗，因为海盗只要财不要命。但是他不知道本地刀匪的行事方式，最怕他们不懂海盗规矩乱来一气。他预感早晚会遇上这帮海匪拦截，他的船班每隔一天都要开航，随着本地的商业繁荣，坐船的旅客越来越多了。

这一天，陈阿昌在上海静安寺的家里住了一天。子女开始长大，大女儿上了中学，说要学造船，将来进江南造船厂。小女儿却喜欢上唱歌，想当上海电影公司明星。她们的母亲还在老家藤桥养病，医生说她的肺薄得像一层皮纸，还都是气孔。他用过早餐，坐华电公司有轨电车到了十六铺码头，远远看到自己的"海晏号"靠在浮桥上。他非常喜欢自己的这条船，英国利物浦造的，船形线条极为柔和，属于那种永远不会显得老气的船。尽管码头上停泊着许多新造的千吨级大轮，身材都显得比它高大，但它看上去出身高贵，有如一匹纯种阿拉伯骏马拴在草原边。舱口上耸立着一根巨大的柚木帆架，虽然用了蒸汽机动力不再使用风帆，但它依然是船上最引人注目的部件，缺了它就像一个美人失去了鼻梁不可想象。在驾驶舱里外，处处有游艇般的黄铜装备，明净的玻璃闪闪发光，两个船员正在忙着擦拭方向舵盘。

他上船之后，大副给他一份船上的订舱位宾客名单，预订包舱的宾客会留下名字，普通舱和统舱旅客则不会有名字。陈阿昌会认真看过名单，对名单中的贵宾提供特别周到服务。这一天，一个名字赫然在名单上：迟玉莲。陈阿昌看到了这名字心里一沉。他和迟玉莲是熟人，还知道她这一趟去了英国游历，报章上很多新闻报道她在英国受到皇室的礼遇，带着绣工参加博览会表演引起轰动。联想到最近海上不平安，迟玉莲来坐船，他心里掠过一阵不安。他早早就到了上船的舷梯边迎接迟玉莲上船来。

迟玉莲这一趟英伦之行历时四个多月，在海上坐船就花了两个多月，算是见足了世面。多年前她第一次到达马站镇看到有三层砖房子发出惊呼，怎么也想不到自己会漂洋过海到达英伦三岛，进入了温莎王宫参观表演，获皇室接见受勋。她看到自己出品的刺绣挑花台布和那些精美绝伦的皇家瓷器餐具搭配在一起是那么好看。她的绣娘现场表演每天被人围观，无数镁光灯对着拍照片。英国的中国通汉学家写文章称这是千年的殷文化气息在作用，这种美无法用语言表达，是文化的符号密码。她喜欢英国的城堡，更喜欢英国的时尚，在伦敦买了很多服饰。她穿了一套用鲸鱼须做裙撑的套装，上面有纷繁的蕾丝花边。戴了一顶维多利亚式样女帽，一侧缀着很多鲜花，还有面纱可以放下来。此时她上了"海晏"轮，还是这样的打扮。

陈阿昌迎接迟玉莲走上了舷梯，只见她盛装打扮，蒙着面纱，帽上满是鲜花，散发着浓重的法国香水气息。陈阿昌有点吃惊，因为四个多月之前，迟玉莲就是坐他的船去上海开始英国之行的，那时她穿得还像个土婆娘，梳着用撩头柴涂得发亮的簪子，发簪里插着一条长得可怕的钢针，一身素黑的布衫。现在从英国回来，变得花枝招展了。陈阿昌是喜欢英国的，迟玉莲英国的打扮让他怀念起伦敦码头小酒吧的夜生活。而迟玉莲身上挂的那一枚温莎王室颁发的勋章，让他产生了敬畏和感动之心。他把迟玉莲引进头等包舱，之后亲自端着银质托盘送来茶点。他在船上工作的时候，不是船长，是茶房头子，不习惯坐下来，总是站着服侍人。他站在迟玉莲身边，听她讲述英国之行。迟玉莲讲的很多英国事情让他感动，眼睛浮上泪花。他是个伤感的小老头，不管他们两人多么不同，都接受过英国的文明好处，因而改变了各自的生活，这是他们的共同点。

"海晏号"轮船从旅客上船开始，就充满欢乐气氛。从W州出发的航班有时还带着一些离别的伤感，但从上海回来的航班不一样，有更多的愉快之情。那上面有久别家乡的游子，不少是从海外归来的华侨。部分人是第一次来的外地人，他们因为这里的商业大繁荣而来这边淘金，有的将长期落户这里，他们对新的生活兴奋不已。还有外出旅行结婚归来的，有在外跑生意的。他们登船之后，第一件事情是聚集在各层船舷上，看着轮船缓缓离开上海时外滩那一长排摩天大楼的景色，之后就在甲板上看海浪，看海鸥。当他们看够了海，就会在船内看各种新奇的东西，看驾驶舱内戴着大盖帽的船长举着望远镜；看吊在船舷上面的救生艇，船的两侧各有四条这样的救生艇；看机舱里轰隆作响的大机器，在吃水线之下心脏地带像是最底层的地狱，发着红光的锅炉张开血盆大口，吞咽着由四个光着上身大汗淋漓的司炉工一铲铲往里喂无烟煤炭，各种机器管道冒着蒸汽哐哐作响。这些好奇的旅客跑上跑下，到处能找到新奇的事物，连小便池不停有海水冲刷都能让他们看半天。晚饭其实很普通，陈阿昌在沪式饭菜上稍微加点西餐花样，便足以让旅客排队候座，吃了之后终生难忘。晚餐后餐厅搬空了桌子，开始放电影，再烂的电影旅客也看得如痴如狂。从去年开始，深夜有了一个舞会，放留声机的，让那些看了电影还不过瘾的旅客嘁嘁喳喳。船上有一些本地老客会担心最近闹得很凶的刀匪的事情。但是，人在真正灾难到来之前，总会有一种侥幸心理。再说，之前民间都传说海晏轮上有武器大炮，就算有海匪来了他们相信陈阿昌也会打跑，要不然他怎么敢在海上跑船呢？船上最欢乐的要数坐下等舱和通铺的旅客，统舱里的恶浊臭味挡不住欢乐的气氛，他们总是要闹到天亮时才睡下来。

陈阿昌在这一夜里坚持守望着，不敢入睡。由于迟玉莲在船上，他有点心神不宁，怕出事。他船上根本没有枪炮武装，那只是城里人想象的神话。他也曾经想把船武装起来，但是他知道有了武装只会导致海匪更猛烈的打击，会招来杀身之祸。天亮之前海上发了大雾气，什么也看不见，此时已经接近了 W 州的洋面。船长望远镜里突然发现在雾气中有几只小艇挡在航道前，急着拉响了汽笛，驱赶他们离开。汽笛声被浓雾吞了进去，那几只小艇上有了回答，是用机关枪向海晏轮扫射，子弹打在船体的钢板上铛铛作响，有几颗子弹打穿了驾驶舱玻璃。小艇上人用喇叭筒喊话，要船停下来，要不然就要开炮射击。距离越来越近，陈阿昌一看，知道不对头，刀匪的小艇后有大船相随，既然刀匪有机关枪，说不定真有火炮，他们很可能就是抢了炎亭水警队的那一班刀匪。他让船长把船停下来，让刀匪上来，以避免惹怒刀匪船上人员遭杀戮。在刀匪上来之前，他赶紧前往迟玉莲的舱位，告诉了她刀匪即将上船来。他带着她离开头等包舱，往最底层的通铺里去，让她藏在通铺的旅客中间。他知道刀匪是要劫财，通常只抢有钱人，底层通铺的穷人这时候比较安全。

海匪船靠了上来，他们甩上绳钩，攀上了船舷。上来十几个蒙面的人。海匪拿着快枪，盒子炮。一部分刀匪挨个舱位搜刮旅客金钱财物；另一拨搜刮船上的现钱，主要是茶房的钱，卖吃的、卖电影票、卖跳舞票的钱全给拿走了。陈阿昌早有准备，船票的收入钱都留在了岸上，尽量少在船上留现钱。而那些旅客自己带钱的，那他就没办法，只能自求多福了。他希望迟玉莲没有带很多值钱的东西。

迟玉莲这天刚上船时心情很愉快。她在伦敦返回上海坐的是"威尔逊爵士号"海轮，因为她戴着那一枚皇室的勋章，受到了船员和洋人乘客的高度尊敬和友善礼遇。她的感觉还在继续，以为在"海晏号"船上会继续有这样的感觉。然而，她在上船的舷梯上就感觉不对劲，身边的人争先恐后往前挤，好像晚点上去就没了位置，根本不像在"威尔逊爵士号"上人们对她的礼让。她上了船，在甲板上走动了一下，这时应该有很多人前来问候，听她讲温莎堡王室的事情。但是在甲板上居然没有一个人和她说话，那些人根本不认识这枚勋章，只是好奇地盯着看了一眼，再抬头看看她戴着面纱的脸，一脸疑惑，以为见到怪物一样。她受到了冷遇，退回到了舱房里，不再出去了。她对于船上的娱乐毫无兴趣，陈阿昌送到房间的餐食她也觉得味道不对劲。到了夜里，海上起风浪，船摆动很厉害，她开始头痛晕船，做着噩梦，梦中各种奇怪的人在走来走去，有一个人总是跟着她。天亮的时候，总算睡了一下。但就在这时，陈阿昌闯了进来告诉刀匪即将上船，带着她赶紧隐藏到船底层的下等通铺舱位人群中去。

迟玉莲清醒过来，真是刀匪上船了。急忙之中，她只带着一只小包，里面装着她的护照文件和那枚王室勋章。通铺舱里的旅客都还在睡觉，他们睡在地面上，租了一个垫子和毯子，个个包着头还在睡。迟玉莲被浓重恶浊的臭气闷得差点昏过去。客船底层的空气不流通，有特别难闻的船舱气，加上吃到肚子里再吐出来的食物酸气和烧酒的气味。陈阿昌让迟玉莲在地上成排睡着的旅客中挤出一个位置，给她蒙上了一层毯子，自己就上去应付刀匪的危机了。

这里很臭，很阴暗潮湿。这里的旅客对于刀匪上船并不特别害怕，因为他们没有什么财物可失去的。迟玉莲此时明白自己本来就是这一类的普通人，现在还得回到他们中间来。但这个时候，她还是穿着之前的英国套装，戴着那顶鸟巢一样的帽子。帽子慌乱中跑歪了，她还认真地把它戴正了。底舱的旅客得知了刀匪上船的消息，挤成一团，眼睛看着通往上层甲板的铁梯子。她看到四五个刀匪从铁梯上下来，进到底层舱来。他们戴着面具，带头那一个戴的是马的面具。迟玉莲一刹那之间惊讶得目瞪口呆，她马上想到昨夜里连续不断的噩梦中，这个戴马脸面具的人好几次出现过。怎么会有这种事情？兴许是撞到鬼了，她在心里念了几句阿弥陀佛。而奇怪的是，这个马脸在看见她的时候，似乎也愣住了，往后退了一步。迟玉莲到了这一步，也就不再怕了。尽管她戴了英国帽子，那一枚钢针还是藏在头发里，此时钢针不知不觉地到了她手里，好像一只蜜蜂遇到危险时尾针会自动放出。"马脸面具"朝着她走过来，她眼睛平静地盯着马脸。马脸没有被她的视线逼退，而是慢慢走到她跟前，伸出一只手，把她的面纱揭开一半，盯着她看了好久。迟玉莲神经紧绷，如果马脸再接近她，无论是想侵犯她的身体还是要拿走她的贴身皮包，她都准备用钢针刺向对方。然而，"马脸面具"把手松开了，让她的面纱又放下来。他慢慢后退，好像被一种力量束缚住，或者她身上有一层无形的保护罩。"马脸面具"没有伤害她，没有拿走她的财物，甚至放过底层通铺所有旅客，带着其他刀匪顺着铁梯上去了。这个马脸刀匪是谁？她不敢想象，那一定是她内心的一个鬼魂。

"海晏号"被刀匪打劫的消息第二天就传遍了全城，除了报纸上的文章，还有很多口头的传说。马本德看到了消息，明白这一定是他族人所做的事。让他觉得不安的是，迟玉莲怎么刚好乘坐了这班船？好在看到她平安无事。终于有一天，城防司令抓到了一个海匪。上海海事保险局请来的几个高级密探，布下了线人网络。报纸上称这个海匪是夜里驾小船到码头，行迹可疑，被暗探跟踪到了南站一带，看起来是找一个接头人。但贼人发觉被盯梢，便不再坚持原来方向，改走小路想逃脱，最后被追截捕住，搜出身边一支手枪。经过比对，这支枪属被抢的炎亭水警队武器。上海来的密探对他用各种方法审讯包括严刑拷打都无法让他开口招供，甚至无法查清他的身份来历。第二天报上登出了照片，让市民来辨认举报。马本德大吃一惊，原来是夏明跑。马本德知道夏明跑一定是来找自己的，被密探跟上。现在，他该怎么办？要是夏明跑供出了实情，恐怕他就要再次进班房了。他危在旦夕。

这个照片登出来后，还有一个人马上认出了他。那就是迟玉莲。就算这个人磨成了灰，她也能从气味中闻出来。他是夏明跑，脸被严重打伤，眼睛肿得无法张开来。迟玉莲起先是大吃一惊，他怎么会是刀匪？接着她想起来了，那天船上戴着马脸面具的刀匪就是夏明跑。她前一夜就梦到一个戴着马脸面具的人，那是她心灵深处的噩梦境，现在一切都明了了。她所知道的金乡卫人以前不做这个勾当，金乡卫虽然和矾晶山族斗，但从来没有抢掠对方的财物。她不知道这一个变化过程是怎么发生的。她马上就想到，她要是向衙门指认夏明跑身份，说出他是金乡卫人，那么她最担心的是马本德。她从夏明跑被抓到的地点来看，他是前往马本德的家方向。她毫不怀疑这件事情和马本德是有关系的。她想起来，如果把马本德牵连进去，那么这回他必定是要杀头无疑，到时马本德的人头会挂在城门口，成千上万的人前去观看。还有，如果金乡卫人得知是她迟玉莲指认了夏明跑，那么，已经平息下来的族斗，恐怕又要重新开始，而现在，金乡卫人拥有了刀匪船，还有了迫击炮、机关枪，那将是非常可怕的战争。所以，迟玉莲这几天一声不响，关在屋里，看着情势。她内心像有一锅毒药在蒸煮，上下翻腾，各种各样的念头在心里涌现。

那年头，衙门流行一种刑具，叫站笼，《老残游记》里就有关于站笼的很多描写。虽被称为是酷刑具，但悄悄流行到了全国。城防司令严刑拷打罪犯得不到招供，就把他关在站笼里放在衙门道前示众，不给吃喝，在日光下暴晒，本地话叫"晒人干"。这个夜里，迟玉莲已经做出了决定，这是一个时机，一个洗雪她内心深处耻辱的机会。她一直非常忧虑自己是被玷污的人，死后要在地狱里受尽各种酷刑，不得超生。除此之外她还有个动机。她不能等着这人犯供出马本德，她不能失去马本德，尽管她和他今生可能不会再相见。这个夜里，她穿起了一件黑袍子，把头都蒙住了，带着一个水瓶子，前往道前桥。夜里这里没有行人，只有两个看守的卫兵，看见过来一个老婆子，喝令她走开。她走近来，往他们手里各塞了一个银圆，说自己是妙果寺里的尼姑，看着这人犯受毒日暴晒罪过，送一点水给他喝，免得成恶鬼在城里作祟。看守觉得一个老尼姑不会有什么事，又给了银子，就说快去快回。她碎步快走，到了站笼的前面，只觉得笼中人散发出一种快要被太阳晒干的咸鱼气味。月光照亮了笼子里的夏明跑。他脸上满是血痂，嘴唇极度干渴开裂，但是那双肿得无法张开的眼睛在一丝眼皮缝里显示出他看到了有人在接近。迟玉莲把水瓶送到了他嘴边，给他喝水。他无法抬起头来喝水，迟玉莲便用勺子喂他，让他喝够了。之后让他睁开眼睛看看自己是谁。她看到夏明跑肿胀的眼睛努力张开了，出现了一丝光辉，带着微笑点点头，显然，他已经认出了她是谁了。是时候了，她抽出了一把尖刀，用力扎进了他的胸口。这一刀当年她在马站镇上就想扎，用的是头上的钢发针，但没有扎成反而被他奸污，那是她的一个罪孽，一个污渍，为了半袋粮食让他奸污。现在，她终于做到了。这一回她用一把尖刀代替了钢针，深深扎进了他的胸口，她的手开始感觉到了温热的湿润，鲜血浸透了她带着手套的手掌。

271

23

那一年，五马街商业铺面开始出现了大规模的改建。之前这条街上有一半铺面是明清式样，现在所有铺面都改成洋房式，有的干脆是推倒了重建。商业空前繁荣，从外地来的有很多大商家涌入五马街，用成倍的屋租把之前诸如小吃、杂货之类生意挤了出去。千年寂寞的W州城进入了最兴旺的时期，人口猛增了三倍，一半是外地来的客商有钱人，还有不少外国商号代表。从海里到河里转运的行当叫过塘漕运，江边一带出现了大量过塘漕运货仓。和台湾的贸易最红火，那里被日本人占领，日本人顾及不到那里的经济，商品奇缺，都由W州运入。假冒商品开始流行，W州后来的假冒货风气就是从这时开始的。台湾人喜欢内地的黄烟叶，W州人就用大白菜的叶子晒干了和烟叶一起切进去，刚开始的时候加了小部分，后来越加越多，最后把这宗生意毁了。还有一种三接头的时髦尖头皮鞋，看起来黑得发亮卖相十足，但早上穿了黄昏鞋底就裂了，被台湾人称为"晨昏鞋"。当然更多的还是质量上乘的商品在这里输进输出，轻工业、重工业、纺织业、食品业都有大公司在运作。后来，民国政府的军用战略物资也来这里中转储运，包括最珍贵的武器弹药军事装备。

在这年的秋天。梅岙渡口大桥建造计划书获得省政府批准。方式是准予建造者使用桥梁三十年，其间可以对于过路的车辆和行人收费，到期之后桥梁所有权收归为省交通局所有。W州城这个时候已经成为中国东南地带最热门的经济港口，交通运输量快速增长，因此投资建梅岙大桥前景乐观，省内各大钱庄都争先注入资金。尚赖堂很快辞掉了中原小地方建设局科长职务，来到了W州，还带来一批建桥的技术工人。W州历史上最大的工程开始了，梅岙渡口两边建起了一大排的工棚。马本德在梅岙渡口江中打下第一根探测钢桩时，仔细地观察着这一条江。这天天气不好，正下着大雨，江上很阴沉灰暗。江上有大大小小船只驶过，或者停泊着，海鸟在风雨中盘旋着。他作为一个高原人，天性里不喜欢水，想不到会来到一直要和水打交道的南方来。他坐海船到上海吐的全是苦胆水，和迟玉莲坐船到矾晶山时在海里沉船，差点沉入海底喂鱼。就是在眼前这一片水域，他的好兄弟泰斯沉入江底，不见尸首，几十个学生成了淹死鬼。他心里深处有个问题，觉得任何形式的水都是对他不友善的。但是水就是不放过他，拦在他的面前。在接下来的几年时间里，他每天都要和这恶龙般翻滚的混浊江水打交道。

何百涵牛奶听头工厂越来越繁荣，成了本地最有名的民族产业工厂。工厂开在风景优美的飞云江边，雇用大量本地工人，产品销售到了华东华南，还大量卖到了台湾。英国人在商标官司上没有灭掉擒雕牌，后来还是一直在和何百涵过招。最有名的一次是这样一件事情，说是英国人买通福建厦门一个批发商号，向擒雕公司购买了六千箱的炼乳听头，数量相当大。何百涵有点奇怪这个商号为什么一下子进那么多货。他怕有意外，要对方付现钱银洋，福建人都答应了。何百涵虽然还有疑惑，见一大笔现钱到账，也转忧为喜，放了这一批货出去。半年之后，福建那边开始传来消息，说很多市民买了擒雕牌炼乳听头，打开后里面都发臭发黑了。厦门的报纸刊登了这些消息和照片，北京上海的报纸也转登了。这件事很快发酵开来，全国各地有很多商家取消了订货合同。何百涵想起半年前厦门那家公司一下子买了六千箱炼乳，怀疑和这事有关。他花了重金请福建的朋友雇私家密探调查这事内幕，查到这家公司有一部分炼乳听头放在露天堆场。炼乳听头是要室内低温储存的，在福建炎热的阳光暴晒下很快就会变质。他们是故意这样做的，然后把变质的混入正常的炼乳听头中卖出去。律师说私家密探已经取得对方做手脚的证据，可以到法庭打官司以正视听，不但拒绝对方索赔，还要告对方陷害罪，索取名誉损失费。可这回何百涵没像上回商标官司一样针锋相对，却把六千箱炼乳的货款退回给了福建买家，把退回的炼乳装到一条船上在厦门港口待命。之后他带着律师团到了厦门，在江边一个大酒家大办宴席举行新闻发布会，请了全国各地的记者过来。在这次招待会上，何百涵宣布所有货款已经退回给了买家，并宣布不准备公布调查结果。今后凡是客人反映有质量问题，不管是任何原因都全部可以退货。何百涵宣布完毕，立即让装了退货炼乳的货船开到厦门海中，当着众多记者的面让船上水手把所有的炼乳不管好坏全部倾倒在海中。这一新闻很快传遍了全国各地。事情过后，擒雕牌炼乳在市场上更受欢迎，何百涵生产规模越来越大，成为乳品业巨头。

　　然而这段时间他在W州城里最被人津津乐道的却是他的鸽子。何百涵养的鸽群在蓝天上盘旋，成了W州城的标志。城里每有公众集会，都会请何百涵来放鸽群。由于外国人的宣传，鸽子变成了和平的象征，叫和平鸽。民间传说英国人看到压不住何百涵的生意，就用了另一种方法，把最好的鸽子品种给他，让他沉湎于鸽子，玩物丧志。故事虽然有杜撰成分，但何百涵痴迷上鸽子是真的。他有钱，就有办法买到最好的鸽子，而且做乳品听头生意让他产生什么事情都想做到全国第一的心理。他和各地养鸽子的高手大师有了联系，有时派阿信去采购名贵鸽子，更多的时候他亲自到外地去寻找。他喜爱名鸽出了名，有一回一个穿着长袍包着南瓜一样头巾的阿拉伯人穿过大半个中国来贡献两只鸽子，说这是波斯红血鸽，大流士王朝时代从希腊传来的品种。何百涵一见这鸽子觉得这真是神奇的鸟，像红宝石一样的眼睛，翅膀的羽毛多生了一羽。阿拉伯人放了鸽子，鸽子在空中盘旋，越飞越高。阿拉伯人吹了个口哨，只见两只鸽子收起双翼，像鹰隼一样降落下来进了笼子。何百涵还试验了一下，把阿拉伯人用车载到了梅岙渡口，让他放飞鸽子。然后把他拉回了城里。只见阿拉伯人对着空中打了个手势，空中就慢慢出现两个黑点，这回鸽子并不是直接飞回，而是在空中绕了好几个优美的弧线，才飞回到阿拉伯人的鸽子笼里。何百涵花重金买了这对鸽子，还请阿拉伯人住了下来，传授养鸽子的技艺。阿拉伯人在城里住了几个星期，有一天突然就不见了，有人声称看见了他是在清晨的时间坐上一条飞毯飞走的。他留下了几本画着图画的养鸽子的书，上面都是阿拉伯文，当地的人没有人能看得懂。何百涵收养的名鸽在全国的名声越来越大，尤其是收到的波斯红血鸽更像传奇一样在养鸽界传播开来。此时上海鸽会大佬张波芹和各地鸽会成立了全国鸽子联盟，定于当年夏天在新疆乌鲁木齐举行远距离超级国际鸽子放飞比赛。他得知何百涵获得阿拉伯名鸽，就发电报专门邀请他务必参赛。

此时何百涵已经是一个有丰富经验的养鸽人。要参加这样超远距离的大赛得对鸽子做很多训练。张波芹告诉他以往新疆大赛鸽子回巢率只有两成，就是说十只鸽子有八只会死在路上或迷路成为野鸽子。他这段时间把工厂所有事务交给了日本工程师管理，自己和阿信带着鸽子在路上放飞训练，一段一段距离放飞，让鸽子熟悉路程。鸽子在远距离放飞最后一段会选择冲刺，就是不吃不喝不停顿地一下子就飞往自己的母巢。如果这段距离算不准，鸽子最容易死在路上。三个月训练之后，何百涵和阿信带着两只鸽子出发去新疆。何百涵在上海搭上了火车，越往北方，就见到越来越多的东北难民。火车开开停停，经过一片淮河决堤泛滥区时，要下车步行通过。到了兰州之后，没有火车了。早就听说西北行路难，何百涵做好了准备。在兰州何百涵带着张波芹的介绍信找到当地商会一个要人，请他帮助进新疆。这个要人给何百涵安排了一个进新疆的旅行团，里面有好几个外国探险家，之后便是汽车、马车、牛车、驴车倒换着来。有一天夜里鸽子笼差点钻进一只狐狸咬死鸽子，还有一次大风沙，整队人马被风沙埋在下面。人们说当年唐僧取经就是走的这条路，一路上都是妖怪，现在妖怪都在，变成了土匪。经过一个多月的路程，风沙和疲惫把何百涵从一个有钱的富人整得和一个流浪汉差不多的时候，乌鲁木齐终于到了。何百涵步入乌鲁木齐城里如入梦境，这里是一个完全不一样的城市。他去过不少地方，最远去过日本北海道，但是乌鲁木齐完全是不一样的地方。到处是清真寺尖塔，男人很像送他鸽子的阿拉伯人，女孩子头上有一百条辫子。张波芹早已经在这里，他搭起了大帐篷，上百个和何百涵一样的养鸽人在这里，臭烘烘的像个难民所。张波芹收起他的鸽子，给它们戴上编号脚环。比赛规则已经借助了工业革命科学方法，在每只放飞的鸽子脚环上会放上一个密码，当鸽子飞回到了母巢，主人要将脚环上的密码拍电报通知赛鸽组织者，赛鸽裁判组接到电报后通过核对密码就可以确认鸽子已经回到目的地，这样根据飞行时间和距离，就可以评出每只赛鸽的名次。在放飞的那一天，何百涵和所有养鸽人一起把鸽子放飞向蓝天，足足有几千只鸽子，盘旋了几圈后，就消失在天空。

回程的路顺利了许多，因为有了进新疆的经验，加上回去有养鸽人同伴，只花了半个月何百涵就回到了W州。回家之后，他天天看着西北方向的天空，等着两只鸽子回来。两个月过去了，都不见有鸽子的影子。直到有一天，好像有心灵感应一样，他觉得鸽子回来了，上到鸽楼查看，果然看到了两只中的一只站在鸽舍里，缩着一只脚，体形小了一半。他把鸽子握在掌中查看，一只腿上全是血痂，是中了猎枪的铁砂了，它就是这样带伤飞回来的。他把鸽子腿上的脚环打开，里面有张波芹的密码。他立即前往电报局给张波芹发了电报。几天之后收到了张波芹的回电，称这只鸽子获得了第一名。在四千只鸽子中，只有三十五只鸽子飞回到了南方。根据距离和时间，何百涵这只鸽子获得了第一名。还有一只再也没有回来。

这只鸽子伤得很重，无法自己恢复。W州城里没有兽医。唯一和兽医有点类似的只有骟猪的人。何百涵从上海专门请了医生，医生还没到达鸽子就死了，两只鸽子一死一失踪，连种都没留下。何百涵到处寻找那个阿拉伯养鸽人，想再得到几只鸽子，都没有找到。何百涵非常伤感，一直忘不了这两只鸽子。他后来根据阿拉伯人留下的书里鸽子楼花园图画，在瓯江边修建了一座和图画中一模一样的巴比伦花园式鸽子塔楼。塔楼很高，里面有旋转的楼梯，有机关活门。塔顶有一对鸽子的雕像，以纪念那两只阿拉伯信鸽。这塔楼成了江边码头一个地标。在鸽子塔的顶端，他建起了一个奢华精美的房间，四面带窗，可以环视城市。这个屋子是他为了潘青禾而修建的，他最幸福的事情是和潘青禾一起看鸽子在蓝天上飞翔。深究起来，他沉迷于养鸽子的起因是他和潘青禾之间的纠结。他冲不破婚姻牢笼，不敢和潘青禾公开同居，这是他人生中最悲哀的事情。鸽子成了他逃离现状的介质，这是一个不吉祥的征兆，就像后来城里流传的一句话：潘青禾被放了鸽子。

24

W州城繁华时期，各种人生享乐的事情不断出现。这年夏天流行的是包车去莫干山旅游胜地避暑。W州这个地方千好万好，就是夏天十分炎热。现在有了车路，有钱人就可以去千里之外的莫干山，那里的气候凉爽风景如仙境，且有十分好的旅店。去莫干山没有固定大客车班次，只有到车站包专车。报纸上曾经登过一件事情，说本地一对有钱人包了车去莫干山，说好七点开车，可等到九点还没见车到来。车站查清司机是开车到乡下给自己家买菜耽误了时间，就发声明把这个司机开除了，后来这种事情就很少发生。那个时候马本德已经很少去管车站里的日常事务，他主要心思都花在了梅岙渡口的桥梁上。

有一天，汽车南站经理告诉马本德，何百涵包了一部奥斯汀轿车，三天后要去莫干山。马本德一听这事心里马上警觉起来，最近城里有越来越多关于何百涵和潘青禾的桃色传闻，让他疑心何百涵有可能是和潘青禾秘密去莫干山。他心里似乎有一双眼睛，一直在暗中注视着潘青禾。之前他是热衷参加社交，想见到潘青禾。在渡口事故之后，他不再出现在社交场合，只能通过各种各样的渠道去获知潘青禾的消息，一点点消息只要和潘青禾有关系的，他都会觉得心跳。他吩咐车站经理要给何百涵的包车安排最好的司机，给车子做一次保养。在预定的那天早上，马本德早早就到了车站，躲在一个黑暗的角落注视着。他看到了先来的是何百涵，坐着黄包车过来的，钻进了车子。相隔约一刻钟，又一部黄包车过来，出来一个妇人。虽然她低着头马上钻进了汽车，还是能看出是潘青禾。

在黑暗中，他观察着车内潘青禾的一举一动，看到她和何百涵说话，看到司机把她的箱子放到了行李厢里。这个时候他最妒忌的人不是何百涵，而是开车的司机。他最想自己现在什么也不是，就是一个开车的司机，就像给她父亲开车一样，时刻在她的身边，给她提箱子，给她当保镖，听她随意使唤。在他这样想的时候，何百涵的包车开动了，出了车站。马本德开了自己那辆德国车，跟在后面。他知道包车的司机是认得他的车的，会告诉车上乘客他的主人马本德就在后面，这样潘青禾就会知道，可能不高兴，所以他不敢跟得太近。但是有一个想法突然跳出脑际，让他兴奋起来。他一踩油门，加快了速度，很快就超了车，直接开到了渡口。他把车停了，跑到了汽车轮渡上。轮渡船长见大老板来了，便问有什么要紧事亲自上轮渡？马本德说自己要当一回船工，要在拉跳板的位置上。渡轮船长纳闷大老板一定是对渡船工作不满意，亲自来督查，便战战兢兢说有什么不对之处请大老板尽管指出，可不要自己去拉跳板，这不是一件容易的事情。马本德算计着何百涵潘、青禾的车马上要到了，没时间和渡轮长说清楚，就让一个拉跳板的渡工把衣服脱了给他穿上。这渡工衣服有特别之处，防水的，还带着风帽风镜，完全看不出服装里面是什么人，这就是马本德想要的。马本德刚穿好衣服，就看到了过渡的车辆放进来了。汽车渡轮靠了码头，要把很长很大的跳板放下来，跳板两边有两只葫芦齿轮，利用铁链拉动产生扭力把跳板升起放下。左右两边拉跳板的各有两个渡工，马本德跟着另一个渡工使劲拉铁链就可以了。跳板放下后，过渡汽车开始上船。最先上来的是一部大客车，上面坐了四十来人，接着是一部载货的车，然后何百涵的包车擦着马本德肩膀上来了。车子停稳了，车上的人下到甲板。何百涵在风中点燃一根香烟，马本德知道潘青禾就在他的身边，他闻到了她身上的气息，不敢转头看，虽然戴着风镜，还是怕她会认出来的。但是他听到了她在说话："这位船工大哥，你知道这大桥什么时候会造好吗？"马本德知道这话是在问他，她以为船工会知道造桥的事情。他不能回答，一开口就会露馅，所以装作没听见赶紧走开了。船到了对岸，另一边的渡工放下跳板，船上的车一部部都开走了。马本德松了一口气，把衣服脱了还给之前的工人。他的耳边一直在回响着潘青禾的那句话："大桥什么时候会造好？"是啊，她知道这条大桥在造，肯定知道是他在造。这样的想法让他感到幸福满身。在江中，已经可以看到有很多建桥的打桩台架。马本德在这里已干了一整年，这江底像豆腐一样，都是泥沙，探不到坚硬的底部。直到最近的一个月，尚赖堂才找到了一个对付江底泥沙的办法。

从表面上看，前往莫干山避暑的包车都是有钱人销金玩乐找快活。但是这一回，开车的司机很快就感觉到，车上的这一男一女正遇到什么重大的事情，显得很不快活。车上的两位客人都坐在后面座位，司机是个有礼貌的人，把驾驶室的倒映镜子扳高，意思是告诉乘客他不会看车厢里的事情。以往包车后排经常会有亲嘴、拥抱、抚摸的事，司机常听到女乘客被摸到敏感处发出的声音，甚至还有忍不住在上面交欢起来的事情。但这一回，车厢里冷冰冰的，有很长时间两个人都没有说话。他们不是睡着了，两个人都很清醒。潘青禾靠着一侧的车窗，看着车子外面闪过的风景，不由得想起了第一次和何百涵去白云道观踏春的事情，想起了那个花环。不知不觉，这事已经过了十年。这十年他们的人生和世界都发生了很大变化。何百涵成了出名的工厂主，她自己也成了Ｗ州城里有声望的女性。起初她向往像外国戏剧里的娜拉一样，冲破旧婚姻，和何百涵生活到一起。后来明白了何百涵不是那样的人，他在生意方面是那样有胆量，有想法，可是怕老婆方面也一直很出名。潘青禾发现，他不是真的怕老婆，而是怕自己的工厂会因此而衰落。她和何百涵的关系就这样持续了下去。她还是那样强烈地爱着何百涵，在难得相见的日子里，每一次见面都是短暂而宝贵的，她像海底的海葵一样把身体完全打开，如一个吸盘吸附在他身上。那时已有外国的避孕方法传入，他们有时会采用，但经常会疏忽，这么多年都没有出现问题。直到最近一天，她觉得身体内起了变化，月经超过了两个礼拜没有来，乳头肿胀变大。莫非是怀孕了？她想，倒是没有觉得害怕。婚外怀孕对于当时一个女人来说，很多时候就是一个死刑的宣告。有的女人用土办法打胎送了命，古代男人因为女人有奸情杀了她不会有罪，最有名的是宋江杀惜没人说他不好。潘青禾不怕柳雨农会杀了她，他要是有这样的血性倒是好了。她得把这事情告诉何百涵，可何百涵正好去台湾了，两个礼拜后才回来。他和潘青禾相见。

"你会不会记错了经期，有时候推迟一些时日也是有的。"何百涵说，他是三个孩子的父亲，显得这方面经验很足。

"不会的，我从来没有迟过一个礼拜，现在迟了四个礼拜了。"她说。

"那么还有一个可能，你最近有没有和柳雨农同房？"何百涵说，避开了潘青禾的眼睛。

这话在潘青禾心里产生了强烈反应，她预料不到他会问这个问题。她一门心思想着只有何百涵才会让她怀孕，根本想不到柳雨农。何百涵提出这样的问题让她异常愤怒。

"没有，我和他多年没有同房过。"她一口否认，气得满脸通红。

何百涵让她不要担心，他得考虑一下，会做出安排。两个礼拜后，他安排了这一次的莫干山避暑旅行。

莫干山是南方的北戴河，有钱人云集，有很多外国人。潘青禾和何百涵私下好了这么多年，这还是第一次两个人一起去外地旅行，之前在城里相聚都是像尼姑晒尿布见不得阳光。她挽着何百涵的手在山间竹林溪流边散步，看着白云飘过了山峰。她买来很多鲜花，把房间布置得像个花床。她开始喜欢吃酸的，这里有一种白杨梅正对她的胃口。她特别喜欢这里的竹笋。在餐厅里，看着别人成双成对，她和何百涵也是不显眼的一对，这正是她想要的生活。她等待着何百涵对她宣布他的决定，希望何百涵承当起父亲的责任，能公开他们之间的关系。她觉得正确的选择是各自离婚。离婚在当时已经不是一件很离奇的事情，皇帝皇后也离过婚，报纸上经常有夫妇离婚的声明，富贵者平头百姓都有。她和何百涵在黑暗中走了这么久，终于要到水落石出的时候了。但三天之后，潘青禾开始感觉到事情不是像她所希望的那样。何百涵吞吞吐吐，最终还是把想法说了出来。

　　原来在莫干山阴凉的山界，不仅仅都是来度假消夏的人，那些美轮美奂的别墅也不都是旅店。在山阴处有一座维多利亚式的花园建筑，被香气浓得化不开的丁香树丛围住。这是一个私家医院，专门做堕胎手术，医生是从美国来的，用了最新式的负压吸取的技术，据说处理一个子宫里的婴儿只需要一分钟，没有疼痛，接受手术者穿上裤子下到地面就可以自如行动。因此，在众多到莫干山避暑消夏的客人中，有一小部分其实是为了去这个地方。有钱人狂欢享乐留下的后果，在这里可以被无声无息地处理掉。然而就在不远处的山顶上，莫干山普济寺的大和尚总能看到那个山阴处有一团团阴云，有呜咽的声音。这座别墅里每天都要杀死几十个胚胎，而这些胚胎化为鬼魂，聚在山间不散去。老和尚能看到许多婴儿鬼魂附在小雀子身上，在树上叽叽喳喳。溪水里的小鱼和小青蛙身上都有这些小鬼魂寄居在上面。

"这么说来，你带我到莫干山，就是为了这个目的?"潘青禾听完何百涵介绍维多利亚式花园之后，压住怒火问他。

何百涵解释不是一定要这样做，但这是最好的选择。他答应会和她在一起，但不是现在，还需要一点时间。如果他没有离婚潘青禾肚子就大了，舆论压力就会很大，事情不好解决。他说以后他们还可以有孩子的。何百涵这天说了很多道理，想把潘青禾鼓动起来。潘青禾这一边已经心凉了，她的神情从愤怒慢慢平静，凝固，变成石头雕像一样冰冷。她说自己要和医生谈一谈，再做决定。

第二天早上，她跟在何百涵后边到了山阴处的维多利亚式的花园。她的精神很恍惚，她看到从医生房间里出来一个女子，女子也看着她，眼神凄凉，脸色苍白。护士迎接了她，让她在大厅里等候片刻。大厅里摆满了鲜花，环状的墙壁上有巨大的壁画，画了很多长着翅膀的天使。这些天使，就是医生从肚子里掏出来的死婴儿吗? 他们和窦妇桥洞里那些被抛弃的死婴有什么区别? 这些被清除在母亲体内的生命是不是比窦妇桥洞里的死婴更悲惨?

医生是个金发的美国白人，带着助手兼翻译和她说话，态度很和气。医生问她有什么问题要问？

"医生，你说我现在的孩子有多大？"潘青禾问。

"这个要看怀孕的周期有多长。一般在八周之内是一颗花生那么大。"医生指着墙上挂的一幅示意图。那图上有从怀孕开始到分娩前婴儿的发育过程描绘。

"当你们用器具把胚胎刮出来的时候，它会觉得痛吗？会不会有哭声？"

"这一个过程非常短，但只有上帝才能回答你问的问题。"

"菩萨说不要踩死一只蚂蚁，这个孩子比蚂蚁大吧？"

潘青禾还想问个问题，医生已经合上了她的病历，建议她不要做这个手术，因为她的精神状态处于亢奋之中，还在挑战伦理问题，医生不接受她这样的病人。如果那天医生能够温柔地说服她的话，她也许是会接受手术的，因为她对何百涵已经彻底失望，开始憎恨他埋在她肚子里的种子。但现在结局已经出来，当她走出了医生办公室，何百涵以为手术已经完成了，他想过来搀扶她，被她一把推开了。

回到了城里，潘青禾肚子日益增大，何百涵知道这事已经是纸包不住火，只好硬起头皮向老婆说要离婚。何百涵老婆性情乖戾，娘家又是本城最大的钱庄主，怎能咽下这口恶气？民国时期城里推行过新生活运动，何百涵老婆也是新生活运动委员会成员，但是她对这件事情的处理采取了和她祖宗奶奶一样的报复方式。她带着一帮随从前往柳雨农住家的花柳塘巽园，让手下的人用菜刀剁着砧板大声叫骂。这是 W 州城人最高级别最严重的骂人方式，叫作"剁板砧刀"骂法，菜刀有节奏地剁在砧板上发出沉闷声响，就像用打击乐器伴奏着骂者的说唱。她大骂潘青禾是婊子是"头毛"（本地方言，意思是妓女），骂柳雨农是乌龟头，捎带着把花柳塘整条巷子都骂了，但就是没有骂一句真正的肇事者自己的老公何百涵。报社的记者闻讯飞快到场。记者最喜欢这类的闹剧，带了镁光灯照相机拍个不停。当天潘青禾并不在家里，她大部分时间都待在兵营巷自己办公处。可柳雨农正好在家里，何百涵老婆算好了柳雨农在家的时间上门闹事。柳雨农一生没受过这样羞辱，可又对付不了翁来科小女儿这个有名的泼妇。柳雨农清楚潘青禾和何百涵的事，一直是装作看不见，反正他们的婚姻是名存实亡。他之前是念潘师长的旧情善待潘青禾，而且也不想家里闹出丑闻遭人笑话。但现在潘青禾让他实在做不了人了，就决心休了潘青禾，把她赶出家门。何百涵老婆带来的人马一上午在巽园门外叫骂，中午时分老天看不下去，可怜柳雨农了，就下起了一阵大雨。雨水浇得一众挑衅者受不了，悻悻撤到路边的一个风雨亭歇息。

可这一天中午，潘青禾正坐着黄包车从兵营巷居处前往花柳塘巽园。天气渐寒，她想去取一些衣服过冬。她现在很少回巽园，已经做了准备正式离开柳雨农的家，独自生活。她在大雨中到了巽园门口，平时大门都是开着的，今天却紧闭着。她只得下去叫门，看门的大伯为难地说，柳雨农老爷吩咐不让她进门了。正说着，那边风雨亭里歇着的人认出是潘青禾本人回来。何百涵老婆本来并不想直接和潘青禾冲突，可此时杀红了眼，就冲过去大骂大叫，想动手厮打。好在黄包车车夫机灵，见势不妙，就让潘青禾坐上车赶快拉她离开。黄包车在前面跑，后面跟着何百涵老婆一众人大骂，黄包车车夫想甩也甩不开。报社记者跟着拍了好几张照片，第二天登上报纸头条。大雨倾盆。潘青禾明白过来了自己的处境：何百涵老婆来撒泼谩骂，这边柳雨农要把她扫地出门。她一下子气得昏了头，不知道现在去哪里，只是让黄包车车夫快点跑，快点摆脱追在后面的叫骂队伍。黄包车车夫是个上了年纪的人，跑了一阵子实在跑不动了，站着喘气。眼看后面的人就要追上来，潘青禾只好弃车自己往前跑。此时正是在南大街上，两边都是商铺，她在大雨中奔跑，身后追着一群人叫骂。这个时候她心里全是恨，恨何百涵，恨肚子里的孩子，恨不得让冷雨把肚子里的孩子打下来。边上有一头枣红马跑过，马蹄溅起了水花，她看到了马的头，马的大眼睛，马身上的雨珠，马的大肚子。她联想到自己的肚子也会大起来，像这雨中的马肚子一样大。然后她看到马背上坐着一个人，是马本德，一脸威武，像关帝庙里的关公爷，只差了一把青龙偃月刀。他骑马跟在她身边，他没下马，一弯腰，把潘青禾抱了起来，坐到了马身上。然后一夹马镫，马就小跑起来，把后面追着叫骂的人一下子甩了几条大街。

这天马本德把潘青禾送到了她的兵营巷青砖小舍安顿下来，让她放心，一起都会过去的。她从此在这里住了下来，不再回花柳塘巽园。怀孕足月后，她把孩子生下来了。她从圣母玛利亚故事里得到安慰，马槽也可以生孩子的。她和柳雨农办了离婚，和何百涵继续保持不明不白的关系。她选择了单身，何百涵还在许愿要和她结婚，可她不在乎了。不知不觉的，孩子三岁了。她原谅了何百涵，继续和他做伙伴，继续保持性关系，继续看他养鸽子。同时她有自己的事业，有自己的隐私，有自己的社交圈。

W州城民间流传的关于潘青禾被何百涵放了鸽子的传奇，其详情就是这样的。

25

　　这两年来，马本德有很多时间和尚赖堂待在江边的设计处，那是一个木头搭建起来的巨大房子，里面放了很多模型，还有带着水流的模拟沙盘。在马本德的眼里，梅峇渡口的江水实在像一条恶龙，它的肚子里装了很多坏东西，诡计多端，有很多的潜流漩涡，最主要的是它的主航道上见不到江底，一直翻滚着泥沙，住江边的人发誓说梅峇渡口的江水是没有底的。尚赖堂用了一年多时间才探得四十多米深的沉积淤泥下坚硬的江底，但是最长的木桩也无法打到那么深。尚赖堂苦思良久，最终想出用高压水把江底的淤泥冲开来，结合经典的沉箱法、气压法掘泥打桩。尚赖堂将钢筋混凝土做成的箱子口朝下沉入水中罩在江底，再用高压空气挤走箱里的水，工人在箱里冲沙作业，使沉箱与木桩逐步结为一体，然后在沉箱上再筑桥墩。如今两年过去，江面上终于有了两个桥墩的工作台。大的钢铁建构件由北洋建造局、江南制造局预订制造，再由水路运输过来。

　　就在第一个桥墩的木桩打到了江底下坚硬部分不久，北方爆发了卢沟桥事件，中日全面开战。大上海沦陷了，杭州宁波也沦陷了。日军从北到南两面夹攻，很快占下大片中国国土。这一回，日本人的进攻受到中国人的回击，从最初的势如破竹，变得迟缓下来。日本人每进一步都要付出代价，因此对于 W 州这样偏远的地方，显得力不从心，一时不能发兵进攻。由于中国大部分的港口已经被日本人占领控制，W 州城的港口成了中国东南最重要的经济和运输动脉。早先在这里立足的商家现在生意连续翻番，新的商家也不断涌进，外国来的物资都从这里转运，包括大批抗战军需物资。中国抗日军队不管属于南京还是属于延安的都在城里设有运输和采购办事处，新四军采购办事处就设在县前头八号这座屋子里。到此时，人们终于明白了 W 州城这些年会突然繁荣的原因，有眼光的人士预先看到了这个事实：中日终有一战，W 州这个地方会有一段时间在日本人的控制能力之外，所以短期内会商家云集。

由于日军没有到达这里，加上本地的商业战略地位加强，梅岙大桥建设没受影响，反而加快了。到1938年的夏天时，梅岙渡口的桥桩已经到了江心第九座，江岸上铺开了无数的预制件，还有正在等待组装的钢梁。这一天江面上很多渔船，风和日丽，一片好风景。这时候有一阵低沉的轰鸣声从东北方向传来。若是下雨天人们也许会以为是雷鸣声。但太阳高照，没有一丝云彩，桥墩上的工人都抬起头看着东边，觉得奇怪。过了一阵子，声音越来越大，震得江水都起波纹，但还是什么也看不见。但突然之间，从江北岸的山后面，有四架飞机出现了，很低，看得见飞机肚子下面的膏药旗号。人们还没反应过来，飞机就掠过了大桥工地上空，飞高了。桥上的工人以为飞机飞走了，刚松一口气，只见飞机盘了个圈子又飞过来，机关炮嗒嗒对着桥墩扫射，炸弹一连串下来，在江中炸起水柱。桥墩工作面上的人都趴了下来，没有办法回岸上，好几个人被打中了。

而这一切，在江底沉箱里工作的人并不知道。沉箱是一个巨大无比的罩子，里面用压缩空气把水排挤出来，让工人们可以在打下的木桩上面浇筑桥墩。江中央的水底淤泥层特别厚，沉井打得越来很深，此时正在最关键时刻，尚赖堂和马本德每天都要亲自到井下面去查看监督。抽取淤泥的机器声音巨大，淹没了江面上的飞机炸弹声。突然间，抽泥浆的机器停了下来。马本德不知怎么回事，对着上面大骂，回答他的是江面上一阵阵沉闷的炸弹爆炸声响。因为空袭轰炸，电厂停电了，大桥工地也停了电。没有电力升降机就不能工作，沉箱内的人上不去地面。沉箱里的空气是靠上面空压机加压的，一停电，气压就开始降低，里面的人只觉得呼吸慢慢困难起来，耳朵轰鸣，耳鼓像是要破裂。时间一久，沉箱里的人就算不窒息而死，也会因为沉箱病而死。他们在水平面之下，每一个炸弹一炸，就会产生强烈震动压力，沉井壁像是要崩掉一样，好几个地方有江水喷溅进来。关键时刻，桥面上一个工人冒着生命危险，把备用的救急发电机开动起来，才让沉井中有了空气压力，救了马本德、尚赖堂等一众人性命。

日本人飞机除了轰炸梅岙大桥工地外，还轰炸了W州城区内的平民区，这里没有军事目标，就轰炸最热闹的五马街一带。老百姓根本没有想到日本人会来扔炸弹。飞机飞来时还集体抬头手搭凉棚观看，只见天空上出现了一些汤罐（本地埋在灶台中间一种纺锤状的铁罐，利用生灶时的火力给水加热）一样黑黑的东西，还没明白过来，就觉得地动山摇，身边的屋子塌了下来。那天在五马街的七钱金大众电影院里正上演周璇的电影《马路天使》，黑黑的电影院里挤满了观众，都在为剧中人欢笑流泪。突然一下子整个电影院摇晃起来，左面的一半墙塌了下来，漏出了天空。房子没有倒，放映机还在转。观众以为这些都是电影里发生的事情，不肯走，坚持把电影看完。到银幕上终于放出"剧终"两个字，观众才发现下楼的楼梯没有了，电影院半边房子全倒塌了，只有放映厅悬在空中。站在半空中的W州市民看到真实的世界：整个城市都在起火。

　　从这一次的轰炸开始，W州城的人才真正感知到了日本人的存在。那之后，日本人一直对W州有空袭行动。日军没有在地面上派兵攻占W州城，所以W州城是南方少数几个没有沦陷的城市。这里的人们很快适应了拉空袭警报的生活，商业和生活还在继续繁荣下去。

　　陈阿昌的"海晏号"轮还在上海到W州的航线上继续开航着。每一次从朔门港或者十六铺港起航的时候，陈阿昌就觉得这是最后一次航行。从高高的驾驶室看到客运码头还是人潮汹涌的，各种营生都在进行。W州的人和上海经济联系密切，大量的人居住在上海，在日本人占领上海之后停了三个月航班，之后航班又重新恢复了起来。据说是汪精卫政府和重庆沟通的结果。这条船航行在日占区与和平区之间，在很多人眼里她是一条从阴间到阳间来回的魔幻船。

又是杨梅上树时，陈阿昌在上海的家人最喜欢杨梅。他买了两小竹篓的杨梅，上面盖着杨梅叶。杨梅摘下后只能保存三四天，上海的水果铺里是买不到的，只能直接从家乡运过来。他提着杨梅篓上了船，船头有港警检查，掀开竹篓盖子看了看，还吃了一个，说了声好吃，放过了他。上午十点，乘客开始登船。这一边除了有戴着袖标的纠察队检查证件，手续不严格，和上海那边日本人把守的严厉程度不能比。在上海的十六铺码头，有日本军警检查，过检查如过鬼门关，经常有人被扣留，已经上了船的还被带了下去。有的说是共党分子，有的说是重庆特务。航班刚恢复时，旅客少了很多，但过不了多久，坐船的人又多了起来，因为上海和W州是当时中国两个最繁荣的港口。这边很多朋友都劝陈阿昌不要自己开船到上海沦陷区，日本人没准就会找他麻烦。陈阿昌自己也很怕，但是他有家人在那里，得由他去照顾。

不管心里有多么复杂的事，船一鸣汽笛，慢慢退出码头，掉过头朝瓯江口开去的时候，陈阿昌心情会顺畅起来。江面开阔了，黄泥水渐渐变清，过了七都岛、灵昆岛，江边的滩涂有大量的鸥鸟飞翔；过了七里港，海水变清变蓝，岸线退去，到东海了。

进了海洋，航道水深，船放开全速开航，前方天水之际是公海。从这里向北是上海，往东南是去台湾。海水开始变得像宝石一样湛蓝。以往这里有海匪出没，"海晏号"上回就是在这里被打劫的。现在这里有了更可怕的东西，那就是日本人的舰艇在这里游弋巡逻。日军不准非占领区的渔船和商船在海上活动，除了经过他们特别批准的，比如"海晏"轮的航班。日本军舰巡逻艇发现海上有非占领区的商船和渔船，就会把所有的船员赶到小艇上，然后把主船凿洞沉没，或者焚烧掉。"海晏"轮在海上会经常看到浓烟滚滚的船只，还会看到在波涛汹涌的海浪中挣扎的船民，但是不能出手救他们，否则日本人的舰艇会过来找麻烦。

有一天，当"海晏"轮经过玉环外海盐盘山海域时，远远看到有一只样子奇怪的大军舰，上面有运飞机。"海晏"轮距离这条大军舰大约十海里，天气晴朗，只见那大军舰上飞机一批批往天空飞去，声音巨响。"海晏"轮船长说这是日本人的小型航空母舰。当"海晏"轮战战兢兢往前开，开回瓯江口港区时，天上有飞机轰鸣飞过，是从城里方向飞回来的。到了码头，才得知日本人刚刚来扔过炸弹。日本人的陆地机场离这里还太远，所以是派小航母来轰炸的。在后来近一年时间里，"海晏"轮经常会在海上遇见这只可怕的小航母。

八月里的一天，日军飞机轰炸了他住家桂井巷一带的菜市场，邻居死伤很多。巷子深处水井边那棵桂花树被炸断了，这条巷子就是以这棵树和水井命名的。俊福家菜园的粗石墙被炸塌，里面种的瓜菜和水果都暴露在邻居孩子的眼前。但据说还有一颗炸弹落在了粪坑里没有炸响，大人们警告小孩千万不要进入俊福家菜园，那颗臭弹是定时炸弹，随时会炸。开鱼贩行的金池伯伯三开间楼房塌了一半，他一家人躲在蒙着厚棉被的八仙桌下面，保住了性命。陈阿昌自己的房子倒了一面墙，家人躲过一劫，但是对面的搬运阿婆一家没那么幸运，被倒塌的房子压死了。陈阿昌这天回到家里，看到断壁残垣，想起了轮船进入瓯江口时看到那几架低空飞行的日本飞机，心里明白就是它们扔下的炸弹。

陈阿昌在海上航行时，远远看见一条船或者一只船队，就会大致知道他们是做什么的。自从日本人在海上出没，海上各种船只少了很多。但是有几只船，就像是幽灵船，常在海平线出现。陈阿昌知道他们就是抢劫过"海晏"轮的那一班刀匪。上海海事保险局曾经花了很大本钱想剿灭他们，但这班刀匪一直还在海上出没，即使日本人也奈何不了他们。职业的海盗是有规矩的，对定期在某海域航行的船只抢一次。这不是说海盗有好心肠，而是他们知道被抢过了一次的船，下一次就有了准备，没准他们就会失手。这班刀匪懂这条规矩，不对同一条船再次抢劫。因此在后来的航行中，陈阿昌对这几只幽灵船不再害怕。要是很久没有发现他们的踪影，他心里倒是有点不安。

26

W州城挨过日本飞机轰炸之后，出现了几件新鲜事情，一是拉警报之后的灯火管制，二是每家每户都在挖防空洞，空袭一来就往地下跑。但日本人的空袭次数并不多，有时隔几个月才有一次。在没有空袭的夜晚，街上倒是灯火通明的。城里人口一下子多了几倍，大部分是外地来的生意人，他们都要装电灯的，因此用电量大增。耀华电厂现在除了两台五百千瓦的透平牌柴油发电机外，还有一套一千五百千瓦德国造的蒸汽涡轮发电机组。这套机组是战前从上海洋行买进的，是二手货，毛病很多，但价格还算便宜，勉强可以运行。电厂董事会本来决定要在下半年对涡轮发电机组全面大修保养一下，目前机组的状态很不好，不时发出异常的嗡嗡声音。

柳雨农在雪花飘舞的路灯下，坐在黄包车里跑过街市，心里多少还觉得有点过年的喜悦。看看报纸上内地那些战乱城市，逃乱的百姓，能有目前的平安生活就是菩萨保佑了。他到了五马街一间茶肆里面，吃一碗最喜欢的鱼丸面。他看着外面的路灯。那

298

路灯的亮光黄黄的，在轻微地闪动，让他心神不宁。虽然他不懂工业原理，但是知道灯光亮度不稳定表示机器不正常。他吃好了面，正掏钱付账，突然见所有的路灯变得特别亮，刺眼的亮，然后就熄灭了，整个五马街陷入了黑暗。人们正大声叫喊咒骂，只听到了一阵巨大的爆炸声响，地面都感到震动。人群中有人叫喊日本人扔炸弹了！但是柳雨农知道不对，如果日本人扔炸弹城里会响起空袭警报。再说自从安装了德国造的一千五百千瓦机组后，工程师就在屋顶标上了德国国旗标志。日本和德国是同盟国，都说日本人不会炸同盟国的目标。柳雨农知道一定是厂里发生事故，让黄包车车夫赶紧拉他到厂里。黄包车车夫有准备，在车杠上点上了油灯，拉起柳雨农就跑。

一到双莲桥，就能闻到爆炸后的刺鼻气味。现场很乱，救火队刚刚赶到，点起了几盏煤气灯，能看到一号机房炸开了屋顶，是一千五百千瓦的涡轮大机组锅炉爆炸了。一名值班的工人被炸死，躺在地上。被炸伤烫伤的有几个，正被送往医院。涡轮机组一直在带病超负荷运行，工程师抱怨这样下去会出大事，可机器又停不下来检修。这下子，柳雨农最担心的事情终于发生了。

然而就在这几天，耀华电厂接到了省政府的征召令，要征用一台五百千瓦的发电机到临时省会云和去。杭州沦陷之后，民国浙江省政府往南部山区撤退，目前驻扎在云和。云和之前只有一个小水电厂，里面有一台一百千瓦英国水轮发电机，当临时省政府过来之后，电量根本不够用，只好调集本省尚未沦陷的W州的发电设备。涡轮机组爆炸之后，需要半年以上才可修复，目前靠两台五百千瓦的透平机组支撑着。现在要拆走一台，那么全城有一半地方要回到点油灯年代。柳雨农在两台机器之间左右观看，决定不下拆除哪一台到云和，心情就像定不下送哪个女儿到契丹和亲的皇帝一样，只觉得手心手背都是肉。左思右想，他定下了送走红色外壳的那一台，但到最后一刻，又改为送蓝色外壳这部。因为蓝色这台碳精电刷相对好一些。他本来是想把两部之间较弱的送走，但是担心那边维修力量不好，会出事情，最终还是选了状态好一些的。他这不是为省政府考虑，而是为了发电机本身，就像怕送体质弱的女儿到西域身体会吃不消，只好送体质好一些的。

运送机器的任务落到了马本德头上。他车站里的车辆在战争爆发之后给军队征用了一半，剩下的一半经常要完成军政府指派的任务，正常的客运和货运基本都做不了了。而这回运送五百千瓦发电机是军政府的重要任务，事关全省抗日大计，马本德决定这件事还是自己去做。

他还有一部重型美国雪佛兰载重卡车，本来用在梅岙大桥工程上运送大型构件，所以还保存完好。他现在有一半时间在大桥工地，一半时间在车站。他把车开到了双莲桥电厂，让机械人员把机器用三脚铁葫芦吊车吊装到了车的车斗里，押车的军人和随车的技工坐在加帆布篷的车斗里。他把车向梅岙渡口方向开去。由于怕日本人飞机轰炸，开车的时间都在天黑以后。

他到达了梅岙渡口，在这边等着渡轮过来。在夜色中，可以看到江中的大桥一直向前方延长。最近的半年时间，日本飞机一直有来W州城轰炸，很奇怪的是，飞机再也不来炸大桥的工地，只是随意扔几个炸弹在江水中。有时候飞机会飞过来盘旋一下，看看大桥。马本德都能看到飞机上的飞行员的微笑。这让他觉得很奇怪，不知日本人搞什么鬼。这段时间刚好是潮水比较低的季节，工程进度很快，再有几个月，大桥就可以合龙通车了。马本德简直难以想象他真的能把这条大桥造起来。

　　但现在，他还得在这里等着过渡。渡口边拥挤着数量巨大的人力独轮车，江南地区目前主要的运输力量就是这种人力独轮车队，不用汽油，不怕炸弹，最小的路也能走。当年，马本德的汽车就是靠独轮车运来的。等过渡的时候，他有点困，靠在窗玻璃上睡着了。他做了梦，梦境很乱，梦见回到了家乡，梦见自己第一次在进入W州的路上，梦见走错了路，梦见有人敲他的头。他醒了过来，看到了车门玻璃外有一张人脸，像是潘青禾的脸，他以为自己是在做梦，揉揉眼睛，还是潘青禾的脸，隔着玻璃，如隔着梦境，隔着生和死的世界。他摇下了车窗玻璃，车窗外真有一张脸，真是潘青禾。他一辈子没有遇到过奇迹一般的事，这回真的遇上了。潘青禾要到省政府办事，为在永嘉枫林建造军用医院领取批准书。现在没有班车了，她急着要去，只能到梅岙渡口去搭便车。她在渡口转了一圈，没想到看见他在车里睡着了，就敲车窗喊他。马本德下了车，打开了副驾驶车门，把她的旅行箱子扔上去。车子有点高，他扶着她钻进了驾驶室。现在，他和她近在咫尺了，在封闭的驾驶室里，能闻到她身上的气息。

驾驶室很大，巨大的柴油发动机轰鸣着，车内的人必须大声吼叫才能听到对方的声音，无法谈话。开车的时候，驾驶室内不点灯，只有经过有灯光的地方或者对面有来车时马本德才能看到潘青禾，就短暂的一瞥，或对视一眼，他的幸福就流遍全身。后来几次遇对面来车灯光时，他看到潘青禾睡着了，她一定是奔波了很久，现在处身于马本德的保护之下，知道他会带她安全前往目的地，所以就放松地睡着了。马本德在心里唠叨着：师长让我到这里来，没想到走不了了。我这些年一直在建这座大桥。我不是为别人，是为了自己建一座桥，就像老家的人建一条悬索桥建一座佛塔一样。当然还有别的原因，因为泰斯在这里死的，还有春游车上很多孩子死了，让你为难了。现在桥快要建成了，没想到会有战争。有时想想这桥就是为了战争建的，现在交通量那么大，要是这桥早点通车就好了。可早点通车就遇不到你了。我刚来的时候，你还是姑娘家，看看你现在两鬓都有白发了。

过了渡口，到云和的公路大概一百多公里，按照平时的速度三四个小时就可以到达。但马本德开了两个小时多，还没到青田。夜间行车又不开车灯，他得凭感觉慢慢开。路面状况很不好，除了常遇到被炸弹炸出的大弹坑，路面的铺路石头都粉碎了，是被独轮车队碾碎的。这种独轮车轮子是硬木做的，上面包了一个铁箍。古代官道上的车辙印就是独轮车碾出的，从明朝开始，官道禁止独轮车通行。可现在为了抗日，独轮车重新上路，浩浩荡荡成了运输主力军，从重庆到昆明都靠它运送抗战物资。它们不仅碾碎了路面，还如乌龟一样在公路上爬，任凭机动车怎么按喇叭都不让道。马本德跟在独轮车队后面走过了青田镇，看到有几部独轮车靠到了道路一侧，他就踩了油门加快了一点速度，结果剐蹭倒了一辆独轮车。他停车查看，见独轮车翻了，上面是茶油，倒了一地，车夫倒是没伤到。很快独轮车队就像蚂蚁一样集结起来，把马本德的车团团围住。车上押运的连长跳下来，拔出手枪吓唬他们。独轮车队长不买账，说你是驾驶员，我也是驾驶员，我属于11路军运输大队的，职位是上尉独轮车支队长，运的是军用物资。我屁股上也有一支驳壳枪呢（其实只有一个牛皮枪壳，里面没有枪）。相持之下，潘青禾下了车，打了圆场，说大家都是为了抗日，多多包涵，损失的茶油她来赔偿。独轮车队长见潘青禾是官太太模样就买了她的账，让开路放马本德的车前行。

过了这一段，路上有了月色，亮了很多。潘青禾不再睡觉，似乎休息过来了，和马本德说话。

"我当年受你父亲之命，开车来见你。到了金华无路可走，就把汽车拆了，让独轮车把汽车运到了直通这里的缙云江边。当时以为见过了你就可以回西北老家去，没想到就留在这里了。"

"古戏里有很多汉将被困在塞外的故事，王宝钏戏里唱道：我身骑白马走三关，我改换素衣回中原。你的事情正好是反一反，你这出戏真叫作'误入孤城'啊。"

"说来你不会信，我还真会唱几句京剧，我父亲小时候教我的：我本是卧龙岗散淡的人，凭阴阳如反掌保定乾坤。先帝爷下南阳御驾三请，算就了汉家业鼎足三分。官封到武乡侯执掌帅印，东西战南北剿博古通今。"

"唱得好，唱得好！见你机会不多，每一次见你总发现有变化，你不再是当年误打误闯进来的番邦。你都成了W州的英雄了。你要知道，你改变了W州城几千年局面，你还在修建瓯江天堑大桥。城里的商会界有这么一个共同想法，等梅岙大桥修好之后，要在桥头给你修建巨大的雕像呢。"

"自我来到了这里，其实一直想着要回老家去，可总有什么事情发生，让我留了下来。这一回，我想把梅岙大桥建起来后，真要回老家了。可日本人打过来了，这事可麻烦了，也不知接下来会发生什么大事。"

天亮之前，总算到了云和，在战时军队接待站做了登记。马本德和潘青禾各自去完成事情，说好晚上再见，潘青禾要搭他的车回去。云和本是个偏僻的小山城，几乎没有工业，这一下突然成了临时省会，大量的官员要人拥进来，街上到处是穿旗袍的官太太，说话南腔北调的。中国的抗日战略格局已定，中央政府在重庆，省一级的政府都选在能和日寇相持的地方。云和以北前线部署了重兵，抵挡日军。战斗中伤员很多，得分散到安全的后方。潘青禾受命接走一批伤员到W州的枫林战时医院去。

马本德把大卡车开到了上游的紧水滩村附近。云和小水力发电站就在这里，是英国传教士建造的，临时省政府决定在这里安装调集来的发电机组。厂房设在树林里，看起来很隐蔽。简易的车路太软了，轮胎都陷在泥土里。好在很多民工在场，把卡车推到了指定的位置。有几个洋人在那里指手画脚，他们是美国志愿者工程师。其中一个美国人看到了马本德的道奇大卡车，热情地对他说：

　　"伙计，你这部大道奇太棒了。你知道吗？这车就是我家乡底特律造的。我的爸爸就是厂里的装备工，没准这车就是他装备的。"

　　"我有个老朋友，叫泰斯，你认识他吗？"马本德说。

　　"他是哪里人？"

　　"是德国人。"

　　"那我不认识，美国和德国远着呢。"美国人说。

　　"是吗？我还以为德国美国挨在一起的呢。"马本德说。他感觉中所有外国都是挨在一起的。

　　"看你的样子真是个好司机。你知道吗？在美国，大卡车的司机是个好职业，可以挣很多钱的。没准战争结束后，你可以到美国开大卡车，看看美国的乡村和城市。"

　　"等战争结束了，我先要回老家去看看。美国就不去了，要去的话我还是想先去德国呢。"马本德回答。他心里说要是不打仗的话，我手下都有几十个大货车司机，还有过外国人来报名当我车站的司机呢。谁稀罕你美国呢？

马本德在紧水滩发电厂里把机器设备吊装了下来，回到云和城里已是晚上。他到了军政府接待站，想找潘青禾，却没有她的影子。他白天在电厂时心里一直想着晚上和潘青禾一起吃饭说话，还有明天她坐他的车回 W 州。现在找不到她了，觉得很是心慌和沮丧。他在接待站登记处拿到了自己晚上的铺位，是一个大房间里的通铺，屋里摆了十几张床铺。那些床都很短，他的腿要半截搁在床外边。他在床上躺了几分钟，就突然坐了起来，好像被什么咬到了一样。他出了接待站，朝人多热闹的地方去。他得去吃点东西，还饿着肚子呢。云和是个临江的山城，千百年来从来没像现在这样热闹过。他看到远处有一片灯光，还有一阵阵烤肉的香气传过来。于是他就朝那里走过去。这条街是云和最热闹的街市，白天主要是商品交易，晚上则是各种食肆酒楼为主了，除非是响起了空袭警报，这里都是灯火通明的。据说即使是日本飞机飞来了，这里的食客照样还在吃，看着日本飞机把炸弹胡乱投到了江水里面。今天没有飞机警报，街上人多得很。由于来了很多军队，其中不少是北方人，所以街上有很多北方的食摊，散发着牛羊肉的香气。马本德夹在人流中在街上行走，腹中饥饿，眼睛看着路边的一个个店铺。他其实不是在选择自己喜欢的食铺，而是心怀侥幸想找到潘青禾。在经过一个菜馆门口时，他的眼前冒出金星，不是饿晕了，而是看到了潘青禾坐在菜馆的里面。她不是独自一人，是和一个穿制服的军官坐在一起，欢快交谈。他还没看清那个军官的脸，后面的人流就顶着他向前，过了店铺的门。马本德往前继续走，心里觉得被掏空了一样，眼前再冒金星，像被打了一闷棍。他这时想坐下来吃点东西，但街市已到尽头，不再有店铺。于是他折返回来，走进了潘青禾所在的店铺，在距离她最远的门边坐了下来，叫店小二切一大盘肉打两斤酒过来。马本德还没坐定，见店小二又跑了过来，说里面有位贵太太请他移步过去。马本德回头一看，见潘青禾向他招手，让他过去一起坐。他起身过去，潘青禾给他做了介绍，这位军官是龙团长，即将带着国军第8213团前往 W 州驻扎守备。潘青禾说已经拿到了批准书，第二天要带二十个伤员去枫林医院。军政府下令明天白天就带伤员去 W 州，说伤员车只要标上红十字旗号应该不会被轰炸。军政府在运送发电机过来时严格要求在夜里行车，看来他们觉得发电机的安全比一车伤员更重要一些。

"我刚才听潘女士说马先生正在瓯江梅岙渡口修建一座大桥，这可是件了不起的事情。"坐下来后，龙团长说。

"是啊，这活太难了，真的是太难了。"马本德说，他是个不健谈的人，闷着头吃饭菜。

"龙团长，你说这日本人已经占领了杭州、宁波、金华，还会进攻 W 州这边吗?"潘青禾说。

"目前日本军队被中原的战局牵制着。他们的军事活动在浙江这边不活跃。重庆那边有情报显示日军暂时不会进攻浙江南部地区。有很多谣言，说日本人和重庆有背后协定，要让 W 州城的繁荣维持下去。其实不是这样，重庆政府是坚决要保卫 W 州地区的，因为它有特别重要的军事价值。"

"马先生正在主持造梅岙瓯江大桥。民众都盼望这座桥建成，但又担心如果日本人攻打过来占领 W 州，这桥岂不是给日本人建了？省政府倒是很坚决支持造桥，认为守得住 W 州，因此造桥工程一直在进行。"潘青禾说。

"是的，我的军队不仅要保卫 W 州，还要保卫瓯江大桥建设，这是重庆方面给我的命令。"龙团长说。

"日本人好像有鬼，我能感觉到。他们的飞机故意不炸大桥桥墩。他们一定有诡计。"马本德说。

他们吃好了饭，就到了宵禁时间夜间十点，所有店铺要关门。龙团长说可让他们住到军队里比较好一点的地方。马本德不想麻烦别人，执意要回到接待站通铺去。潘青禾也这样说，和他一起回到了接待站，住到女子部的通铺大房间去。

第二天一早，马本德就和潘青禾开车到了医院，医院设在一个大寺院里。这个寺院名气很大，是禅宗的发源地之一，唐代有日本和尚在这里修行，回国后影响了日本文明。寺庙临时医院伤兵越来越多，得不断转移走。这天有三部车子先后到了寺院外面，装走了五十多名伤员。

车子开出了云和城，公路沿着江边的山崖前行。从这里开始，公路基本都是沿江而建，看得见瓯江时而宽广，江水清澈，时而变得狭窄，激流冲出深潭，倒映出碧玉一样的山色。对于这一段公路，马本德真是再熟悉不过了，当年他和泰斯一起带着民工就是一锤子一锤子在坚硬的悬崖峭壁上开出一条通道的。他眼前浮现出泰斯的身影，老伙计，要是你现在还活着那就太好了，好多事情你都可以帮我拿主意呢！不过这个时候他倒是没有时间去怀念老友，因为他身边隔着排挡杆就坐着另一个对他生命很重要的人，其重要性显然高过了泰斯。虽然前天过来时潘青禾就坐了他的车，也是坐在这个位置，但那是在黑夜里，大部分时间他看不见她，只能感受到她。而这会儿是天气晴朗的白天，太阳光直接照到了车厢里，照到了潘青禾脸上和身上。马本德感觉到她是那么美丽，那么高贵。昨夜里睡在接待站的通铺里，潮湿的被子里爬满跳蚤。他想着潘青禾，她就睡在不远处的女通铺里，大概也被跳蚤咬得浑身难受。马本德几乎彻夜不眠想着她，他对她的想念已经超过了情欲。他那年开车到乡下潘宅送师长衣冠回家时和潘青禾有过一次肉体结合，但那只是一次意外。之后他和她完全隔离了，他再也不指望能和她有身体接触，对她的感情升华到了心灵的层面。

这一天的路程对马本德来说显得特别愉快，平时没感觉的风景美丽都显现了出来。一路上有很多军事哨卡，还有不少地方布着树枝伪装网，以备日本飞机空袭时隐蔽用。今天一切是那么明亮，让人不会想到什么危险。从右边一排树木间，他望得见河，河水又清又浅。河里有一片片沙滩和圆石滩，有时河水泛流在圆石子的河床上，晶莹发光。挨近了河岸，他看见有几个很深的水潭，水蓝如天。河上有一座拱形的石桥，那儿也就是大路接连一些小径的起点。他经过农家的石屋，几棵梨树的枝杈贴在屋子的墙上。大路在河谷里盘旋了好久，随后他转了弯，又开始爬山而上。山路峻峭，一会儿上，一会儿下，穿过栗树林，进入平地，终于沿着一个山脊直行。穿过树木间，他望见两道山脉又青又黑，一直到了有积雪的山顶。如说有什么不快的话，那就是到了青田界内的时候，前面再次出现了一支独轮车队，像蚂蚁一样在公路上爬行，不愿让路。马本德一眼认出就是过来路上遇见的那支车队，还看到了那个独轮车队长，当他死命按喇叭时，独轮车队长故意在前面慢慢吞吞。马本德明白过来，这家伙不吃这一套，只能耐心跟在后面，再也不敢按喇叭。等着过了一段狭窄的路面，独轮车队觉得已经给了他教训，才让开了路，让他超了过去。

车子一直到腊口，都很平安。眼看要进入永嘉境内，可马本德有一种不安的预感。小时候听三国故事，常听到曹操到了某一个地方，大笑三声，说这里要是有一支伏兵，我必死无疑，话音刚落，只见打斜刺里杀出一支奇兵。这个程式化的细节经常在故事里出现，以致马本德长大后遇到特别顺利的情况下会疑神疑鬼。果然到了温溪附近，听到天空有飞机声音。日本飞机出现的时候已经很近，显然已经发现了地面目标，直冲过来用机枪扫射，投炸弹，根本没理会什么红十字标志。此时停车已经没有用，车上的伤兵也不能自己离开车子到附近隐蔽。马本德对这一带地形很熟悉，知道前方不远处就有一片树林，车子可以开到里面。敌机一个俯冲后，要绕一个弯，趁着这个空隙，马本德开着车子狂奔。就在进入树林之前，日本飞机绕过来了，正对着车子冲来。马本德只见驾驶室玻璃嗖嗖出现了几个洞，左腿像是被一块石头撞了一下，整条腿就没有感觉了。而此时车子已经进了树林，树林很大，只见很多炸弹落到了周围，树枝被削断。折腾了一阵，敌机失去了目标，把炸弹都扔完才飞走了。

树林里终于恢复了平静。马本德想开动车子，发现自己的右腿一点感觉都没有了。仔细一看，牛皮工作靴子里满满都是血，还在往外冒。潘青禾从副驾驶位置上爬过来查看，知道他伤势很重。车厢里有一个护士和一个军队的医疗官，一起过来把他从高高的驾驶室里抬出来，医疗官给他做了包扎止血，打了一针吗啡止痛，说他的腿骨打断了，无法再开车了。一切都发生在十几分钟时间内。本来都好好的，一下子就陷入了绝境。

"对不起，小姐。我又一次给你搞砸了事情。"马本德懊恼地说。他意思是上次春游包车翻车死了那么多学生，这回送伤员又遇上变故。

"别这么说，不是你的错。你做得很好了。"潘青禾安慰他。

"我无法开车了，这车的水箱也给打穿了，不能动。车上的伤员怎么办？"

"是的，车上的伤员不能长久待在这里，得赶紧送到医院。你别着急，我和医疗官会想办法。我们到公路上拦车，看看能不能得到帮助。"潘青禾说。

"这是个好主意。"

潘青禾和一个护士到了公路上求助，等了一个钟头不见有车过来。眼看太阳西沉，天快黑了。就这时，见公路上出现了一群推独轮车的人，每辆独轮车上都高高地摞着黑木炭。一开始，潘青禾心烦地想要独轮车队快点过去，好让后面有汽车过来。但独轮车车队慢慢悠悠、咋咋呼呼地却在路边停下来，推车的人说要歇口气喝口水，拿出干粮吃起来。看起来他们是见到有女色在路边，故意来凑热闹。有个推车人走过来找潘青禾搭讪，潘青禾认出了就是昨天路上和马本德吵架的那个自称是上尉的独轮车车队长。

"这位贵太太，你怎么独自坐在这里？上午路上还看到你坐在那部汽车上的。"独轮车队长说。

"刚才有一架日本飞机来空袭，把汽车打中了。开车的那位大哥腿给打断了。"潘青禾说。

"啥？有这等事？他人在哪里？汽车在哪里？"

"在路下边的树林里。开车的大哥在被打中前把车开到了树林里，车上有二十多个伤员。要不然全给炸死了。"潘青禾说。

"那我得去看看。我是上尉，这事得管。"

独轮车队长跟着潘青禾到了树林。马本德认得是他，把头别了过去，不知道他来干什么，还来吵架吗？

"老哥，你怎么样了？"独轮车队长说。

"腿断了。汽车的水箱也打坏了。车上还有几十个伤兵呢。"马本德说。

"那可如何是好，我找弟兄们想想有什么办法。"独轮车队长说。

他上去到了公路。一会儿回来了，说有办法了。他们先把木炭卸在树林里，每一辆独轮车可以载一个伤员。他说自己去年在江西一场阻击战中就用独轮车运送过伤员，知道怎么做。他说这里离永嘉枫林乡不到三十里，不用过江，没有山路，三四个钟头就可以走到。潘青禾和医疗官觉得这是目前最好的办法了，就接受了下来。独轮车队长砍了一些树枝，在独轮车上加了几条杠子，用树叶铺在上面当软垫，让伤员半躺在上面，用绳子固定住。然后独轮车就推着他们上路了。马本德想到当年独轮车推着自己的汽车，没想到最后独轮车还会推着自己进 W 州。

"兄弟，将就将就吧。你看，别看你的汽车跑得欢，说不定有时候还是独轮车走得快呢。"独轮车队长这么说。

27

　　当天晚上，独轮车队驮着二十几个伤员到达了枫林乡。伤员一到，野战医院里的医生护士立即开始救治和安置。马本德被带到一个茅草屋里，这里是一个简易的手术室，有医生对马本德伤口进行了初步检查处置。医生的探针插进了马本德的伤口内，寻找里面是否还有子弹。马本德痛得大叫，像杀猪一样。但他想到传说中关公刮骨疗伤一边还下棋，觉得痛得嗷嗷叫是丢脸的事，就忍住了。就在这时，他看到在医生背后的阴影里，站着英国护士窦维新，对着他微笑着。

　　"没想到会在这里又见到了你。"窦维新说。马本德已经结束检查，被送到了一张帆布做的军用病床上，窦维新给他盖上了干净的被子。

　　"我只有生一场大病或者受了伤才能见到你呢。"马本德说，眼睛看着窦维新。

　　"要是这样我宁愿不见你。"窦维新说，"不过我还是想见你的，只是见不到。我经常听到别人说你的事情，报纸上也经常有你的消息。你总是会做出一些让我担心的事情。"

"我都没有你的消息。我还以为你回到英国去了。"马本德说。

"是的，我回过伦敦，待了一年，最后还是想念这里，又回到中国。我在伦敦的家被德国人飞机炸毁了，父母亲也死在轰炸中。现在英国已经和日本宣战，我在这里为抗日的伤兵服务，也就是为英国服务。"窦维新说。

"你看起来瘦了很多，脸色怎么这样苍白?"马本德说。

"是啊，我遇到了麻烦，我的肺出了点问题，常常咳血。"窦维新说。

"我给你杀一只羊，让你喝一点羊血。我家乡那边有人咳血就喝羊血，管用。"

"算了吧，我的异教徒。你不要给我施用巫术。我知道怎么办。现在你先好好休息，我会帮你把腿伤治好的。"窦维新说。

永嘉枫林乡有一条楠溪江流经而过，两岸全是翠竹，除了枫树，还有很多的柿子树、板栗树、柚子树。由于在山坳里面，飞机无法轰炸，还有很多小路通到山里的小村寨。白累德医院和这里的教民关系良好，所以联合潘青禾的瓯海医院一起把军事医院建在这里。马本德负伤的消息由《瓯海日报》发布了出来，他成了抗日英雄。有很多人顺着楠溪江坐船来探望他，其中大部分是女性，有上面写到过的七钱金、阿梅等人，还有没写到过的十几个别的女人。那么多女人来探望不免会有时间重合，他的病床边上一下子站了好几个精心打扮的女性，他就像个非洲的酋长一样，一只脚吊在空中，带着微笑躺在床上逐个接见来探望自己的女人。只有迟玉莲到来的时候是例外。

迟玉莲是坐着一只雕花楼阁的大船来的，上面站了好几个使女，都是她手下的绣花女，那阵仗好比是埃及艳后克利奥帕特拉在尼罗河上的巡游。她戴着一顶有花翎的花式繁复的英国女帽，蒙着一层面纱，胸前还挂了一个英国王室大勋章。她这身打扮源自战前那一次受英国王室邀请的游历。她受邀参观了白金汉宫和温莎堡，有一个她叫不出名字的王室公主接见了她，让她看到王室餐桌上的台布餐巾都是她绣坊的作品，还给她颁发了一个莫妮卡公主的封号。自此之后，迟玉莲就以莫妮卡公主自居，还经常脱口而出"三克油"。今天来看望马本德，她要穿戴起那次进皇室的行头，挂上勋章。这一身打扮马本德从来没有看过，她要好好为他"容"一下。

"我知道你们金乡卫的男人越来越少。他们都到海上去了。"迟玉莲问候过他伤情之后说。

"他们到海上打鱼了。"

"不会吧？听说他们造了几条快船，船一开出来就几个月不回来。回来的时候也不见有鱼抬上来。"

"他们到远海去了，打到的鱼也卖到了远的地方。"

"哦，是这样子啊？他们有没有给你送一条大鱼过来？"迟玉莲说。

"我不吃鱼。"马本德说，他听出迟玉莲话里有话了。

"有件事情很奇怪，这几年洞头外洋的刀匪打劫越来越多，就昨天，又有一艘台湾过来的海船被打劫了，金三溢在上面有几千匹绸布，价值十几万银圆。"

"你和我说这些事干什么？你以为我去当刀匪了？"马本德说。

"不会不会，你是抗日英雄，怎么会做这种事。我只是好几年没见到你，想和你说说一个奇怪事情。我本来是不会想到的，是几年前的一件事情。你总记得'海晏号'轮那年海上被劫的事情吧？那回我刚好在船上。要是你不记得这件事，那总还记得前年有一回城里抓到一个刀匪，后来他在站笼里被人刺死了。"

"这件事是有的，我知道。"

"这人不是在海上打劫的时候被抓住。他是划着一条小艇，在夜里靠到了城外码头，被密探跟踪了。他往城里边走，往南站方向，密探跟在后面，本来想抓住他要去找的城里的人。可惜这个人很警觉，发现了有跟踪，想逃跑，最后被密探开枪打伤了腿，跑不动了，被抓住。"

"这个事情是有的。我听说过。"马本德说。

"是的，报纸上登过这件事情。这个刀匪被抓了之后，一句话都不招认，任凭警探给他上刑，往死里打，就是不开口。警探搞得没办法，查不出这个人来历，就把被抓的刀匪照片到处张贴，要哪个认识刀匪的人出来说出他的身份。就在这个时候，我认出了这个人是谁了。是你们金乡卫的夏明跑。我想你不会认不得他。"

"那你快去警察局领赏吧。"马本德说，心想她什么都知道了。

"不瞒你说，悬赏捉拿刀匪的赏金都是我出的。为了城里的商家安全，我要灭掉海上打劫的刀匪，所以给了警察局一大笔钱做赏金。"

"那你后来怎么样?"

"当我认出他是你们金乡卫的人时，心里突然都明白了。为什么你们金乡卫和矾晶山停止族斗之后，男人都不见了。为什么这些年海上大船被打劫的事越来越多，水警队的机关枪、迫击炮都被抢走，这些事情不是小毛匪能做的，只有你们金乡卫的人才做得出来。本来这事我真要去告诉警察局的，可是我发现了夏明跑被抓的地方离你的住处不远，他从江边过来的路线好像是直奔着找你家的。所以我犹豫了，不知怎么办。密探把刀匪关了几天，见没有人指认，就把他用站笼关在道前府示众，让百姓来指认。"

"你别说了，接下来的事情我知道，说得我心里好难受。"马本德说。

"接下来的事情很简单了。当天夜里，有一个披着黑色袍子的女人过来说是要给站笼的人喝点水，看守同意了。这个黑衣女人给他喝了水，然后是一把尖刀刺进了他的胸口，结果了他的性命。"

"是的，我听说是这样的。"

"现在我告诉你，那个黑衣女人就是我。我怕他会把你说出来，也不想看他在站笼里受罪，早晚他要斩首示众的。"

"你做了一件善事。会有好报的。"

"我把这事告诉了你，知道我的命也在你手里了。你要是告诉金乡卫人我知道这个秘密，他们一定会派人把我暗杀了。"

"我不会告诉任何人，但我不知道怎么报答你。"

"有一件事你做得对的。我们把矿石卖给日本人是做错了，你烧了日本船和蒲城堡没错。"

"那时我不知道日本人会来占领中国，只是祖先和他们有仇。"

"等你伤好了，再到我的绣坊住些时候。记住，不能碰我的绣女，要不然真要把你的东西剪下来。"

"好吧，这个不难的。"

"抱我一下，我想亲亲你。我们和好吧。"迟玉莲说。

"我想日你，只是现在还没有力气。"马本德低声说，他心里热乎乎的。

"我也想要你日，我是你的。"迟玉莲对着他耳朵说。她的心开始颤抖。

28

　　1942年，梅岙大桥最后一个桥墩建成，主桥梁合龙了。这个事实让重庆当局都觉得迷惑，因为梅岙大桥在日军飞机的轰炸范围内，居然在空袭之下工程得以完成。上头指示大桥表面上要伪装成还没完工，迷惑日军飞机。此后大量人员和物资从这条桥上通过，大部分是部队和军用物资。那时中国的滇缅公路已被封锁，只有云南的一条驼峰航线，W州港口及其浙赣浙闽公路对抗日物资输送太重要了。

　　到了1942年夏季，美国飞机从"大黄蜂"航母上起飞轰炸东京，一批飞行员因为油料烧完跳伞到了浙江沿海。日本判断美军会在浙南沿海建设登陆基地，决定执行进攻并占领W州的计划。日军调集了内田70师团及60师团黎冈支队共一万八千余人分海陆两路向W州挥师而来。美国和戴笠合作的情报所破译了日军密码，日军入侵W州背后还有一个重要原因是为了矾晶山的萤石矿。萤石矿是日本人制造飞机外壳一种重要的添加剂，在战争之前，日本人从矾晶山购买了大量的萤石矿，囤积起来，以为足够使用了。日本人没有想到战争会打那么久，珍珠港空袭之后，与美军的海战损失了大量飞机，得不断造新飞机，尤其是制造大量自杀式神风飞机，很快把库存的萤石矿都用完了，所以必须补充萤石矿。而矾晶山尚在日占区之外，重庆政府早就控制了萤石矿资源，不卖给敌对国。因此日本只能采取进攻和占领W州的方案。现在重庆军方明白了日本人没有空袭梅岙大桥工程的原因了，日军早有进攻W州的计划，需要留着这条大桥给自己用。

重庆军方做了正面迎战的准备，调集了李默庵的军团防守浙南。战区指挥官命令要坚壁清野，把城里重要的物资设备运走或者隐藏起来，带不走无法隐藏的就要摧毁。最高指挥部还做出一项重要决定，赶在日军到达之前，要把刚通车一个月的梅岙大桥炸断，现在就要做好炸桥准备。要炸掉大桥不是一件容易的事，指挥部找来马本德和建桥工程师尚赖堂商量。马本德一开始脑子转不过弯，说这么好的一条桥为什么要炸掉呢？国军为什么守不住防线呢？但最后还是明白了过来，这桥非炸不可。尚赖堂在造桥之初日军轰炸时已经预料到有可能大桥要炸断，所以在图纸上五个桥墩最关键承受力量处留了方孔，并计算好需要一千八百公斤炸药填入五个桥墩的方孔内。马本德此时已经养好了腿伤。他没有别的要求，只是要和尚赖堂一起，自己开车运来了炸药，监督技术工人把炸药装填进了洞口，连接上了起爆的电线。这时候爆破技术已经不是点导火索，而是用电路引爆。引爆装置在桥头守军沙包堆成的碉堡里，时间一到，推下电闸就可炸断桥梁。

城里的居民开始逃离家园。W州城居民没有逃离家园的记忆，他们的语言中有一个词："逃乱"，说明历史上是有发生过逃避战乱的，可能在古代春秋之前，也可能在吴越国时期。现在"逃乱"的噩梦变成了真的。要是早几年，百姓对日军的恐惧会很深，因为南京城里被杀了数不清的人。但是到了1942年，由于上海在日本人统治之下还歌舞升平，省城杭州被日军占领时没有激战，死人不多，没有屠城，所以城里人的恐惧感没有特别严重，不少市民只是准备暂时逃离，到乡下的亲戚家里躲一阵子，要是城里没有发生太可怕的事情，就会回到城里来。真要逃离的是有钱有名的人，那些腰缠万贯有实业工厂的人。

柳雨农是当地工商界头面人物。他的电厂在被政府征用一部分机器之后，还是有很多机器设备。除了几个大部件用卡车运送之外，其他的都拆了用独轮车运送。这些东西已经没有地方安置，临时的省会也已经沦陷了，所以他的机器设备都是运到了永嘉乡下的山里面埋了起来。他很坚决，一定要躲起来，不被日本人抓住。他倒是不怕杀，是怕被迫出面入维持会，成了汉奸。他本来是永嘉山底出来的，在乡下还有田产屋宅，退到乡下还不难。只是他花柳塘那么大的院子里面的古玩红木家私等器物难以全带走，一忍心就堆在牡丹园内一把柴火给烧了。城里的清明化工厂、富华染织纺织厂、振业农具厂、光明火柴厂属于抗战重要基础工业，都在军队帮助下往安全地带转移。光明火柴厂厂主李文澜多年前在锅炉爆炸被牛胶烫死之后，他的两个儿子振作精神接过摊子，工厂越做越大，出产的火柴在中国南方非常畅销。光明火柴厂受到临时军政府特别保护，要完整转移到泰顺山区继续生产。潘青禾在火柴厂撤退之前，用了特别的关系从那里获得了四百盒火柴。她求得这批火柴有一个特别的用途。潘青禾有很多的牵挂，瓯海医院一半搬到了永嘉枫林，和白累德医院一起联合治疗伤兵。英国人已成日本敌对国，白累德医院的洋人只得都躲在乡下。瓯海医院还在运行，潘青禾知道有个《日内瓦公约》，说医院会受到保护，但愿这是真的。她最放心不下的是周宅祠巷育婴堂里四百个孤儿。她没有能力带着四百个儿童逃乱，只能让他们留在了城里，给他们备好了一个月的粮食。她很怕日本人会害死孩子们。之前她听过这样一件事情，说这事的人是她几百公里外的金华远房亲戚。说他家在金华一个小巷子里面，门台不大，门关得紧紧的。有个日本兵好奇，爬上了墙头，看到了这个灰黑的外墙里面竟然是一个巨大的院落。有几十个金鱼缸，有假山岩，有一座座盆景。日本兵为了这个事情很生气，觉得中国人太狡猾了，就跳进了院子。他看到了一个七岁的男孩子在院子里玩耍，就把小孩子叫过来，抓住他，院子里有一口带井栏的竖井。日本兵准备把孩子扔到水井里面去。潘青禾表哥本来在屋内躲着，看到日本人要把儿子扔到水井，急中生智跑出来，手里举着一盒火柴，喊着火柴火柴，因为他之前听说过日本兵喜欢火柴。果然日本人拿了他的火柴，放下孩子，打了他一个耳光，就走开了。潘青禾记住了这个一盒火柴救了一个孩子的事情。因此，在她无法带着四百个孩子一起走的时候，就千方百计从光明火柴厂搞到了四百盒火柴。她在日军快要到来之际，把火柴分到了孩子手里。她让孩子们记住，在日本人过来的时候，把手里的火柴交给日军。这是他们救命的盒子。这些孩子年纪小的才几个月，大的有八九岁。没有几个能明白火柴的意义。有一些孩子也许会记住那一个时刻，因为他们喜欢潘青禾，会记住那天她悲伤而无能为力离去的背影。

墨池坊56号迟玉莲的绣坊外面是一座洋房门台，里面是相互勾连的天井，每个院子里有一株南方玉兰树，这树有五个月花期，透出沁人心脾的清香。迟玉莲访问英国时接受了王室一批订单，这批订单纷繁复杂，要数年才能完工。尽管英伦三岛和中国都在战乱之中，王室也失去了联系。迟玉莲还是夜以继日想要完成这一批绣品。三十六个精选的绣女，平时穿着洁白的绣服，身上带着清香，不能和男性有交媾之事。她们每天都吃斋，但是可以吃鸡蛋和牛奶，保持体力又保持身体洁净。在确定了日军会很快攻陷Ｗ州城之后，迟玉莲决定带着所有绣女回到矾晶山里去，她们本来都是从矾晶山各个村庄挑选过来的。迟玉莲知道日本人来了，她们无法安心绣花。她必须到一个和平安静的环境下面去完成这一批英国王室绣品。于是，在Ｗ州城陷落之前，她和三十六名绣女背起包袱，徒步出城。那时已经找不到可以乘坐的舟车。她们从马本德的梅岙大桥上走过，在逃乱人群密集的路上走了三天三夜，回到了神话般高峻的矾晶山里面。

在大批城里人准备弃城出走的时候，何百涵有不一样的打算。他的乳品生意从一开始就和英国人作对和日本人合作，所以凡是和英国人作对的他就会有同盟感，而日本人这个时候已经是英国的敌人。他长期雇用的两个日本工程师对他影响非常大，日本工程师严格工厂管理纪律，严格把关质量，严格控制成本。工人恨他们，想要赶走他们，可他们就是不走。事实上在日本人占领上海之后，何百涵还经常前往上海。因日本工程师的安排，何百涵在上海受到了善待。日本人没有为难他，让他继续销售牛奶听头，兑现资金往来，因此他对于日本人即将来到W州心理上没有恐惧。当省政府有关撤退和搬迁转移工厂命令下达后，他也考虑过去执行。但是他无法想象把自己那么大工厂搬走，那么高的冷却塔怎么搬走？搬到哪里？那些荷兰的奶牛怎么办？他爱那些花奶牛，每一头都叫得出名字，工厂搬走了奶牛就要饿死了。他的炼乳基本控制了国内销售市场，无数个儿童靠他的炼乳长大，没有他的炼乳就要吃别的品牌了，有可能还要吃他的对手英国人的雕牌牛奶。而让他牵肠挂肚的还是他的鸽子群。经过十年的训养筛选，他养了几十只名贵的信鸽和一大群的观赏鸽，每天会在城市的上空盘旋。他要是走了信鸽怎么办？会不会给人抓住炖汤吃了？

　　但有一个事情他是明白的。他如果留在这里日本占领军是要找他的，要他出面做维持会的招牌。那样的话，他就会成为汪精卫一样的角色。他向日本工程师征询了意见。日本工程师提出一个办法，就是他可以隐居在一个地方，日军会保护他的安全，他还可以继续控制工厂。对外面的人来说，他已经逃离占领区。何百涵思考良久，接受了这个方案。在日军到来之前，他到飞云江背后的大山里隐居了起来。他用最好的信鸽和日本工程师保持联系。

29

一切和推演的一样，日本军队从海路和陆地向W州发动了全面进攻。李默庵军队在陆地上进行了阻截，城外莲花山一带有过几次激战。《瓯海日报》一直在报道龙团长的部队和日军殊死战斗，伤亡很重。在做出激烈抵抗的姿态之后，中国军队就撤退了，从梅岙大桥上通过。当最后一个士兵走过去之后，守在江岸碉堡内的炸桥小组接到了命令：准备炸桥！马本德和尚赖堂都在炸桥掩体里面，面对着起爆装置。

那是黎明之前，天还是黑的，大桥在冰冷的启明星衬托下显得那么清晰。这个时候马本德想起老伙计德国人泰斯，觉得他就在附近。"瞧，老伙计，我花了十年时间总算把桥建成的，当初都是因为你的主意我才想造这个桥，现在我又要把它给炸断了。"他想着，心里一直控制不住自己的幻觉，眼前这大桥是金沙江上的一条溜索。天空出现了一点曙光，远处的炮声隆隆，还能看见炮弹爆炸的闪光，日军正在临近。

之前在云和见过面的龙团长开着吉普带着司令官的命令过

来，撤退已经完毕，现在马上炸桥。龙团长很有礼貌，让梅岙桥梁设计师尚赖堂和马本德按下起爆装置。尚赖堂在按下电闸之前，含泪高喊：抗战必胜，此桥必复。他和马本德一起用力按下闸门，只见大桥的五个桥墩同时发出一道电光，随后才有爆炸声音传过来。桥墩塌了下来，升起一股浓烟。"老伙计，你看，这么容易，一炸就断了！"马本德心里对泰斯说。他擦了擦眼睛，江中大桥断成好几截，钢梁掉落在江水中。

马本德这个时候心里全空了，整个人都空空荡荡。他不知道自己接下来要做什么。他的汽车都被军队征用了，车站散了，大桥也炸了，唯一还在的是那辆当年他抬着进来的吉普车。他还发现自己身边没有几个钱了，只有几十个银圆。现在他只有再回到永嘉枫林的伤兵医院去，潘青禾和窦维新都在那里。他可以用这辆车给她们干点活。在那里她们会看顾他的生活。

潘青禾是医院的主管人，整天非常忙碌，马本德难得见到她，也插不上手帮她。他只有机会帮窦维新做点事情。他做得最多的是帮助她在溪水里漂洗被单和病员衣服。楠溪江发源于几百里外的括苍山深处，流经枫林这一段突然拐了一个弯，溪水变得湍急宽广，水流变浅。在溪水中央有一个小岛屿，上面长着几棵形状古怪的松树。激流冲到岩石上激起了一阵阵白色水花。这里的溪水绿得和翡翠一样，开阔的溪床上布满了白色的巨大圆形石头。马本德跟在窦维新后面，背着一大堆要洗的衣物，他总是不愿意学习使用本地人的扁担，而是用西北人的背负方法。这里的水清流急，洗衣物变得简单。只要把衣物泡在水里，压上一块石头，让它在水流中冲上一个钟头，就会变得干干净净。但有时水流会把衣物冲走，窦维新交给马本德的任务是让他守在一百米以外的浅滩处，有衣物被水冲过来时让他捡起来。马本德就会像一只鹳鸟一样等在水中，眼睛紧盯住水流，看到有衣物漂来就拦截住。这些衣物有时里面会钻进一条鱼，鱼在挣扎中把衣物从石头的压制下脱离开来。马本德捡起这些衣物时经常还有鱼裹在里面。他不吃鱼，就把鱼放回到了溪水里，窦维新很喜欢看他这样做。就算衣物洗好了，也不需要放在晒衣架上晾晒，只需平铺在溪床上石头上，石头上已经吸取了太阳的热气，加上阳光和清风，很快就能把衣物晒干。

把衣物晒干了，马本德会用一条大被单把衣物包裹起来成一个大包袱，背着回去。窦维新在前面走着，她没有拿东西，她的身体变得虚弱，没有力气。马本德看着她体力一天比一天不好，很是担忧。他总是觉得她是给人家治病的，自己的病应该会治好。他背着包袱跟着窦维新到了放被服的那间草房子。现在窦维新要给被服熨烫折叠。

马本德给她当下手。在一大块木板上把被单铺开来。在旁边是一个柴炉子，上面烧着一个英国造的白铜蒸汽锅，熨斗得放在蒸汽上加热。马本德在一边咕哝着：

"你这是何苦呢，已经洗干净的衣服被单要花这么多力气烫平。难道平整的衣服就比皱巴巴的衣服穿起来舒服吗？你把衣服烫平了，他们一穿上马上给你弄皱了。难道要我去盯着他们，看到他们把衣服弄皱了，就打他一棍子?"

"异教徒，你这话有意思。这就是我们英国人和本地人的区别。英国有很多的人会把每天读的报纸先用熨斗熨平，再开始阅读。很多人在洗涤衣物后加过浆剂，熨烫之后衣物会笔挺。我这样的熨烫是最简单的。"

"这个我知道，我第一次看到外国人裤管上面有一道笔挺的直边，以为他们的腿是僵直的，像是筷子，跑不快的。"

"英国很多事情和这里不一样。我们那边人死了办葬礼，来送葬的人都要穿起最好的衣服，梳理好头发，刮掉胡子，还要给死者送上鲜花，唱诗班唱起动人的歌曲。你们这里的人不一样的，要穿上最难看的麻布衣服，戴上最难看的草冠，要发出最让人难受的哭声，那些吹奏的乐器也是最难听的。我不喜欢死的时候别人这样对待我。你还记得你得霍乱时在城里医院时，有一天在河边树林边看到一群墓碑的事吗?"

"是，我记得的，好像就在不久前一样，其实已经过去了很多年。"

"你还记得真好。那时我和你说过，我有可能以后也会埋在那里。现在看来不可能了，我们一时回不去。我可能要埋在枫林乡这里。起初我有点难过，还想着方浪莎姐姐一家的墓地，想和他们做伴。但我现在觉得要是能埋在枫林乡也许更好，这一边的风景很好，很安静。"

"瞧你说了什么。在我老家要是有人这样说话，是要打嘴巴的。你不会死的，我有几次差点死了，可不是都回来了吗？你们当医生护士的是给人家治病救命的，阎王是不会收你们的。"

"呵呵，他老人家已经收过好多个英国人了。不过你也许说得对的，我们这些给人家治病的人，应该先把自己的病治好呢。说不定我真会好起来。"

离枫林乡不到四十里的 W 州城已被日军全面占领。日军在中国已经数年，占据了无数中国城镇，每占领一个地方，第一条就是要搞维持会。但是在 W 州这个地方，日军找不到合作的人。城里找不到，乡村也一样。在永强乡一个小镇，日军找到一个老秀才要他当村长，他居然装病，被盛怒的日本军官一刀劈死。

在 W 州城里，日军依靠何百涵的两个日本工程师，作为管理城市的主要顾问。他们在这里生活了二十多年，会说流利的当地话，对当地的事情和人脉了如指掌，在城市沦陷之前就一直为日军提供情报。日军司令在这边寻找理想的维持会会长人选，选来选去觉得何百涵是最合适的人选，便征询日本工程师意见。日本工程师之前向何百涵承诺过日本人不会找他，所以面有难色，说何百涵已经逃离到乡下，恐怕不愿意担任维持会会长。日军司令厉声下令他们要把何百涵找到，工程师只得答应。两个工程师虽然最受何百涵信任，但也不知道他此时确切的藏身位置，只有几只最好的鸽子在他们之间飞来飞去传递消息和管理工厂的指令。日本人知道何百涵爱鸽子胜过爱自身，安排了一个诱捕他的计划。日本工程师让鸽子给何百涵带去一封信，称他发现鸽子群里出现了一种霉菌病，必须到阁楼里面做彻底消毒。这事情想请他同意，如不及时处理会造成大批鸽子死亡。何百涵接到这消息之后，心急如焚。他觉得如让外人进入鸽子楼，无异于黄鼠狼进入鸡窝。他和阿信商量后，决定在夜色里化装潜入城内，亲自查看鸽楼里的病情。他进入了鸽楼时，日本人已经在等待着他。日本人倒是很友善对待他，也很友善对待他的鸽子。日本占领军司令官称自己也是个热爱养鸽子的人，是名古屋的养鸽人，很喜爱何百涵鸽楼里的众多名鸽。他邀请何百涵留在城里和日本人合作，担任工商维持会会长。何百涵被软禁几天后，答应了日本人的要求。不久之后，日本人就隆重召开大会，成立W州城总维持会。何百涵提议为了热闹气氛，让他放一群鸽子助兴。日本人觉得这个主意不错，何百涵就进入了鸽子楼。在他爬到塔顶的时候，把最后一层活门关了，用一把锤子把活门钉死，然后把锤子从塔楼上扔下来。他说可以当维持会会长，但是要住在鸽子塔楼上，再也不下来。据说日本人答应了他的要求，每天会有一个篮子用绳子吊上去给他送上吃喝和生活用品。从此他和鸽子一起生活，有人声称看到他经常出现在塔楼的顶上，也有人说看到他和鸽子一起飞翔。这些故事当然是城里人编造的，真正的事实是，在日军战败投降之后，何百涵因为和日本人的合作坐了九十天的民国政府牢狱。

30

1942年11月22日，窦维新在枫林乡一座茅草屋内因为肺衰竭去世了。

窦维新是在死前两个礼拜才睡到了病床上，之前还在为医院干着一些事情。马本德每天会过来看她一下。他其实很想陪在她身边，但是她不让他待很久，就让他去外面做自己的事情。他就到了外面，但没有自己的事情可以做。有一天，他在山脚下岩石丛里发现了一株白色的野栀子花。这种花他是认识的，在祁连山有，在金沙江边也有，花是白色的，有很浓郁的香气。他发现了第一株花的时候，就想到窦维新一定会喜欢它，于是他就开始满山遍野去寻找。起初的几天，很难找到已经绽放的花蕾，他爬了一整天，才找到三四枝。下午他即将回住地的时候，看见一个断崖处有一株特别大的野栀子花，有两朵已经盛开，一朵还是花蕾。马本德眼睛一亮，就想要把它采下来。要够到那个地方不容易，他得攀着崖壁慢慢过去，身体得贴住斜坡。当他腾出一只手要摘下那花时，突然觉得身体在下滑，那地方比之前的陡，身体和斜坡的摩擦力已经支撑不住他的身体，他正一寸寸滑落。他这个时候打量了一下身下断崖，居然有好几丈深，下面全是乱石，要是掉下来的话不死也是重伤。一个念头战栗闪出，没想到在毫不觉得危险的时刻自己可能要死了。眼看就要滑到跌落的程度，而边上毫无可以攀缘的地方。但这个时候好像有神帮助一样，他猛然一个挣扎，居然抓到了一个岩石间一条细细的树根，整个人已经吊在空中。

黄昏时去看窦维新，他把采到的野栀子花扎成一束，放到一个盛满清水的玻璃瓶里。窦维新已经处于半昏迷状态，看见了马本德，清醒了过来。她深深嗅了一下野栀子花的香气，说：

"很奇怪，我刚才在做梦时候就梦到了这些花。"

"你这么说我相信的。"马本德说，突然明白了刚才掉下山崖的那一刻神助的力量是怎么回事。

一个礼拜后，窦维新在野栀子花的香气中睡去，再也没有醒来。

她的死讯很快传开来，枫林乡和永嘉其他山区的信友都过来吊唁，日军占领下的W州城内的许多信友和经她护理过的病友都偷偷坐着蚱蜢船借口到大箬岩寺院进香，之后改道到枫林乡送窦维新。窦维新生前喜爱野栀子花的消息已经传开来，每个来送她的人都带来一枝野栀子花，因此她的棺木上布满了白色的花朵，所有的花圈也都是由野栀子花编成。没有人哭哭啼啼，没有人披麻戴孝。枫林乡自古以来抬棺木是由四个人抬的，这一回抬窦维新棺木上山，用了八个人。白累德医院为窦维新刻了中英文的墓碑，其中文部分碑文是这样："窦维新护士长墓志 女士英国溜仝人，毕业伦敦医院，一九二五年莅瓯，任白累德医院护士，服务医院，贞诚和蔼，敬主爱人，口碑载道，夙夜匪懈，劳积痼革，竟于一九四二年十一月廿二日怛化，年三十六岁。弥留遗言，墓于枫林山之阳，盖犹依依于生平退修之所，而关怀医院也。主曰：俞仆之忠而善者也，马太25：21。主历一九四二年十二月立。"

在送别窦维新的那一天，马本德把自己的胡子刮得干干净净，穿上了从上海百乐门买来的西装和皮鞋。这一身行头他只有在车站开业那一天穿过一次。葬礼这天，他记住窦维新说的她喜欢人们穿得干净漂亮为她送行的话。在送她上山之后，马本德脱下了这一套行头，放在火堆里烧化了。他知道窦维新走了之后，他在枫林乡再也没有快乐日子了。

之后不久的一天，他正坐在河边发呆，见有一条小篷船划到了码头边，上来一个人。他认出是金乡卫族人夏明跑的弟弟夏通跑。夏通跑不是偶然到这里，而是花了九牛二虎之力才找到他的。自从夏明跑死在城里之后，金乡卫的人再也没有和马本德联系过。夏通跑二话没说就让马本德到了船上。船上盖着棕篷，形成一个和外面隔开的空间。夏通跑和他说了金乡卫那边的事情，说族里的元老要他马上到海岛上去，有重要的事情商议。马本德没有犹豫，让他马上开船启程。

日本军队占领了W州城之后，还有一队人马赶到了金乡卫，一路上没有遇到抵抗，日本海军军舰也开到了金乡卫，停靠在海边。日军占领了金乡卫和蒲城堡，之后，日军就顺着挑矾小道往矾晶山上深入。日军为了获取矾晶山的萤石矿而大举进攻W州早已经不是秘密，全世界的报纸都有报道。但是，日军到了金乡卫之后，怎么进入矾晶山，在山里做了什么，外界却毫无所知。马本德自从得知迟玉莲带着绣女们回到了矾晶山之后，就一直惦记着她，心神不宁。此时船开往外海荒岛金乡卫据点时，他从夏通跑的讲述里知道了金乡卫和矾晶山这段时间所发生的事情。

　　当日本军队沿着挑矿石的小道攀登上矾晶山的时候，山里的部落进行了抵抗。他们以为日本人不会比金乡卫的武士更强，动用了山里最厉害的树炮、火药枪、弓箭和滚石等武器，最后把鹰嘴岩上那一座廊桥也拆毁了，但是根本无法抵挡住入侵者的脚步。山里人在日军到达前，知道了这些日本人到山里是为了获得发光石矿。自从中日开战之后，民国政府已经严格禁止矾晶山对日本商人供应萤石矿。而矾晶山的元老们也明白了过来，正是发光石矿招引来了日本兵，给矾晶山乃至方圆几百里的黎民百姓带来了灾难。他们回忆起当年卖发光石给那个采宝客的时候的犹豫，后悔让发光石这一样宝贝出了山，以致招来了灾祸。在日军即将进入矾晶山之际，矾晶山的人决定把出产发光石的矿洞掩埋起来。发光石矿洞散布在巨大无边的山谷里，只有少数几个矾晶山族人才知道进洞的方式。他们因为长期和矿洞里的化学气体与粉末接触而染上白化症状，皮肤变得透明，但他们还是很有力量，能够深入地下充满毒气的矿石页面而不会窒息。他们想出保护矿石的办法，把矿洞的洞口封了，外人看不出任何痕迹。

当日军终于攻入矾晶山山寨时，寨子里的人四散逃遁到了深山里面。日本人用了一个月都没有找到矿山的洞口。他们知道山民特别顽固，用杀戮解决不了问题，还是得找当地的头领出面，但一直都找不到。后来日军从擒雕乳品公司的日本工程师那里获得消息，说城里墨池坊绣花局的迟玉莲离开了W州，很可能回到了老家矾晶山，她在老家矾晶山有高度号召力。根据这一条线索，日军在矾晶山区一个偏僻山脊小村的一座木楼里找到了迟玉莲和她的绣女，还找到了她们的绣品：一批英国王室的订单，和王室往来的物证，迟玉莲和绣娘们在伦敦的照片等物。日本人没有虐待她们，只是要迟玉莲答应出面把矾晶山人召集起来，听日本人的话，继续开矿。迟玉莲要日本人给她三天时间考虑，日本人答应了她的要求。

这三天里，迟玉莲和绣工一起把温莎王室订单中最后一批绣品完成了。然后她换上了一身洁白干净的绣花内衣，加上洁白的袍服，头上插着白玉兰花，花中间还插着那一枚长长的钢针。在矾晶山某一个矿洞里面有一种神奇的绿色结晶体矿物，有剧毒，当地人叫绿砒霜。这种结晶体极其罕见，只有部落的头领才可以保存少许。迟玉莲已经做好了准备，在三天期限到来之前打开了绿砒霜的盒子，用纯净的矾晶山泉水吞服下。第二天早上绣女们看到迟玉莲死了，有一半人跟随着她服毒自杀，有一半的绣女四散去找自己山里的家人。抗战胜利三年之后，W州籍的考古学家夏鼐在中原发掘到了一处商周年代的绣坊，有不少绣品残片印迹存在。遗址中央是一具女尸骨，周围的房间里还有十几具女尸骨。而在所有的尸骨下面，均生长着一些神秘的绿色晶体，让考古学家百思不解。夏鼐在发表这一项考古成果时，意味深长地加上了一句话。谨以此项发现纪念矾晶山村民迟玉莲和她的绣女们。

然而矾晶山人的抵抗和迟玉莲自杀都挡不住日本人的行动。很快他们的地质专家就找到了矿洞，调来了大批工程机械，从各地运来三千多名的战俘苦力下到了矿井。从占领之日到日军战败投降，有数千个战俘苦力在这里被劳累折磨或者毒打致死，矾晶山矿洞边白骨累累，四十多万吨萤石矿被源源不断挖出运到了日本。他们在金乡卫建立了运输码头，那个抗倭寇瓮城成了输送矿石的堆场。

日本指挥官早已知道金乡卫是当年抗倭寇的重镇，壮士所城池和灯塔都描画在他的作战地图里，十来年前日本运萤石矿的红船被烧毁的事件也在他的行动提示之内。他计划占领金乡卫之后，要把壮士所城墙拆除，把灯塔毁掉，把青壮年都抓来送到山里的矿洞里挖矿石，直到他们劳累致死才可以从洞里运出来。然而，当日军包围金乡卫准备发起攻击时，却发现没有遇到丝毫抵抗，金乡卫已经是一座空城，男女老少一个不剩都逃走了，连家里的牲畜都带走了。金乡卫族人在祖先的暗谕下已经在外海荒岛建立了秘密的据点，所有金乡卫武士在日军入侵之前连同妇孺老人全部逃走了，目前都在外海的荒岛群定居点里避难。他们一直在寻找马本德，想接他到海上，但一直找不到。在荒岛上，消息是那么不灵通。有一天，他们派出的人打听到马本德可能在枫林乡的医院里，夏通跑终于找到了他。现在，马本德跟着夏通跑坐着篷船从山溪里出发，经过楠溪江进入瓯江，最终到了外海上那仙境一样的荒岛群。

这里是金乡卫人新的居住地。当马本德走向岛中央的宗族祠堂的时候，他所感到的是岛内一片热气腾腾的建设气氛。人们不是在建造新居，而是在建造巨大的船只。是的，整个荒岛中央成了建造大船的工地，总共有十二条大船在建。马本德以为是看花了眼，以为是幻觉，眼前在建的船只正是壮士所城外咸水湖沼底下的幽灵，如今在船坞内渐渐成为真正的船，妇女和男人一起在拉大锯、上桐油干得很欢。祖先的船队恢复了，湖底的幽灵正在复活过来。而这个造船的场面，正是金乡卫人新定居点的心脏部分，在有力跳动着。金乡卫人按照祖先的神谕，把海上打劫到的钱财积累起来，全用到建造这些船只。很久以后，研究历史的人认为金乡卫人这是在给自己建造"诺亚方舟"。

马本德经常独自在一块高高的礁石上望着大海发呆。他想起有一回跟父亲穿行在祁连山大峡谷内寻找一匹失散的骏马时，父亲指给他看岩页中一条条鱼的化石，说这个地方亿万年前是海洋。这件事在他少年的心里留下不可磨灭的印象，但是超出了他的理解力，明明是高山，怎么会是海洋呢？那时他没见过海洋，海洋是什么样子他也无法想象。如今他慢慢明白了这件事的意义。自己本来是生活在高山上的人，却变成了海上的居民，身边是一望无际湛蓝的海水，看起来大海才是他命中注定要相处的地方。他甚至想着，再过个亿万年，金乡卫的人还会重新变成鱼类，沉入海水中生活呢。从那之后，马本德开始跟着"海上马队"在海洋上驰骋，驾着快船好像是开着他的汽车。马本德在海上活动的形象，大概和几十年之后的美国的大片《未来水世界》里的那个两栖人"水手"有点接近。金乡卫武士继续在海上游猎。他们不袭击普通渔民和水上百姓，而是在远海上拦截过往的商船。没有这些收入，金乡卫人无法在海岛上生存，更无法建造那十二条大船。

和三百年前祖先抗击倭寇时一样，金乡卫人面临着日寇的海上力量，洞头外海游弋着日本海军舰队。日本人封锁了东海，烧杀抢劫商船渔船，开来小型航母轰炸海边城镇。有一支日军分队在专门寻找金乡人的下落。他们肯定是觉察到了金乡卫人在大海上的存在，派出巡逻艇四处追寻。日军一度在洞头外洋的孤岛上登岛搜查，好在这片海域有很多的荒岛，日军还没有找到金乡卫人的定居点。有一天发生了一件突发的事。这天海面上笼罩着大雾，马本德的船在雾中差点和一条日本小巡逻艇相撞。紧急之下，金乡卫人船上的武士率先开火，把日本兵打死了，把巡逻艇凿沉到海底。金乡卫人知道，日本人不会这样罢休，会步步逼近，最终找到他们。

这一天，马本德和族里的元老几乎是在同一时间想到要回到老家甘肃去。这是祖先的神谕：荒岛不是久留之地，日本人不会容忍他们。金乡卫人要乘坐上那十二条大船在海上乘风破浪回到老家祁连山去。祁连山一直在中国军队守护之下，那里没有日寇，那里是抗日的后方。这一个看起来不可能实现的想法很快就在金乡卫人心里点燃了熊熊烈火。经过了几百年的外乡客居，现在他们终于要回到祖先的应许之地去了。马本德这个时候明白了过来，自己误入W州这个奇怪的孤城，就是祖先神让他到这里带领族人渡过难关，回到故乡高原之地。在接下来不长时间里，金乡卫人做了大量的准备，把十二条三桅船修建到了最好的状态，贮备了大量的粮食和器物。他们在每条船上都配备了足够的武器弹药，有洋枪还有迫击炮。船上男女老少各人都有职责和义务。

终于要离开W州城了。马本德算了一下自己在这里居然生活了二十四年。当初他只是为了执行潘师长的托付来到W州城，没想到在这里居然居住了半辈子。这二十多年来，潘青禾像星辰一样照耀着他，他一直忠诚于她，从这个信念中获得力量，完成了几件自己根本无法想象的工程。当初潘师长像刘备托孤把潘青禾交托给自己，现在孤儿已经成为公主，其间他其实没有起什么作用。他总是想为她做事，可几次都是给她闯了祸。

有一件事情他现在终于搞明白了，自己一生真爱过的女人只有迟玉莲一个人。在获知迟玉莲死在矾晶山里之后，他沉入一种彻底的孤独，这种孤独产生了一个后果，让他对于W州城失去了依恋。既然迟玉莲已经不在这个世上，那么他还待在W州城已经毫无意义，回到老家去应该是时候了。

某年某月，一支船队在大雾中悄悄出发了。金乡卫的人和马本德乘着海船从荒岛出发回祁连山的事情是有人见证并有记录的。但是这本书的作者查遍了所有文献资料，没有找到他们抵达的消息。他们的船队失踪在历史的瀚海之中。

2021年12月28日初稿
2022年5月9日二稿
2022年10月28日三稿

孤城的想象和记忆

《误入孤城》写作后记

　　现在想来，这本书的起源也许来自小时候记忆里的江心屿。我儿时住过外公家在瓯江边的房子。那个房子不小，前面有阳台，后面临江，有一道石头砌成的坎，搭着一个葡萄树架子。退潮时，滩涂上爬满小跳鱼、小螃蟹，涨潮时江里是滚滚黄水，可以钓一种叫黄刺的小无鳞鱼。抬眼望去就是江心屿。西塔是尖顶的，东塔顶却是平的，顶上还长着一棵树。那时经常会去江心屿，有时坐船，有时游泳过去。在东塔下面有一个漂亮的建筑群，当时是工人疗养院，后来才知这是早年的英国领事馆。塔顶原来是有飞檐的，早年英国人嫌海鸟在上面聒噪，把飞檐拆了，变成现在的样子。

　　我成长的60年代是个革命年代，但在温州这个小城里我还是能感觉到外国人留下的气息。我家1964年搬进一个大院，叫财贸宿舍，里面住了地委机关的干部家庭，大部分是北方来的南下干部。我们家住的房子在二楼，看起来是新的，但和下面的结构不一样，是在一个西式平房上加层的。院子很大，有几个建筑群，通过十字交叉的长廊，连接着大院中间的一口水泥井壁的深井。院内种着本地不常见的果树，先前有香蕉树，后来还剩下几棵柚子树。这个大院原来是天主教的女修道院，解放后被收了，用来做机关干部宿舍。我就是在这个修道院的房子里长大的，一直到结婚后。在我家大院对面还有一个天主教堂，"文革"中天主教堂变成了一个小纺织厂。我的第一份工作就是在这个教堂内当修理工，那时才十六七岁。在英国人造的教堂穹顶下干了几年的活，心灵一定会留下什么影子的。

我的祖父去世时我才十一二岁。他是个小老头，和别人有点不一样的地方就是他抽一个烟斗。他在世时我搜寻他那个雕花的柜子，里面有一些早年的外国画报，尤其印象深的是一个金发女郎，一个男的好像往她嘴里喂食什么东西。他的一个盒子里还有一些解放前的纸币，大概是金圆券之类。那时我听说过祖父之前在往返上海的客轮上做过茶房头目。还有一个记忆是他从花边厂退休的，还记得退休那天厂里敲锣打鼓送来退休证和一把藤椅。多少年过去，一直到2015年左右，我才正式知道祖父在上海还有一个家庭和子女。那年我父亲在上海的同父异母的姐姐的两个女儿要来温州看望我父亲（她们的舅舅），还要去给我们共同的祖父扫墓。我去火车站接她们，虽然从来没有联系过，血缘的关系让我们一下子就觉得很亲。她们一开口就说祖父是个很有钱的人。这让我很奇怪，因为我知道爷爷是个普通退休佬，穷得都没给我买过什么东西。表姐妹马上举证，说祖父自己有一条船，会开着船见她们，每次都会带着一篓杨梅。她们还说爷爷还有个挑花局，我起先听不明白上海话挑花局是什么意思，后来明白就是个绣花的工厂。她们说的事情有一个细节是那么可信，因为温州的杨梅是用竹篓装的，她们肯定是见过才说得出来。还有她们说的挑花局和我所知爷爷是从花边厂退休的也对得起来。或许这个厂之前真是他的，后来被公私合营。我后来把这事写成一篇中篇小说《爷爷有条魔幻船》，发表在《收获》上。

1976年我离开了教堂工厂去当兵，四年后退伍回到温州长途汽车运输公司工作。这期间及之后温州民营经济迅速爆发，温州人遍布全球每个角落寻找自己的机会。我没想到自己居然也跑到阿尔巴尼亚待了五年，然后转到了加拿大定居至今。我非常幸运的是离开故乡十多年后，在2005年重新开始了写作，而且产量颇高。在这些作品中，故乡的早期记忆给了我很多写作素材和灵感。我很想写一本完全以温州为背景的书，像帕慕克写伊斯坦布尔一样。我以前在外地出差，如果对面过来一个温州人，不用听口音就能看得出来，温州人的模样举止都有很高的辨识度。我知道温州的确有很奇怪的地方，尤其是语言，都说是因为过去和外界隔离闭塞所致。然而温州人其实很早出洋，历史上文化名人一大帮，我看过20世纪二三十年代北京大学、清华大学的温州同乡会照片，一次聚会都有好几十人，说明温州并不闭塞。作为一个作家，我要写的是幻想中的温州，或者说文学中的温州。我心里其实一直有一张蓝图。我退伍后在汽车运输公司工作期间，当过办公室主任，公司的档案室在我管辖之下。当时温州的交通十分落后，除了通上海的海轮，其他全靠公路运输，没有铁路和飞机。来温州搞汽车运输的都是外地人，是解放后按军事编制从外地过来的。我管辖的档案室里面有几千人的档案，其中不少是死者，无论生者死者，都是和温州公路汽车运输有关系的。我查阅过部分重要人物档案，看到许多令人难以忘怀的故事。我管这些档案箱子叫"铁箱"，萌生从铁箱档案开始写一部关于最初开辟温州公路运输的那些人的故事。为此我开始查阅本公司的企业史，浙江交通史，中国交通史，温州近代史料，眼界慢慢被打开，百年前温州那段混沌初开时期变得栩栩如生，人物都走马灯一样活了起来。很多人物和事件都是小时候刻在记忆里的，比如书里一开始就提到的潘师长。我小学时学农经常会去乡下瞿溪的潘鉴宗大宅，那个房子是我小时候见过的最大的房子。知道了主人是个旧军阀，在段祺瑞手下的。长大后对他了解多了，还知道他的女儿叫琦君，是台湾有名的作家，她的作品被拍成影视剧《橘子红了》，黄磊主演的，温州有她的文学奖。还有一个是吴百亨，我们那年代的人几乎都熟悉这名字，他创造的品牌"擒雕"炼乳现在也许还在。他还有西山陶瓷厂，是最有钱的人。电灯公司创办人柳雨农也有原型，叫杨雨农，他有巨大的花园式大宅在花柳堂，解放前一直是温州工商界的头面人物。还有一个人物就是我自己的祖父，他魔幻一样的人生增加了我写这部小说的兴趣，想要好好写写自己的先人。小说的主要人物在我的温州记忆里是找不到的，他没有人物原型，但存在于我的潜意识里，准确地说，是在我的"铁箱"里面的众多魂灵中。我觉得这个家伙像孙悟空一样还压在石头下，在铁箱里翻着跟斗，撞来撞去咚咚作响。我知道要做开辟公路运输那么一件事情，安排在一个外来的异乡人身上比较合适，事实上，温州的交通运输也一直是外地来的人在做。因此我虚构出了马本德这样一个人物，他的血气来自于"铁箱"里众多温州公路运输前人先驱。这个人物第一件要干的活，我让他用上洪荒之力把汽车拆了抬过高山运入温州。从这个情节开始，我得慢慢展开我的小说写作了。

我庆幸把时间定在这一个阶段，几千年的农业文化孤城开始照进工业文明曙光。温州这地方接受工业文明比较早，地处海边，和上海、台湾海路往来密切。地方本身文化渊源好，读书人多，脑筋开放。我虽然生在温州，耳濡目染一些事情，但是对于一百年前的温州情况其实所知甚少。那段时间，我让自己穿越回到那个年代，唯一的途径就是查阅资料。可疫情暴发，三年回不了国。手头刚好有一堆《瓯风》书册，方韶毅先生编的。我几乎查看了每一篇文章，寻找一点点有用的材料，后来方韶毅给我发来温州解放前旧报纸数字化的汇编，体量相当大，让我可以自由在里面爬梳。这些旧报章偶有非常生动的细节，比如记载到朔门头一场火灾，是因为打鱼的鸬鹚客为鸬鹚烤火引起的。鸬鹚白天在水里抓鱼，羽毛浸了水，夜里得用火烤干它们才不会生病。我深知外国传教士对近代温州有很大影响，花了很大功夫查找这方面的资料，还拜读了沈迦先生了不起的著作《寻找·苏慧廉》一书。我后来得知了温州历史专家胡珠生写过一本《温州近代史》，赶紧在孔夫子旧书网高价买了一本，可是疫情期间无法快递过来。好在温州大学的金丹霞老师从大学系统帮我搞来电子版。我记得已故前辈何琼玮先生写过一个有关吴百亨的传奇故事，拍过电视剧，达式常演的。我想尽可能多地搜集吴百亨的素材，就千方百计找到这本几乎已绝迹的书。书买到了，可无法快递过来。只好让我妹妹把每一页拍下来用图片发给我。

材料是永远找不完的。到了我认为已经够我支撑想象力时，我就关上这个门，开始进入写作过程。这个就像日本人三岛由纪夫说的：在做好大局构思之后，接下来的活要一凿子一凿子凿出来，没有别的捷径。很难说清楚我是先设计情节再添加人物，还是根据人物的行动来展开情节。我觉得是不可区分的，是同一个过程，同一件事情。说不清哪一刀是为情节，哪一凿为人物。铁箱里的幽灵变活了，成了马本德，按照韩敬群总编辑的说法他进入温州的社交圈像一头野象闯入瓷器店。我从网络上找到原来温州文联所在的那个洋楼墨池坊是平阳的一个妇女所建。她早年沿街卖玉兰花卖针线活，后来到了温州用机器织袜子，发了家成为作坊主。迟玉莲这个人物就是从这条线索而来的。柳雨农和何百涵则都有真人真事作蓝本，"海晏"号船主陈阿昌用了我爷爷的真名，故事有虚有实。我为了小说的整体平衡，压制了写自己爷爷的冲动，给他分配的文字不是很多。我要提一下书中那个英国护士窦维新，我用了她真名。她是个真实人物，墓碑上的文字现在还在永嘉乡下。她病死在温州，才36岁。我下次到温州，一定会到她的墓前献上一束花。

事实上，当我进入写作过程，就会被一种力量控制。就是总会想把小说写成想象力飞翔的作品，超出现实的状态，就像卡尔维诺写《树上的男爵》一样。而我在写作中飞翔的基点在于马本德在金乡的内湖看见了水底下祖先的战船遗骸那一刻的意象。十多年前我在加拿大和美国交界的休伦湖的观光游船上看到过清澈的湖底那些18世纪沉船的影子，像是水底下的幽灵。这个意象在我写到马本德来到金乡遇见族人，去观看祖先的战船遗骸时突然变得很强烈，它让我写出了马本德和迟玉莲的故事，还最终让马本德带着族人回归北方。

历时三年多，我终于完成这本书稿，并得以问世。温州自从改革开放之后非常引人注目，毁誉参半，有很多纪实或虚构文学影视作品说温州，基本说的都是近几十年的事情。我这本书是从近代源头说起，写出温州一百年前天工开物时期的图卷。都说温州神奇怪异，这本书会显现神奇之前的蛛丝马迹。话说回来，我写的已经不是真实的温州，是一个梦幻中的孤城。所以我用了一个W的代号，为W州。

2023年9月8日　多伦多

图书在版编目 (CIP) 数据

误入孤城 / 陈河著. — 北京：北京十月文艺
出版社，2024.1
ISBN 978-7-5302-2332-1

Ⅰ. ①误… Ⅱ. ①陈… Ⅲ. ①长篇小说—中国—当
代 Ⅳ. ①I711.45

中国国家版本馆 CIP 数据核字 (2023) 第 207668 号

误入孤城
WURU GUCHENG

陈河　著

出　　版	北京出版集团
	北京十月文艺出版社
地　　址	北京北三环中路 6 号
邮　　编	100120
网　　址	www.bph.com.cn
发　　行	新经典发行有限公司
	电话 010-68423599
经　　销	新华书店
印　　刷	北京盛通印刷股份有限公司
版　　次	2024 年 1 月第 1 版
印　　次	2024 年 1 月第 1 次印刷
开　　本	880 毫米 ×1230 毫米 1/32
印　　张	11
字　　数	217 千字
书　　号	ISBN 978-7-5302-2332-1
定　　价	58.00 元

如有印装质量问题，由本社负责调换
质量监督电话 010-58572393